CODE SSN

Avec *Octobre rouge, Tempête rouge, Jeux de guerre, Le Cardinal du Kremlin, Danger immédiat, La Somme de toutes les peurs, Sans aucun remords, Dette d'honneur, Sur ordre* et les quatre volumes de la série *Op-Center*, Tom Clancy est aujourd'hui le plus célèbre des auteurs de best-sellers américains, l'inventeur d'un nouveau genre : le thriller technologique.

TOM CLANCY

Code SSN

TRADUIT DE L'AMÉRICAIN PAR DOMINIQUE CHAPUIS
ET LE CAPITAINE DE VAISSEAU DENIS CHAPUIS

L'ARCHIPEL

Titre original :
SSN
publié par Berkley Books, New York, 1996,
avec l'autorisation de C-I Entertainment, Inc.

Code SSN est adapté de *SSN-Tom Clancy*,
un thriller sous-marin interactif disponible sur CD-rom.

PRÉLUDE

Bien que ce nom n'évoque probablement rien pour vous, les îles Spratly constituent l'enjeu d'un conflit qui couve en Asie du Sud-Est depuis déjà longtemps.

Plusieurs pays dont le Viêt Nam, la Chine, le Sultanat de Brunei, la Malaisie, les Philippines et Taïwan se disputent la souveraineté de cet archipel situé au milieu de la mer de Chine et supposé riche en ressources naturelles, notamment en pétrole. Malgré les accords de Manille signés en 1992, par lesquels ces pays s'engageaient à chercher un règlement pacifique à la crise, aucun consensus n'a encore été trouvé quant à l'avenir de ce territoire. Ces derniers mois, la tension n'a cessé de monter et l'on a même envisagé de demander l'arbitrage des Nations unies. En ce moment même, plusieurs États ont déployé des troupes sur ces îles et certains n'ont pas hésité à y construire leurs propres infrastructures, attisant encore un peu plus les rivalités.

« Le conflit des îles Spratly a mis un frein à la résolution de bien des problèmes qui déchirent le Sud-Est asiatique. Il est donc urgent qu'il bénéficie de l'arbitrage d'organismes internationaux, sans quoi la situation pourrait dégénérer en un conflit armé incontrôlable. La commission spéciale chargée des affaires politiques et de la décolonisation va tenter de fédérer les intérêts de toutes les parties impliquées afin, nous l'espérons, d'étouffer un foyer de tension de plus en plus inquiétant. »

The New American.

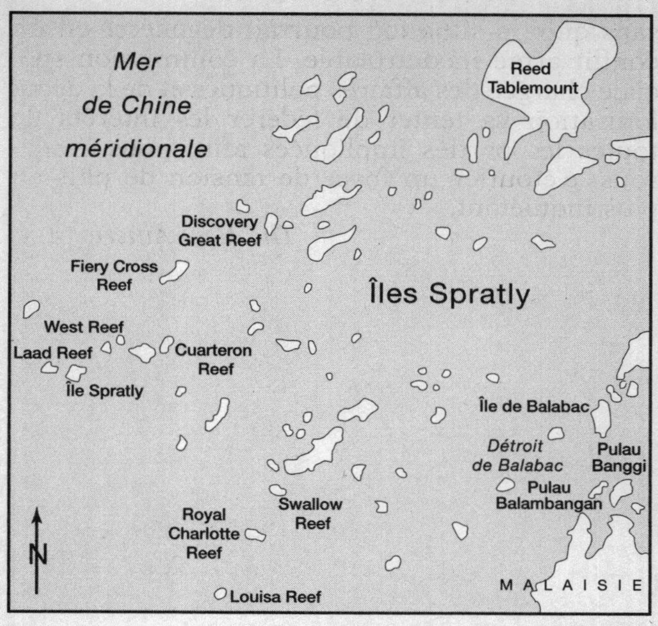

Mer
de Chine
méridionale
Reed
Tablemount
Discovery
Great Reef
Fiery Cross
Reef
Îles Spratly
West Reef
Laad Reef
Cuarteron
Reef
Île Spratly
Île de Balabac
Détroit
de Balabac
Pulau
Banggi
Pulau
Balambangan
Swallow
Reef
Royal
Charlotte
Reef
N
MALAISIE
Louisa Reef

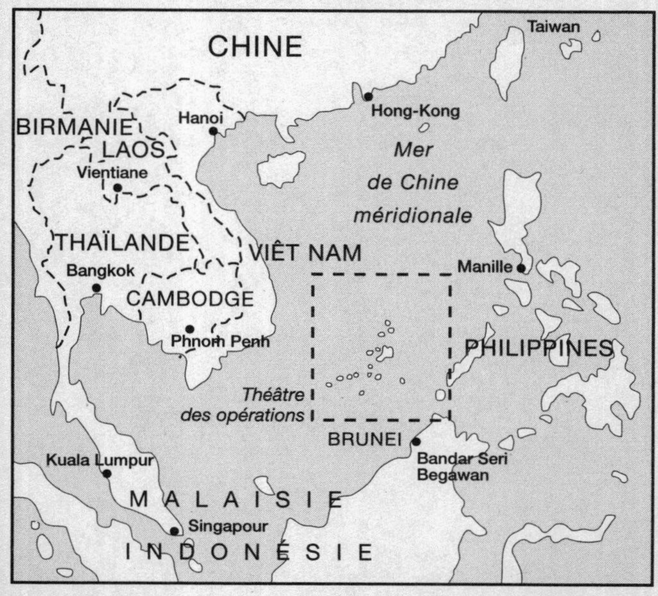

Taiwan
CHINE
Hong-Kong
Hanoi
BIRMANIE
LAOS
Vientiane
Mer
de Chine
méridionale
THAÏLANDE
VIÊT NAM
Manille
Bangkok
CAMBODGE
Phnom Penh
PHILIPPINES
Théâtre
des opérations
BRUNEI
Bandar Seri
Begawan
Kuala Lumpur
MALAISIE
Singapour
INDONÉSIE

« L'attitude de la Chine, qui cherche désespérément du pétrole à proximité des îles Spratly, au large des côtes vietnamiennes, constitue aujourd'hui le risque le plus important de conflit armé dans la région. »

Jim Landers, *The Dallas Morning News*.

Décès du Président chinois.
La lutte pour le pouvoir suprême s'annonce sans merci

de Julie Meyer, chef de notre bureau de Pékin

E-mail envoyé à 22 heures, heure locale (17 heures GMT)

PÉKIN, 19 février 1997.

Le Président Deng Xiaoping est mort aujourd'hui à l'âge de quatre-vingt-douze ans. Victime de plusieurs infarctus depuis deux ans, Deng aurait passé les dix-huit derniers mois de sa vie dans un hôpital militaire, diminué au point de ne plus pouvoir parler, selon des témoins dignes de foi.

Il y a plus d'un an que Deng avait personnellement désigné Jiang Zemin comme son successeur. Pourtant, celui-ci ne pouvait pleinement exercer ses fonctions avant la mort du « dirigeant suprême ». De nombreux analystes estiment aujourd'hui que la position de Jiang risque fort d'être contestée par ses pairs du gouvernement et prédisent une lutte acharnée pour l'accession au pouvoir.

Le Premier ministre Li Peng, marxiste conservateur — c'est lui qui a ordonné la répression des manifestations étudiantes de la place Tienanmen —, pourrait se trouver au centre de ce conflit d'intérêts. S'il accédait au poste de président, on rapporte qu'il aurait en particulier l'intention de mettre un frein à la croissance économique de la Chine, qu'il perçoit comme une grave cause d'instabilité.

L'autre candidat potentiel serait le vice-Premier ministre Zhu Rongji, économiste libéral à qui l'on doit en grande partie l'essor économique de la Chine sous le régime de Deng. Pourtant, son mauvais caractère notoire et ses commentaires au vitriol l'ont privé du soutien d'une grande partie de la bureaucratie. Les spécialistes estiment qu'à ce jour, il ne bénéficie pas des appuis nécessaires pour l'emporter.

Interrogé sur les changements potentiels en Chine, Adrian Mann, spécialiste des relations internationales et professeur de sciences politiques à l'université de Tufts, a déclaré qu'on pouvait s'attendre dans les prochaines années « à une certaine instabilité politique » et que « cette lutte pour le pouvoir était susceptible de provoquer, à plus ou moins long terme, un éclatement de la Chine communiste, semblable à celui qu'a connu l'Union soviétique ». Cette opinion paraît d'ailleurs partagée par de nombreux conseillers politiques de la Maison-Blanche.

Le Président américain a déclaré il y a quelques heures : « Les États-Unis présentent leurs condoléances au peuple chinois qui vient de perdre un dirigeant respecté et espèrent que le nouveau gouvernement s'installera dans la sérénité. » Interrogé sur une éventuelle lutte au sommet au sein du gouvernement chinois, la Maison-Blanche a simplement déclaré que le Président « suivait les événements avec un vif intérêt ».

La United Fuels Corporation vient de découvrir d'énormes gisements de pétrole

de notre correspondant financier à New York, Bill Mossette

E-mail envoyé à 14 heures, heure locale (19 heures GMT)

NEW YORK, 21 février 2003.

Le porte-parole de la United Fuels Corporation a annoncé aujourd'hui que sa société venait de découvrir un immense gisement de pétrole à dix kilomètres au large de Mischief Reef, l'une des îles de l'archipel des Spratly, dans la partie méridionale de la mer de Chine.

Il s'agirait de l'un des plus gros gisements jamais découverts, puisqu'il renfermerait une réserve de près de mille milliards de barils. A la suite de cette déclaration, l'action de la United Fuels s'est envolée pour atteindre la valeur de 89 dollars, soit plus de 200 % d'augmentation en une seule séance. Les analystes financiers estiment que le cours de l'action continuera à grimper si le volume des réserves est confirmé.

Pourtant, malgré cette annonce, certains

experts déconseillent d'investir dans cette société en raison de l'instabilité politique chronique de la région. Depuis longtemps, la Chine, le Viêt Nam et Taïwan, entre autres, revendiquent la souveraineté des îles Spratly. Wall Street estime que la propriété de ce pétrole se trouvera probablement contestée par ces gouvernements et qu'un tel différend ne pourra se régler avant plusieurs années. Bien entendu, pendant toute cette période d'incertitude, United Fuels ne pourra pas commencer à forer dans la région.

Néanmoins, la United Fuels a déjà commencé à construire une plate-forme de forage sur place à partir du navire de prospection qui a repéré le gisement, le *Benthic Adventure*.

Coup d'État en Chine : Li Peng s'empare du pouvoir

de notre correspondant à Washington, Michael Flasetti

E-mail envoyé à 15 heures, heure locale (20 heures GMT)

WASHINGTON, 23 février 2003.

Développement inattendu de l'actualité en Chine : l'ancien Premier ministre et actuel Président de l'Assemblée populaire nationale Li Peng a fomenté un coup d'État et pris les rênes du pouvoir aux premières heures de la matinée. Avec l'appui du général Yu Quili, chef de la « Faction Pétrole » (un groupe d'ingénieurs qui avait exploité le riche gisement de Daquing en Mandchourie du temps de Mao Tsé-toung), Li a ordonné l'arrestation de Jiang Zemin, Président en place depuis six ans et successeur de Deng

Xiaoping, ainsi que de Zhu Rongji, Premier ministre. Jiang comme Zhu demeurent introuvables. Ils auraient rejoint la clandestinité.

Li, un conservateur qui bénéficie du soutien sans réserve du parti communiste et de l'armée, a déclaré que la politique économique libérale de Jian entraînait l'effondrement de la Chine et détruisait les idéaux socialistes que le Parti avait défendus pendant tant d'années. Il a également déclaré que le capitalisme rampant et les liens économiques avec l'Occident menaçaient de saper « le nationalisme chinois » et qu'il était temps « que le peuple de Chine se regroupe pour défendre une cause commune ». La cause à laquelle faisait allusion Li reste encore à déterminer.

Taïwan, qui redoute une invasion de son territoire, considéré par la Chine comme une province sécessionniste depuis 1949, a demandé le soutien des Nations unies. Si une telle opération devait survenir, elle serait sans doute commandée par Yu Quili, le général manchot qui préside aux destinées de la Faction Pétrole. La Faction Pétrole exerçait une énorme influence sur la politique économique chinoise avant que Deng ne consolide son assise au sein du gouvernement au début des années 80. A présent, avec Li et ses alliés, dont Wang Tao, le président de la China National Petroleum Corporation, le général Yu semble bien placé pour jouer un rôle important au sein de la future équipe dirigeante.

Interrogé sur les changements radicaux en cours, Adrian Mann, spécialiste du Sud-Est asiatique, a déclaré aujourd'hui : « L'énergie semble être devenue le moteur d'une révolution conservatrice en Chine. Sur le plan politique, ceux qui contrôlent la production de pétrole disposent de fait des leviers du pouvoir, car ils se trouvent en position de force. » D'autant plus, affirme le Pr Mann, que ce pays manque cruellement de ressources énergétiques, et ce depuis longtemps.

La Maison-Blanche n'a pas encore réagi à ces nouveaux développements de l'actualité. Le Président va s'entretenir avec la Secrétaire générale des Nations unies avant de prendre une position officielle. Il devrait tenir une conférence de presse plus tard dans la journée. Il semblerait que le Président cherche à s'assurer du soutien total de l'organisation dans le cas où une action militaire se révélerait nécessaire, compte tenu des relations houleuses qu'ont entretenu la Chine et les États-Unis au cours de l'histoire.

Réactions du Président face au coup d'État en Chine : sanctions probables des Nations unies

de notre correspondant à Washington, Michael Flasetti

E-mail envoyé à 12 heures, heure locale (17 heures GMT)

WASHINGTON, 23 février 2003.

Après s'être réuni avec d'autres membres permanents du Conseil de sécurité pendant une grande partie de la journée, le Président a publié une déclaration condamnant le coup d'État fomenté par Li Peng. En outre, les États-Unis et l'ONU ont officiellement refusé de reconnaître le nouveau gouvernement chinois et exigent le retour de Jiang Zemin. Cependant, d'après certaines sources, Jiang aurait été assassiné par l'armée au cours du coup d'État. Le Premier ministre Zhu Rongji n'a toujours pas été retrouvé.

En réponse, Li Peng a déclaré que Jiang et Zhu étaient activement recherchés pour crimes contre l'État et qu'il ne démissionnerait pas, fort du soutien des structures militaro-industrielles chinoises. Il a estimé que les motions votées aux Nations unies constituaient des « ingérences occidentales intolérables dans les affaires intérieures » de son pays et a affirmé que la Chine ne se plierait à aucune requête des Nations unies.

Devant cet ultimatum, le Conseil de sécurité des Nations unies s'est aussitôt réuni pour envisager la possibilité de sanctions contre la Chine.

La Chine envahit les îles Spratly. Un pétrolier arraisonné

de Julie Meyer, chef de notre bureau de Pékin

E-mail envoyé à 12 heures, heure locale (7 heures GMT)

PÉKIN, 26 février 2003.

Avec une imposante démonstration de puissance militaire, la Chine a envahi les îles Spratly qu'elle convoitait depuis longtemps. Les forces Vietnamiennes et philippines présentes dans l'archipel ont été balayées par la marine chinoise au cours d'une campagne qui n'aura duré que deux jours. A la tête d'une flotte de dix navires de guerre, le croiseur chinois *Haribing* a éliminé sans pitié toute résistance. Les îles paraissent aujourd'hui entièrement sous contrôle chinois.

Au moment où Li Peng voit sa légitimité contestée par les Nations unies, on comprend mieux les raisons profondes de cette agression si l'on se souvient de la récente découverte d'un immense gisement de pétrole par le navire de prospection de la United Fuels Corporation. Le *Benthic Adventure* a été arraisonné et saisi par la Chine et se trouve mouillé à dix kilomètres au large de Mischief Reef, l'îlot le plus proche du gisement. La situation apparaît d'autant plus grave aux experts militaires que le *Benthic Adventure* naviguait sous pavillon américain et se trouvait dans les eaux internationales. « Le Président aurait tout à fait le droit de considérer cet arraisonnement comme un acte de guerre », a déclaré une source proche du Pentagone.

En plus des ressources naturelles que les îles Spratly pourraient apporter à la Chine, les analystes estiment que les causes de l'invasion sont également stratégiques. Selon cette même source, « les Spratly offrent un avant-poste idéal sur la mer de Chine et Pékin en a compris toute la valeur ».

L'archipel pourrait aussi servir de base pour une invasion de Taïwan, dont la Chine n'a jamais voulu reconnaître la souveraineté. Les observateurs affirment que même si la Chine revendique ce territoire depuis 1949, de nouveaux plans d'invasion ont été arrêtés l'an dernier. Le ministre des Affaires étrangères chinois prétend qu'il s'agit là d'« élucubrations sans fondement », mais le Président taïwanais Lee Teng-hui a demandé le soutien militaire des Nations unies, renouvelant une requête déjà formulée en 1996.

Le Président n'a fait aucun commentaire sur la situation, préférant à nouveau en discuter avec le Conseil de sécurité avant toute déclaration officielle. D'après nos sources, les tensions de part et d'autre seraient extrêmes.

Le Président envisage une réponse militaire

de notre correspondant à Washington,
Michael Flasetti

E-mail envoyé à 15 heures, heure locale (20 heures GMT)

WASHINGTON, 27 février 2003.

Le Président, après une réunion marathon de vingt-quatre heures avec les dirigeants des Nations unies, a déclaré que les États-Unis s'engageraient militairement pour s'opposer à l'invasion des îles Spratly. N'ayant obtenu aucune concession de Pékin, le Président estime que le conflit est inévitable si la Chine ne se retire pas de l'archipel.

La Secrétaire générale des Nations unies a annoncé que l'organisation mondiale s'oppose elle aussi à la présence chinoise dans l'archipel. Elle a rappelé que Pékin a violé les accords signés en 1992 à Manille par l'Association des Nations du Sud-Est asiatique, dont la Chine est membre. En réponse à cette infraction délibérée, l'US Navy a été immédiatement placée en alerte maximum et les porte-avions *Nimitz* et *Independence* appareilleront pour l'archipel dans la semaine.

Pour l'instant, la Chine s'est contentée d'une réaction diplomatique et a exprimé son indignation. « Nous avons tous les droits de souveraineté sur les îles Nan Sha », a affirmé l'ambassadeur, désignant ainsi l'archipel par son nom chinois, « et nous défendrons nos droits comme nous le ferions pour n'importe quelle province de notre territoire ».

La Russie vend des armes à la Chine. L'US Navy s'inquiète

de notre correspondant à Washington,
Michael Flasetti

E-mail envoyé à 12 heures, heure locale (17 heures GMT)

WASHINGTON, 2 mars 2003.

Tandis que la tension monte en mer de Chine, la confrontation entre les troupes de Pékin et les forces militaires des Nations unies semble inévitable. En outre, la CIA disposerait d'informations selon lesquelles la Russie aurait vendu des armes à la Chine, en particulier des sous-marins nucléaires d'attaque (SNA) qui risquent d'être déployés rapidement dans la zone des îles Spratly.

La vente d'armes russes à Pékin n'est pas une nouveauté en soi. Au cours des deux dernières années, la Chine a pris livraison de quatre sous-marins diesels de type Kilo, techniquement beaucoup moins avancés que les derniers SNA russes. Cependant, l'éventualité d'un achat de sous-marins de la dernière génération préoccupe les conseillers militaires de la Maison-Blanche.

D'après une source proche de l'état-major des Armées, les Russes auraient collaboré avec la Chine sur un prototype de sous-marin nucléaire qui pourrait faire ses premières armes dans le conflit des Spratly. Si cette information se révélait exacte, l'équilibre des forces navales en présence dans la région pourrait se trouver renversé, ce qui ne manque pas d'inquiéter les amiraux de l'US Navy, dont la flotte vient de subir une sérieuse cure d'amaigrissement.

Le président russe, Guennadi Ziouganov, un

communiste tout aussi conservateur que Li Peng, se refuse à tout commentaire sur le sujet mais a reconnu que la Russie a exporté certaines armes vers la Chine, dont des sous-marins de type Kilo. La Russie, qui manque sérieusement de liquidités depuis l'éclatement de l'Union soviétique, compte beaucoup sur ces ventes d'armes pour renflouer ses finances, soutenir ses projets économiques et sociaux, ainsi que pour entretenir et moderniser sa propre flotte militaire.

Un sous-marin chinois coulé : la guerre aura-t-elle lieu ?

de Julie Meyer, chef de notre bureau de Pékin

E-mail envoyé à 13 heures, heure locale (8 heures GMT)

PÉKIN, 4 mars 2003.

Les hostilités en mer de Chine entre la marine des États-Unis et la marine chinoise déployée autour des îles Spratly sont ouvertes depuis ce matin. Les premiers échanges se sont produits lorsqu'un sous-marin chinois, selon toute vraisemblance un vieux bâtiment de type Han, a tenté d'attaquer le porte-avions *Nimitz*. Lorsqu'il s'est approché pour lancer, le Han a été torpillé par un sous-marin nucléaire d'attaque américain de type Los Angeles qui escortait le groupe aéronaval. Il n'y aurait aucun survivant.

En réponse à la perte de leur bâtiment, les Chinois semblent adopter une position plus agressive dans la zone et d'autres accrochages ne manqueront pas de se produire. En fait, on s'attend à ce que la Chine déclare officiellement la guerre aux États-Unis dans la semaine.

« Le conflit ne sera pas aussi rapide que la guerre des Malouines il y a vingt ans », a déclaré le Pr. Adrian Mann, « car la Chine est beaucoup plus puissante que l'Argentine et dispose d'un avantage tactique considérable sur les forces américaines dans la région ». D'autres observateurs partagent le même avis. Malgré tout, dans la perspective d'un conflit prolongé, l'emploi éventuel des armes nucléaires inquiète les analystes. « Cela m'étonnerait que la Chine ait recours à cette possibilité et il me semble plausible que les forces en présence acceptent de limiter géographiquement la zone des combats à la mer de Chine », ajoute le Pr. Mann. En fait, le Président et la Secrétaire générale des Nations unies élaboreraient une sorte de protocole pour soumettre ces propositions au dirigeant chinois, Li Peng.

En attendant, l'assemblée générale des Nations unies met au point un ensemble de sanctions économiques destinées à limiter les échanges commerciaux avec la Chine. Les effets d'un tel embargo devraient se faire sentir très rapidement car il toucherait toute une série d'importations à caractère stratégique pour Pékin, à l'exception de la nourriture et des médicaments. En plus des sanctions économiques, le Président a affirmé qu'il est bien déterminé à chasser les Chinois des îles Spratly et à réinstaller Jiang Zemin au pouvoir.

1

PREMIER SANG VERSÉ

L'USS *Cheyenne*, un sous-marin nucléaire d'attaque, largua les aussières du remorqueur qui l'aidait à appareiller à une heure du matin exactement, le 12 mars 2003. Sous l'effet de sa propulsion, il accéléra lentement et fendit les eaux sombres de la baie de San Diego. Derrière lui, l'unique remorqueur rentra ses aussières et mit le cap sur la base navale, port d'attache de la Troisième Flotte.

Comme toujours avant une mission, l'atmosphère était tendue à bord du *Cheyenne*. L'équipage avait démontré sa valeur pendant la période de mise en condition qui venait d'être écourtée. Mais à présent, l'état d'alerte maximum était décrété et le bâtiment faisait route vers une zone où un conflit armé paraissait à peu près inévitable.

Quelques années plus tôt, à cause des restrictions budgétaires de l'après guerre froide, la Troisième Flotte avait quitté Pearl Harbor pour rallier la base navale de San Diego. Dès l'invasion des îles Spratly par la Chine, le *Cheyenne* avait reçu son ordre de mission. Il se dirigeait maintenant vers Pearl Harbor pour compléter son plein d'armes et de vivres. De là, il foncerait vers la mer de Chine.

Le *Cheyenne* était le plus moderne des sous-marins nucléaires d'attaque de l'US Navy. Il portait le numéro de coque SSN 773 et était le dernier-né de la série des soixante-deux SNA de type Los Angeles. Construit dans les chantiers navals de Newport News, en Virginie, équipé d'armes et de senseurs ultra-modernes, il mesurait 108 mètres de long et déplaçait 6 900 tonnes en plongée.

Le réacteur à eau pressurisée S6G de General Electric était en puissance depuis un certain temps et l'officier chef de quart avait déjà donné l'ordre de prendre la tenue de veille. Lorsque le sous-marin se fut suffisamment éloigné de la côte, à l'ouest de Point Loma, là où les eaux étaient assez profondes, l'équipage acheva les derniers préparatifs avant de plonger. Du local sonar au poste torpilles, les hommes confirmèrent que tout allait bien et que leur matériel fonctionnait correctement. Enfin, le maître de central rendit compte à l'officier de quart : « Sous-marin paré à plonger ».

Le commandant Bartholomew « Mack » Mackey était satisfait de son bâtiment et de son équipage. Corpulent autant qu'imposant, il avait été chef du groupement énergie à bord d'un Los Angeles non refondu, puis commandant en second de l'équipage d'armement d'un autre 688-I, l'USS *Greeneville,* le prédécesseur du *Cheyenne,* construit comme lui à Newport News. Promu capitaine de frégate puis capitaine de vaisseau avec deux ans d'avance sur ses camarades, Mack avait le vent en poupe.

L'équipage avait bien sûr entendu les rumeurs d'un conflit armé avec la Chine, et Mack le savait. L'arraisonnement dix jours plus tôt du *Benthic Adventure,* qui naviguait en eaux internationales au large des îles Spratly, était considéré par beaucoup comme un acte de guerre, tout comme l'invasion de l'archipel par les troupes chinoises.

Depuis le 4 mars, les États-Unis et la Chine étaient virtuellement en guerre. A cette date, un sous-marin nucléaire d'attaque chinois de type Han s'était approché à distance de tir du porte-avions *Nimitz,* avec, du moins en apparence, des intentions hostiles. Pour protéger le *Nimitz,* un SNA qui escortait le groupe aéronaval avait envoyé le Han par le fond. Aucun survivant n'avait été repêché.

Les journaux ne parlaient plus que de cela. Depuis, les Chinois n'avaient plus tenté d'autre manœuvre d'intimidation, ce qui incitait les experts à penser que cette riposte immédiate avait peut-être servi de leçon. Au moins, à bord d'un sous-marin, l'isolement avait quelque chose de bon : plus de soucis avec la presse et les journalistes, le bâtiment restant en mer plusieurs mois et ne faisant surface que pour une escale ou pour se ravitailler.

Le sous-marin s'enfonça, lentement au début, puis de plus en plus rapidement. Une fois la prise de plongée terminée et le bâtiment pesé à 70 mètres, l'officier de quart fit route au sud-ouest, cap vers Pearl Harbor. Une fois ces opérations de routine achevées, Mack put enfin réfléchir au problème majeur auquel il risquait de se trouver confronté dans cette partie de la mission : des sous-marins d'attaque chinois pouvaient le guetter au passage. Dans ce cas, les ordres étaient on ne peut plus clairs : si le *Cheyenne* entrait en contact avec un bâtiment chinois, il devait prendre les plus grandes précautions pour ne pas se faire détecter et ne faire usage de ses armes qu'en cas de légitime défense. Autrement dit, Mack ne pouvait lancer que pour riposter. Les

États-Unis n'étaient pas encore en guerre, ce « encore » étant le terme officiel employé dans la rédaction de son ordre de mission.

A son arrivée à Pearl Harbor, le *Cheyenne* devait compléter ses stocks d'armes et de vivres dans l'éventualité d'une mission de longue durée, qui avait de fortes chances de se transformer en opération de combat. Il n'y a guère de place pour emmagasiner de la nourriture à bord d'un sous-marin, si bien que les boîtes de conserve sont empilées dans les coursives, les unes au-dessus des autres, formant un plancher provisoire. Au fil du temps, le niveau s'abaisse. Mais juste après l'appareillage, les coursives restent très dangereuses pour les marins trop grands qui doivent avancer tête baissée. Le commandant Mackey se rendit au minuscule carré des officiers qui lui servait également de salle de réunion et sourit en songeant qu'il marchait sur de la sauce tomate et des haricots en boîte.

Le *Cheyenne* avait appareillé de San Diego depuis deux heures à peine; à la vitesse de 26 nœuds, il avait déjà parcouru 52 nautiques.

Mack fit signe à ses officiers de s'asseoir.

— Comme vous le savez tous, déclara-t-il, la situation internationale est très tendue depuis les agressions de ces derniers jours.

Il prit bien garde de préciser que seuls les militaires chinois en étaient responsables et non pas, comme le prétendaient souvent les médias, le peuple chinois ou la classe politique.

— Je viens de recevoir un message qui nous informe qu'un Orion P-3 canadien en vol d'entraînement au large de San Diego croit avoir détecté un sous-marin à 237 nautiques au sud-ouest de notre position actuelle. Il a pris un contact MAD [1] mais l'a perdu au bout de vingt

1. MAD (Magnetic Anomaly Detector) : dispositif qui

minutes. L'équipage du P-3 estime qu'il s'agit vraisemblablement d'un SNA, évidemment pas l'un des nôtres. Les services de renseignement sont presque persuadés qu'il s'agit d'un Han mais, pour le moment, ils ne peuvent confirmer. Nous devons donc garder nos oreilles grandes ouvertes, tout en continuant à filer aussi vite que possible vers Pearl Harbor, pour arriver au plus tôt en mer de Chine. Nous avons ordre d'éviter tout contact avec un éventuel sous-marin, à moins, bien sûr, qu'il ne tente de nous attaquer.

Les officiers acceptèrent cette information sans broncher et, même si cette réunion ne se déroulait pas dans l'enthousiasme que Mack avait espéré, au moins avait-il réussi à faire passer son message. Bientôt, tout l'équipage du *Cheyenne* saurait qu'un sous-marin nucléaire d'attaque, sans doute chinois, naviguait bien trop près de la côte Ouest des États-Unis — même s'il ne violait aucune loi, puisqu'il restait dans les limites des eaux internationales.

Pour son transit vers Pearl Harbor, le *Cheyenne* ne disposait que d'un stock réduit de torpilles. Il pouvait emporter un total de vingt-six armes, y compris les quatre placées dans les tubes, comprenant des torpilles Mk 48, des missiles de croisière Tomahawk [1], des missiles anti-navires Harpoon contre les bâtiments de surface et, plus rarement, des mines mobiles Mk 67. Aujourd'hui, le *Cheyenne* n'avait embarqué que douze torpilles Mk 48 ADCAP [2]. Avec une vitesse

détecte l'anomalie du champ magnétique terrestre provoquée par la présence sous l'eau d'une masse métallique importante, comme la coque d'un sous-marin. *(N.d.T.)*

1. Tomahawk : missiles de croisière à vocation anti-terre ou anti-navire. *(N.d.T.)*

2. ADCAP (Advanced Capacities) : à capacités améliorées. *(N.d.T.)*

de plus de 50 nœuds et une portée de près de 30 kilomètres, la Mk 48 ADCAP était probablement la meilleure torpille au monde. Elle n'était concurrencée que par la Spearfish britannique, en service à bord des sous-marins de la Royal Navy.

La Mk 48 ADCAP pesait près d'une tonne et demie dont environ 300 kilos de PBXN-103, un explosif très puissant. Cette torpille présentait en outre l'avantage de pouvoir être tirée avec une forte probabilité de succès contre des bâtiments de surface ou des sous-marins en plongée, ce qui facilitait la logistique et l'emploi opérationnel de ces armes. Beaucoup de commandants préféraient en outre l'excitation d'un lancement de torpille et d'un filoguidage aux tirs des missiles Tomahawk dans leur tube vertical, implanté en ballast avant.

Un mince fil de cuivre permettait de télécommander les Mk 48, si bien que la position estimée du but et les réglages de l'arme pouvaient être modifiés après le départ de la torpille par l'un des opérateurs du BSY-1, à la console de direction de lancement des armes du sous-marin. En fin de parcours, la torpille utilisait son autodirecteur pour acquérir et percuter sa cible. Mais tant que le fil restait intact, l'engin transmettait ses informations au *Cheyenne,* jusqu'à l'instant de la détonation.

Après la réunion, Mack retourna au PCNO. Puisqu'un sous-marin nucléaire d'attaque traînait dans les parages, il ordonna des stations d'écoute plus fréquentes, pour tenter d'intercepter l'intrus. Pour gagner du temps, Mack avait initialement prévu un transit à vitesse maximale vers Pearl Harbor. Cette méthode, baptisée *sprint and drift,* permettait d'arriver rapidement à destination tout en conservant au sonar passif la capacité de détecter les contacts éventuels.

Le *Cheyenne* naviguait à présent à une immersion de 120 mètres. Il se trouvait dans son élément, dans les profondeurs de l'océan. Si cela s'avérait nécessaire, le contrôleur pourrait toujours le joindre grâce à l'ELF [1], malgré la lenteur du système. En cas d'urgence ou de changement d'ordres de mission, le *Cheyenne* recevrait un court message codé lui demandant de remonter à l'immersion périscopique pour prendre son trafic radio.

Impossible de foncer à 26 nœuds en restant discret. L'hélice battait fiévreusement la mer pour atteindre une telle vitesse. A faible immersion, la pression des pales sur l'eau de mer générait de minuscules bulles de vapeur, qui explosaient ensuite les unes après les autres dans un « plop » caractéristique. Ce phénomène, appelé cavitation, trahissait souvent la présence d'un sous-marin en plongée. Pour le moment, Mack se préoccupait moins du faible nombre d'armes dont il disposait que de repérer le sous-marin ennemi qui rôdait à proximité de la côte Ouest et d'arriver entier à Pearl Harbor.

A bord, chacun savait que la cavitation pouvait être perçue par tout bâtiment suffisamment proche et silencieux. Les abattées d'écoute fréquentes permettraient de réduire un peu ce risque.

Le 12 mars à 11 heures, soit dix heures après avoir quitté San Diego, l'officier de quart ordonna de réduire la vitesse à 5 nœuds. Exactement onze minutes plus tard, alors que le *Cheyenne* avait ralenti et arrivait cap au nord, le local sonar entra en ébullition :

1. ELF (Extremely Low Frequency) : les ondes radio ELF pénètrent loin dans l'eau et peuvent être reçues par un sous-marin en plongée profonde. Par contre, elles ne permettent qu'un débit d'information très faible. *(N.d.T.)*

— Contact possible, azimut 1-8-7, dans la voie arrière de l'antenne linéaire remorquée, annonça l'un des jeunes opérateurs devant les consoles du sonar.

Quelques instants plus tard, le chef de module qui avait suivi la prise de contact appela le central opérations par l'interphone.

— *CO de sonar, nous prenons un contact, azimut 1-8-7, sous-marin possible. Pas d'analyse plus fine, nous ne percevons qu'un nombre de tours d'hélice pour le moment.*

Mack entra dans le local sonar, se joignant aux cinq hommes déjà présents, dont le chef de module et l'officier ASM. Tous savaient que la probabilité de rencontrer un sous-marin chinois, si elle existait, restait extrêmement faible. Les bâtiments de guerre à pavillon rouge s'aventuraient rarement aussi loin de leurs eaux territoriales. C'était en particulier vrai dans le cas de la flotte sous-marine, composée pour l'essentiel de vieux modèles à propulsion diesel-électrique et de quelques bâtiments très bruyants de type Han, à propulsion nucléaire.

Si un Chinois patrouillait au large de la côte Ouest des États-Unis, Mack pensait qu'il ne pourrait s'agir que d'un Han. Les services de renseignement de la marine n'avaient cessé d'expliquer que seuls les sous-marins nucléaires étaient capables de s'éloigner autant de leurs bases sans refaire surface pendant une longue période. Et les Chinois ne disposaient que de ce seul SNA.

Comme tout bon sous-marinier, le commandant Mackey avait lu la documentation concernant les Han. De plus, lorsqu'un conflit avec la Chine s'était fait de plus en plus probable, l'officier renseignement attaché à l'escadrille avait préparé un bref résumé sur ces bâtiments. Leur construction aurait été arrêtée après la production de cinq exemplaires seulement, à cause d'un taux de radiations bien trop élevé à bord. Tous ces sous-marins appartenaient aujourd'hui à l'ordre de bataille de la marine chinoise. Ils portaient les numéros de coque 401 à 405, peints en lettres blanches sur le massif. L'un d'eux venait d'être coulé par un SNA américain au début du mois, mais on ne savait pas lequel. Il s'agissait sans doute du 402, le deuxième de la série, qui avait été observé appareillant de la base navale de Ningbo, port d'attache de la Flotte de l'Est, quatre jours avant l'attaque du *Nimitz*.

Les stocks de torpilles des Han étaient un mélange d'armes d'ancienne génération, à trajectoire rectiligne, et de torpilles plus modernes à autodirecteur, d'origine russe. Selon toute vraisemblance, les 401 et 402 ne pouvaient lancer que des torpilles, mais les trois derniers de la série devaient disposer du Ying Ji. Connu également sous le nom de code OTAN de « Eagle Strike », ce missile anti-navire à vol rasant inquiétait beaucoup les états-majors. Mais, selon les derniers rapports des services de renseignement, il apparaissait que, si ce missile représentait bien une lourde menace pour les bâtiments de surface, le sous-marin lanceur devait remonter pour le tirer, se transformant en une cible facile.

Contrairement au *Seawolf*, le *Cheyenne* ne disposait pas d'une antenne linéaire remorquée à grande ouverture. Pour déterminer la distance, la route et la vitesse du contact pris au sonar passif, Mack allait manœuvrer avec prudence, et en silence, pour éviter la contre-détection, surtout si le contact avait été pris en rayon direct. Malheureusement, tout cela nécessitait du temps.

— Commandant, annonça le chef de module sonar, il est possible que ce sous-marin nous ait détecté à forte vitesse et nous ait perdu dès que nous avons ralenti. Compte tenu de la bathy et de la profondeur de la mer dans cette région, il pourrait se trouver en première zone de convergence, entre 60 et 70 kilomètres. A mon avis, il pense que nous sommes passés devant lui et, si j'en crois son nombre de tours, il doit foncer pour essayer de nous rattraper et reprendre le contact.

Bonne hypothèse, pensa Mack, *mais ça reste une hypothèse.* Il avait besoin d'éléments plus concrets. Marchant vers la plate-forme des périscopes, il demanda à l'officier de quart de rappeler au poste de combat CO pour armer les consoles du BSY-1 et déterminer une solution sur le but. L'officier de quart ferait évoluer le *Cheyenne* pour modifier les azimuts, défilements et fréquences mesurés par les antennes linéaires remorquées.

Mack lui donna aussi l'ordre de rentrer la TB-16 et de sortir la TB-23. Au lieu des 70 mètres de la TB-16, la partie active de la TB-23 mesurait 300 mètres de long, avec près de cent hydrophones disposés à l'extrémité d'un câble de remorque de 800 mètres. Mack retourna ensuite au local sonar.

— Commandant, le but est compté à 18 nœuds et sa vitesse est stable. Nous percevons quelques fréquences, maintenant, même sur l'antenne de coque. Certainement pas un Américain. D'après la base de données, la signature correspond exactement à celle du Han numéro 402.

Mack en resta abasourdi.

— Je croyais que le 402 avait été coulé par le sous-marin d'escorte du *Nimitz*.

— Les services de renseignement aussi, apparemment ! répliqua l'opérateur sonar. Ils ont dû se tromper de numéro de coque. Ce ne serait pas la première fois !

Le commandant appela l'officier de quart.

— Rentrez la TB-23. Je n'ai pas envie de la prendre dans l'hélice au cas où nous devrions évoluer brutalement.

L'antenne linéaire remorquée permettait la détection passive de buts lointains mais Mack, comme nombre de commandants, préférait la rentrer avant de s'engager dans un combat avec l'ennemi.

Mack quitta le local sonar et retourna au CO, pour étudier les solutions sur lesquelles travaillait son équipe.

— *CO de sonar, le but 1 vient de stopper.*

Sept minutes s'écoulèrent ; les opérateurs sonar du *Cheyenne* tenaient toujours le contact sur les fréquences émises par les pompes primaires, chargées d'évacuer la chaleur du réacteur du sous-marin. Elles devaient fonctionner en permanence pour assurer la réfrigération du cœur et cette indiscrétion obligatoire constituait l'un des rares inconvénients de la propulsion nucléaire. Un sous-marin classique pouvait stopper en immersion et rester sans erre, absolument silencieux, le peu d'énergie nécessaire lui étant alors fourni par sa batterie d'accumulateurs. Les SNA, comme le *Cheyenne* ou le Han 402, ne pouvaient en aucun cas arrêter leurs pompes primaires. Ainsi, il était parfois plus facile de chasser un SNA qu'un sous-marin classique, surtout dans le cas d'un Han datant des années 70, qui connaissait des problèmes de réacteur depuis sa construction.

L'interphone rompit brutalement le silence qui s'était installé au CO.

— *CO de sonar, alerte, émission sonar. Une seule impulsion, même azimut que le but 1... Les caractéristiques correspondent. Le but vient d'émettre sonar.*

Quelques instants plus tard, une seconde impulsion apparut sur les écrans de la console d'interception. Mack ordonna à l'officier de quart de rappeler au poste de combat et annonça d'une voix forte :

— Le commandant prend la manœuvre.

Une fois le bâtiment complet au poste de combat, le commandant en second, qui avait pris les fonctions de coordinateur CO, annonça :

— But 1, azimut 1-6-9; distance BSY-1 environ 20 000 mètres. Il n'est pas dans une zone de convergence.

A bord du Han 402, le commandant pensait ne pas avoir d'autre solution que d'émettre, trahissant ainsi sa position. Son sonar passif n'avait pu obtenir que des contacts intermittents sur un sous-marin américain naviguant dans la zone et il devait le localiser précisément pour accomplir sa mission — le couler puis poursuivre sa route et s'attaquer au trafic commercial américain. Un SNA américain traversait la zone mais il ne savait pas exactement où, et ignorait qu'il s'agissait du *Cheyenne.* Malheureusement pour lui et pour son équipage, il s'était cru beaucoup plus proche des Américains que ne le lui indiquait son sonar actif : 18 000 mètres, hors de portée pour lui, mais tout à fait dans le rayon d'action des Mk 48 du *Cheyenne.*

Ces deux émissions représentaient un risque calculé de la part du commandant chinois. Avec un sous-marin aussi discret qu'un éléphant dans un magasin de porcelaine, il se doutait bien que les Américains l'avaient détecté. A présent, l'ennemi était passé devant lui mais ne pouvait pas se trouver bien loin. S'il attendait trop longtemps avant d'attaquer, il risquait de laisser passer sa chance.

A bord du *Cheyenne,* Mack tentait de comprendre le raisonnement du commandant chinois. Bien sûr, les sonars chinois n'étaient pas réputés pour leurs performances mais de là à imaginer que le commandant du 402 n'ait pas d'autre solution que d'émettre ! *Non,* pensa Mack, *tout ceci a un sens. Le Chinois doit s'imaginer que nous le pistons depuis un certain temps et que nous connaissons sa position. Il tente simplement de reprendre l'avantage en nous localisant à son tour.*

Une chose était sûre, les deux sous-marins disposaient maintenant d'une bonne solution pour attaquer. Mack n'imaginait pas que son adversaire puisse laisser échapper une telle opportunité. Le Han, hors de portée, ne pouvait pas encore lancer, mais cela pouvait changer rapidement.

— *CO de sonar, le Han vient de remettre en route. Il est compté à 25 nœuds ; à l'entendre, on dirait qu'il met la gomme. Fort doppler positif, il se rapproche rapidement.*

Le commandant Mackey prit route inverse pour réduire la radiale en rapprochement et ordonna de préparer le lancement des torpilles des tubes 1 et 2.

— Poste torpilles, disposez les tubes 1 et 2. Ouvrez les portes avant.

Une fois les tubes parés et les armes sous tension, Mack prit à nouveau cap vers le Han et régla à 15 nœuds. Les deux sous-marins fonçaient droit l'un vers l'autre, dans un jeu dangereux qui risquait de déclencher une Troisième Guerre mondiale.

— *CO de sonar, alerte torpille, azimut 1-6-3 ! Apparemment une SET-53. Elle est active commandant !*

— But l'estimé 19 000 mètres, annonça l'officier ASM à la direction de lancement des armes.

Mark embrassa d'un regard toute l'équipe du CO. L'horreur et la peur se lisaient sur les visages des opérateurs dont certains, jeunes sous-mariniers, totalisaient à peine six mois de bord.

— Stoppez !

— Stoppez ! répéta le barreur, avant de rendre compte, quelques secondes plus tard : Machine affichée stop !

Pour éviter une torpille, la procédure standard consistait à faire demi-tour et à filer à la vitesse maximale dans la direction opposée, en espérant que l'arme arriverait au bout de son potentiel avant d'atteindre son objectif. Mais la situation n'avait rien d'habituel.

Les services secrets américains étaient parvenus, en toute discrétion, à acheter aux Russes trois torpilles SET-53 au cours d'un « échange de technologie » pas si pacifique qu'il n'y paraissait. D'après une batterie d'essais complètes, ils avaient estimé la portée maximale de la SET-53 à 5 nautiques, soit à peu près 9 000 mètres. Même avec une grande marge d'erreur et en prenant un solide pied de pilote, Mack savait que la torpille chinoise n'avait aucune chance de toucher le *Cheyenne.*

Cependant, ce lancement suffit à déchaîner la fureur du commandant Mackey — et pas seulement parce qu'il constituait un acte de guerre contre les États-Unis ; il s'agissait d'une agression dirigée directement contre lui et contre son équipage.

Le *Cheyenne* ne courait aucun danger immédiat, pas encore du moins. Pourtant, pour éviter tout risque inutile, il ordonna d'un ton calme :

— Prendre les dispositions de grenadage.

Le commandant du Han se trouvait maintenant en bien mauvaise posture. Voulant démontrer leur force et leur détermination, les dirigeants de Pékin lui avaient donné l'ordre d'attaquer tous les sous-marins et navires de surface américains dans sa zone de patrouille. Il respectait les ordres scrupuleusement... mais estimait ne pas avoir l'obligation de se suicider et savait que s'en prendre à un Los Angeles avec un Han y ressemblait furieusement. S'il pouvait s'approcher assez du *Cheyenne,* tant mieux, sinon il lancerait une ou deux torpilles de loin avant de disparaître pour reprendre la chasse aux navires de commerce un peu plus tard.

Lorsqu'il avait acquis la position précise du *Cheyenne* grâce aux deux « ping » du sonar actif, il s'était rendu compte qu'il avait révélé sa position bien trop tôt pour pouvoir attaquer avec des chances de succès. S'approcher encore du *Cheyenne* était trop dangereux. Il ne lui restait guère d'options possibles : soit fuir sans demander son reste, soit lancer contre l'Américain puis dérober de toute façon. La première solution lui paraissait la plus tentante, mais la moins conforme à sa mission. Il opta pour la seconde.

Le commandant du Han donna l'ordre de tirer une seule torpille puis d'évoluer par la droite et de virer aussitôt vers l'est, pour échapper aux réactions éventuelles des Américains.

Mack réfléchit aux implications de cette attaque délibérée. Le Han avait lancé sans qu'il y ait eu la moindre provocation, et la Chine s'était engagée dans une escalade infernale. Elle déclencherait les hostilités d'un moment à l'autre et tous ses sous-marins devaient d'ores et déjà avoir reçu l'ordre de couler les navires de guerre et de commerce américains dès leur appareillage.

Dans le monde entier, chaque fois que des bâtiments chinois entreraient en contact avec des bâtiments américains, ce serait un bain de sang. Certains auraient de la chance, les uns gagneraient et survivraient, les autres perdraient et périraient. Hélas, le commandant du Han n'avait pas eu la chance de tomber sur un navire de commerce. Sa mauvaise étoile lui avait fait rencontrer le *Cheyenne* et il avait décidé de l'attaquer.

Et il était trop tard pour changer d'avis.

Mack comprit aussitôt les intentions du 402. Il manœuvrait et prenait cap vers San Diego, ce qui ne pouvait signifier qu'une seule chose : la Chine avait entrepris des opérations militaires d'envergure contre les États-Unis, une sorte de guerre non déclarée.

— *CO de sonar, stoppage de la torpille chinoise. Elle vient de couler à pic, annonça l'opérateur sonar. D'après nos estimations, elle n'a même pas parcouru 6 000 mètres.*

Mack hocha la tête. Les Chinois avaient eu leur chance. A présent, c'était au *Cheyenne* de jouer. Le Los Angeles accéléra pour se lancer à la poursuite du Han qui tentait de se réfugier dans des eaux plus sûres.

Le 402 pouvait filer au maximum 25 nœuds, le *Cheyenne* un bon 31. La distance entre les deux bâtiments diminua très vite. Les deux commandants savaient parfaitement que ce n'était plus qu'une question de temps pour que les Américains arrivent en portée.

De nouveau, les choix possibles pour le commandant chinois se montraient peu nombreux : continuer à fuir, gagner du temps, mais c'était reculer pour mieux sauter, ou bien faire front et se battre.

Ses ordres étaient clairs, la décision fut donc facile. Il fit faire demi-tour à son sous-marin pour affronter le *Cheyenne.* Geste noble, mais inutile. Le 402 se précipitait dans la gueule du loup car les Mk 48 ADCAP américaines portaient au moins deux fois plus loin que les torpilles chinoises.

— *CO de sonar, alerte torpille ! Deux nouvelles SET-53, azimut 1-6-5.*

L'ASM annonça le but entretenu à 16 000 mètres. Mack ne s'inquiétait pas. Le Chinois avait une réaction désespérée et préférait mourir au combat, en priant pour avoir un peu de chance... Et une torpille à l'eau, c'était mieux que pas de torpille du tout.

A présent, le Han se trouvait en portée du *Cheyenne,* mais Mack ne donna pas tout de suite l'ordre de lancer. Il fit prendre à nouveau les dispositions de grenadage et larguer deux leurres Mk 2, juste au cas où ces SET-53 auraient un temps de fonctionnement plus long que la première fois.

Ces leurres, tirés par de petits tubes implantés en superstructures, accomplirent leur tâche à la perfection et attirèrent les SET53 dans une autre direction. Les torpilles chinoises s'épuisèrent sans trouver leur but. Une fois leur énergie consommée, elles coururent sur leur erre avant de sombrer au fond de l'océan, détruisant avec elles les derniers espoirs du Han 402.

Bien que Mack se fût entraîné à couler un ennemi pendant toute sa carrière, il n'avait jamais pensé devoir un jour appuyer réellement sur le bouton. Comme tous à bord, Mack était pourtant un vrai professionnel qui savait garder son sang-froid.

— Attention pour lancer sur le but 1, tubes 1 et 2. On lancera au prochain bien pointé.

L'opérateur du BSY-1 annonça au commandant l'azimut de feu, les caps torpilles et les nouveaux temps de parcours.

— Lancez, tubes 1 et 2, ordonna Mack d'une voix calme et ferme.

— Tubes 1 et 2, feu ! répondit l'officier ASM en écho.

Il tourna un commutateur sur le panneau de commande et une forte pression d'eau éjecta les deux Mk 48 hors de leur tube. Leurs turbines de propulsion, alimentées par un carburant spécial, l'Otto Fuel, se mirent en marche et, poussées par leur pump-jet, les armes accélérèrent rapidement.

— Torpilles parties tubes 1 et 2, lancement nominal, rendit compte l'officier ASM après avoir jeté un coup d'œil aux voyants de sa console.

Dès qu'il perçut les deux armes, le sous-marin chinois entreprit un changement de cap brutal. Mack supposait qu'il allait évoluer de 120 degrés, mais les autodirecteurs accomplirent leur tâche sans faillir et ne perdirent pas le contact avec le but.

— Les deux torpilles ont des perceptions, annonça l'officier ASM.

Grâce à leurs propres sonars, les autodirecteurs des Mk 48 avaient acquis le sous-marin ennemi et les armes, devenues autonomes, n'avaient maintenant plus besoin d'être guidées par le lanceur.

— Larguez les gaines, fermez les portes avant et rechargez une Mk 48 dans chacun des tubes 1 et 2, ordonna le commandant Mackey.

— *CO de sonar, deux explosions, fortes, azimut 1-6-2.*

Une clameur s'éleva au CO, mais le commandant Bartholomew Mackey ne s'y joignit pas. Les marins fêtaient leur première victoire et laissaient d'un coup échapper toute la tension et toute la peur accumulées pendant leur premier combat. Mais Mack savait, lui, que les choses ne s'arrêteraient pas là.

La Chine était officiellement entrée en guerre.

Un instant plus tard, Mack fit rompre du poste de combat et ordonna à l'officier de quart de faire remonter le *Cheyenne* à l'immersion périscopique. Mack transmit un message flash vers le SSIXS (Submarine Satellite Information Exchange System), un satellite de communication réservé à l'usage des sous-marins, pour rendre compte de l'engagement à son contrôleur opérationnel et au Pentagone. Comme il s'en doutait, le volume des messages qui l'attendaient dans sa boîte aux lettres indiquait que l'agression chinoise qu'il venait de subir n'était pas un acte isolé. En lisant la planchette, Mack apprit que la Chine avait déclenché une sorte de guerre générale pour affirmer sa position et tenter de créer un nouvel ordre mondial.

Le contrôleur confirmait les ordres de mission du *Cheyenne*. Mack devait toujours rallier Pearl Harbor pour compléter ses approvisionnements avant de rejoindre au plus vite les autres unités américaines en mer de Chine. Pourtant, un changement de taille était intervenu : Mack avait à présent l'autorisation d'attaquer sans sommation tout bâtiment chinois qu'il croiserait dans sa zone.

Le reste du transit s'effectua dans une ambiance très lourde. Chaque minute qui passait apportait le risque d'une nouvelle mauvaise rencontre. Après quelques heures de route à 120 mètres de profondeur en direction des chenaux d'accès à Pearl Harbor, l'officier de quart remonta à l'immersion périscopique pour prendre la vacation et obtenir les derniers développements de l'actualité internationale. Les nouvelles n'avaient rien de réjouissant.

Deux frégates de type Spruance, l'USS *Fletcher* (DD 992) et l'USS *John Young* (DD 973) opéraient conjointement avec le *Midgett* (WHEC 726), un cutter des Coast Guards. Un des Seahawk SH-60 du *Fletcher* avait mouillé un barrage de bouées Jezebel [1] à un peu plus de 200 kilomètres au sud d'Honolulu et détecté un contact possible. Les bâtiments connaissaient la position des sous-marins amis dans la zone, mais le contact pris par le Seahawk ne correspondait à aucune des signatures des sous-marins supposés présents dans les environs.

Le *John Young* avait fait décoller un autre Seahawk pour investiguer et classifier ce contact.

Le *Cheyenne* remonta à 20 mètres et hissa le périscope de veille, équipé d'une antenne radio. Aussitôt, il reçut un message sur le réseau Navy Red, la liaison UHF cryptée de la marine. Un hélicoptère l'informait de la possibilité d'une présence ennemie dans les parages, en gros à 42 nautiques au nord de sa position actuelle et demandait assistance pour pistage et attaque du contact. Mack répondit par l'affirmative, quitta la liaison et redescendit à 120 mètres pour rallier le datum à forte vitesse.

Quarante-sept minutes plus tard, le *Cheyenne* prit un contact sur l'antenne linéaire remorquée. Trop lointain et trop faible, il était encore impossible à classifier. Pourtant, s'il s'agissait bien d'un sous-marin, celui-ci tentait de se faire le plus discret possible — aucune comparaison avec la signature forte obtenue plus tôt sur le 402. L'opérateur baptisa ce second contact sous le nom de but 2.

En surface, les deux frégates et le cutter des Coast Guards cherchaient à reprendre et à trajectographier ce contact qu'ils ne tenaient que de façon intermittente. Ils prenaient aussi soin de

1. Jezebel : bouée acoustique passive. *(N.d.T.)*

ne pas se rapprocher trop, afin de ne pas entrer dans le volume d'efficacité des armes du sous-marin. Les hélicoptères Seahawk n'avaient rien à craindre de ce côté et, à 13 h 40, au moment où les bâtiments de surface classifièrent formellement le contact comme un SNA chinois de type Han, le *Cheyenne* perçut le « plouf » de deux torpilles Mk 50 qui entraient dans l'eau.

— *CO de sonar, alerte torpille ! Des Mk 50, azimut 0-1-7. Les Seahawk viennent de lancer sur le but 2.*

Quelques instants plus tard, les petites torpilles larguées par l'hélicoptère passèrent en actif. Le *Cheyenne* perçut le claquement sec provoqué par l'éjection de deux leurres, suivi d'une forte cavitation : le sous-marin chinois tentait d'échapper aux Mk 50... en vain.

— *CO de sonar, deux explosions, azimut 0-2-3.*

— Radio, dit Mack, préparez un message de félicitations aux hélicoptères. Confirmez que nous avons bien perçu les explosions, suivies de l'implosion de la coque. Vous l'enverrez par Navy Red quand nous aurons repris la vue.

La joie de l'équipage était bien compréhensible, même si cette nouvelle victoire n'apparaissait pas aussi enthousiasmante que la précédente. En tout cas, elle avait renforcé la confiance de l'équipage dans les capacités de ceux de leurs camarades qui opéraient à 120 mètres au-dessus de leurs têtes.

Plus encore, les hommes se sentaient stimulés par le fait que cette première mission s'était déroulée sans la moindre anicroche. Mack ordonna de reprendre la route vers Pearl Harbor. Là, après une remise en condition rapide, ils se prépareraient à la mission suivante : rejoindre la mer de Chine méridionale.

2

DÉPLOIEMENT EN MER DE CHINE

Le commandant Mackey embrassa d'un regard l'assemblée de ses officiers réunis au carré, avant de s'attarder sur chacun d'entre eux.

— Voilà la rançon du succès, leur dit-il. L'état-major est si content de nos premiers exploits qu'il a décidé de nous envoyer au front. Le *Cheyenne* a reçu l'ordre de rejoindre l'USS *Independence* (CV-62), qui croise en ce moment dans l'océan Indien et fait route à vitesse maximum vers les îles Spratly. Le rendez-vous est fixé à une centaine de nautiques au nord-ouest de l'île Natuna. Au cours de la traversée de l'océan Pacifique, nous changerons de commandement opérationnel pour passer aux mains de la Septième Flotte.

Mack parvint à garder une voix égale et un regard serein. De tels changements de commandement opérationnel étaient tout à fait habituels, mais celui-ci signifiait une prise de risque supplémentaire : si la Troisième Flotte restait proche des eaux américaines, dans le Pacifique Est, la Septième, elle, constituait la ligne de front de cette nouvelle guerre.

— Les services de renseignement ont noté la présence de nombreux bâtiments de guerre dans la zone vers laquelle nous nous dirigeons, poursuivit Mack. Nous entrerons tôt ou tard en contact avec l'un d'eux. Cependant, notre priorité reste le rendez-vous avec l'*Independence.* Nous ferons face aux difficultés les unes après les autres, comme elles se présenteront. N'oublions pas que l'ennemi a l'avantage de se trouver chez lui et de bien connaître le terrain. Nous appareillerons dès que nous aurons terminé les pleins et embarqué les armes, termina-t-il en regardant une dernière fois ses officiers.

Si seulement c'était vrai, pensa Mack. Mais en réalité, ils devraient partir *avant* d'être totalement équipés. Comme toujours en temps de paix, les approvisionnements n'étaient jamais commandés en quantité suffisante pour satisfaire aux exigences des opérations en temps de guerre. Trop de bâtiments venaient se ravitailler en même temps à Pearl Harbor et les magasins ne contenaient pas assez d'armes, de munitions et de vivres.

Tout le matériel nécessaire avait été commandé, bien sûr, et les stocks de Pearl Harbor seraient recomplétés sous peu, mais le *Cheyenne* serait déjà à mi-chemin, au milieu du Pacifique.

Le poste torpilles renfermait seize Mk 48 ADCAP et quatre missiles anti-navires Harpoon d'une centaine de kilomètres de portée. L'embarquement des armes restait toujours une opération longue et délicate. Un camion se garait sur le quai, le long du bord. Une grue transférait les Mk 48 une par une sur un dispositif de descente boulonné sur le pont du sous-marin. Avec mille précautions, l'arme était descendue à bord et placée sur les rances de stockage, au poste torpilles. Pendant ce temps, une seconde grue embarquait directement six missiles Tomahawk dans leurs tubes de lancement verticaux, implantés en ballast avant.

Le *Cheyenne* devrait suivre une route ouest sud-ouest à travers le Pacifique, avant de passer au large des îles Marshall et Salomon, deux hauts lieux de la guerre du Pacifique, soixante ans plus tôt. Ensuite, il laisserait à tribord l'archipel des Caroline et couperait par la mer des Célèbes avant d'entrer en mer de Chine méridionale.

Les analystes des services de renseignement avaient confirmé que le *Cheyenne* avait bel et bien coulé le Han 402 et assisté au naufrage du 404, au sud d'Honolulu. Après ces deux victoires et la destruction d'un autre Han par le sous-marin d'escorte du *Nimitz*, la marine chinoise ne disposait plus que de deux sous-marins nucléaires — ou, plutôt, de deux sous-marins répertoriés par l'état-major américain.

La collecte d'information faisait partie de la mission du *Cheyenne*. Une fois dans les eaux territoriales chinoises, il devait rassembler le plus de données possible sur les opérations navales chinoises, tout en poursuivant sa route vers l'Indonésie. Là, à 100 nautiques au nord-ouest de l'île Natuna, leur vieil ami l'USS *Independence* les attendrait.

Mack leva la séance, tout en réfléchissant à la mission et au peu d'armes dont il disposait pour l'accomplir. Le *Cheyenne* appareillerait dans moins de deux heures et il voulait que ses officiers et ses hommes se préparent au combat.

Quelque part au milieu du Pacifique, une frégate chinoise de type Luda attendait calmement, arrêtée en pleine mer. Juste en dessous, à 100 mètres de fond, un vieux sous-marin diesel de type Romeo se tenait aux aguets. La mission du couple était simple : envoyer par le fond autant de bâtiments américains que possible. Informés des dernières pertes dans leurs rangs, ils se réjouissaient d'avoir détecté un navire marchand, le *Southwest Passage,* qui faisait route vers Hawaï.

Ce n'était pas un gros bâtiment mais il voguait sous pavillon américain et cela suffisait pour en faire un but. Dès que le *Southwest Passage* arriva à moins de 80 nautiques du Luda, le commandant de la frégate fit décoller l'un de ses deux hélicoptères Harbin Z-9A, pour identification à vue.

Le commandant du *Southwest* n'avait pas conscience du danger qui menaçait son navire et poursuivait sa route. Pourtant, quand il entendit le grondement des rotors et identifia un hélicoptère militaire chinois, il rendit compte de la rencontre à l'US Navy, qui lui ordonna aussitôt de changer de cap afin d'éviter « une situation susceptible de mettre des vies en péril ».

Malheureusement pour le commandant et son équipage, il était déjà trop tard. Sans aucun avertissement, trois missiles chinois HY-2 appartenant à la famille des Silkworm déchirèrent le ciel pour aller exploser dans la coque du *Southern Passage.* Les trois impacts se succédèrent à quelques secondes d'intervalle, deux à l'arrière, le troisième plus près de l'étrave.

Le navire sombra comme une pierre, sans même se casser en deux. La plupart des hommes furent tués par les explosions et le naufrage ne laissa aucun survivant.

A bord de la frégate, le commandant chinois se félicitait du résultat. La Chine venait de marquer un point contre l'Amérique. Mieux même, le mérite lui revenait, à lui seul. Avec un peu de chance, la présence du sous-marin pourrait encore rester secrète, préservant l'effet de surprise. Bientôt, lorsqu'il s'attaquerait à un plus gros poisson, un bâtiment de guerre, par exemple, la présence de son acolyte pourrait se révéler décisive.

Au large de Midway, le *Cheyenne* faisait route vers le sud-ouest lorsqu'il apprit la perte du *Southwest Passage*. En immersion profonde, Mack avait gardé l'antenne filaire sortie pour conserver une veille radio intermittente. Il s'attendait bien à recevoir un résumé de l'évolution de la situation politique et militaire, mais certes pas à ce qu'il venait d'apprendre !

Selon le message, l'attaque s'était produite au sud de la position actuelle du *Cheyenne,* à environ un jour de route à pleine vitesse, ou un jour et demi à leur vitesse actuelle de 20 nœuds. Mack n'hésita pas une seconde. Les ordres reçus lui autorisaient une certaine latitude et il allait en profiter.

Il relut le message, ordonna de régler à vitesse maximale et fit mettre le cap en direction du lieu du naufrage. En l'absence de déclaration de guerre formelle, le gouvernement chinois ne pourrait sans doute pas soutenir ou justifier officiellement l'action du destroyer. C'était parfait pour Mack. Il allait rendre justice... à l'américaine !

Vingt-six heures plus tard, le *Cheyenne* découvrit une seconde surprise. Il venait de détecter un but, mais il ne s'agissait pas d'un bâtiment de surface. Un autre contact masquait celui qu'il cherchait.

Le sonar identifia vite un sous-marin classique de type Romeo qui devait avoir un problème avec son schnorchel car il rechargeait ses batteries en surface, dans un énorme tintamarre de moteur diesel. Il fallut deux heures supplémentaires pour repérer le Luda, qui naviguait à une vitesse de treize nœuds environ.

Mack rappela au poste de combat.

— Belle journée pour partir à la chasse, dit-il au maître de central sur le ton de la plaisanterie.

— Oui, commandant. Ce n'est pas tous les jours qu'on a la chance de trouver un sous-marin ennemi en surface, le pantalon sur les talons !

Pour de tels objectifs, les missiles surface-surface Harpoon s'imposaient. La frégate et le sous-marin se montraient très bruyants et le *Cheyenne* pouvait déterminer leur position avec une grande précision, ce qui est d'habitude impossible à grande distance.

— *CO de sonar, le but 11, azimut 0-1-3, le but 12 azimut 0-0-2.*

Le but 11 représentait le sous-marin Romeo et le but 12 la frégate Luda. Ni l'un ni l'autre ne se doutaient du petit cadeau qui allait bientôt leur parvenir.

En dix minutes, le calculateur du BSY-1 estima la distance du but 11 à 43 nautiques et à 42 nautiques pour le but 12. Le *Cheyenne* n'avait pas besoin d'une mesure très précise. Tant que les buts se trouvaient en portée des missiles, seul l'azimut importait vraiment.

Mack se montra très satisfait des éléments obtenus.

— Poste torpilles, appela-t-il par l'interphone, ici le commandant au CO. Rechargez les tubes 2, 3 et 4 avec des missiles Harpoon. Laissez une ADCAP dans le tube 1.

Le patron torpilleur collationna immédiatement.

— *Recharger tubes 2, 3 et 4 avec des Harpoon, laisser une ADCAP dans le tube 1. Bien commandant.*

Mack aurait aimé tirer ses quatre Harpoon d'un seul coup, comme un cow-boy qui vide son barillet dans un duel au milieu de la rue poussiéreuse, en face du saloon. Mais ces deux buts étaient si bruyants qu'il ne devait pas négliger la possibilité qu'un troisième, beaucoup plus silencieux, puisse rôder dans les parages. Une torpille devait rester parée au cas où le dernier sous-marin Han apparaîtrait brusquement ou, pire encore, un autre ennemi dont il ne savait rien et pour lequel il n'était pas préparé.

La frégate constituait la cible la plus volumineuse, beaucoup plus mobile que le Romeo en surface. Mack décida donc de tirer deux Harpoon contre le Luda et un seul sur le sous-marin. A son ordre, le *Cheyenne* réduisit sa vitesse à quelques nœuds et fila en silence dans la mer.

— Tubes 2, 3 et 4, rechargés avec un Harpoon, rendit compte l'officier ASM. Le *Cheyenne* était paré à attaquer.

L'UGM-84, la variante du Harpoon adaptée aux sous-marins, est encapsulé dans un véhicule sous-marin étanche, dont la forme est semblable à celle d'une torpille. Après le tir, l'UGM-84 remonte à la surface sous l'effet de sa flottabilité propre puis, après avoir éjecté le nez de la capsule, allume un booster qui extrait le missile du véhicule sous-marin et lui imprime une forte accélération pendant quelques secondes. Ensuite, toute sa poudre consommée, le booster se détache, le turboréacteur du Harpoon se met en route et le missile entame sa course vers l'objectif. A l'approche du but, l'autodirecteur radar se déclenche et pilote l'approche finale.

Pour cette mission, Mack fit programmer un piqué final pour chacun des missiles, afin de perturber les défenses éventuelles de la frégate et d'augmenter l'efficacité des engins. Le *Cheyenne* n'aurait qu'une seule occasion de lancement facile sur ces deux bâtiments chinois. Mack tenait à ce que chacun de ses missiles fasse mouche.

— Attention pour lancer, ordonna Mack. Tube 2, but 11, tubes 3 et 4, but 12.

Mack fit feu deux minutes plus tard et l'opérateur sonar entendit nettement la mise à feu des trois boosters à poudre.

— Rechargez les tubes 2, 3 et 4 avec des Mk 48, ordonna Mack.

Volant en haut subsonique, les missiles trouvèrent leurs cibles en moins de cinq minutes. Cette fois, les rôles étaient inversés : à leur tour, les Chinois n'avaient plus la moindre chance.

Trois explosions violentes témoignèrent du succès de l'opération. Le Romeo fut touché le premier. Depuis son altitude de croisière, à quelques mètres au-dessus du niveau de la mer, le Harpoon reprit brusquement de la hauteur avant de piquer presque à la verticale. Il frappa l'arrière du Romeo qui rechargeait toujours ses batteries en surface. La marine chinoise n'avait pas pris le temps d'intervenir sur l'installation schnorchel en panne et cela lui avait coûté un équipage et un bateau.

Le missile, avec sa charge de 250 kilos, explosa à l'impact, creusant un énorme trou dans la coque et s'enfonçant au cœur du sous-marin. La coque d'acier se brisa en deux sous le choc. Les deux moitiés sombrèrent aussitôt.

Douze secondes plus tard, ce fut le tour de la frégate. Le premier missile toucha l'avant, juste sous le canon de 130 mm et ses munitions. L'effroyable explosion détacha presque la moitié avant du bâtiment, où des paquets de mer s'engouffrèrent. Le deuxième Harpoon fonça droit sur la passerelle et tua le commandant et les hommes qui s'y trouvaient. Le central opérations ainsi que le PC transmissions disparurent dans une gigantesque boule de feu.

La frégate de 3 400 tonnes ne s'enfonça pas

tout de suite. Elle ne se brisa pas assez vite et il lui fallut plus de trois heures pour s'engloutir dans les profondeurs du Pacifique. Dans un état pitoyable, elle dériva au milieu d'une nappe de gazole enflammé de plus en plus étendue, qui allait devenir sa tombe.

A bord du *Cheyenne,* le commandant et l'équipage savaient simplement que les missiles avaient atteint leur but, mais n'avaient aucun moyen de mesurer l'étendue des dégâts. Dès le lancement des Harpoon, le *Cheyenne* redescendit à 120 mètres et s'éloigna le plus vite possible de la zone de lancement. Si un autre bâtiment ennemi se trouvait dans les parages, il ne manquerait pas de se lancer à sa poursuite sans plus attendre. Mack attendit près d'une heure avant de faire rompre du poste de combat et de réduire la vitesse.

Le *Cheyenne* avait accompli sa mission de manière irréprochable. S'il avait toujours été en vie, le grand-père de Mack, qui avait lui aussi servi dans la « marine silencieuse » pendant la Seconde Guerre mondiale, aurait sans doute été fier de son petit-fils.

Le *Cheyenne* était à ce jour le plus moderne des sous-marins d'attaque de toute la marine américaine. Admis au service actif depuis peu de temps, il avait déjà détruit deux sous-marins ennemis et une frégate. Mack ne le savait pas encore, mais le *Cheyenne* allait devenir l'un des bâtiments les plus décorés de toute la Flotte du Pacifique.

A bord d'un sous-marin, privé d'espace vital et de toute intimité, l'équipage menait souvent une vie austère. Parfois même, les plus jeunes étaient condamnés à la « bannette chaude » : ils se partageaient deux lits à trois. Le plus difficile était de s'habituer à l'odeur des autres et à la désagréable impression de se glisser dans un lit déjà chaud.

Pourtant, après les derniers événements, on ne pouvait guère qualifier la vie à bord de monotone. Toute détection sonar semblait signaler la présence d'un ennemi, tout bruit anormal du réacteur ou des turbines de propulsion paraissait les exposer à la menace chinoise et tout message de l'extérieur risquait d'annoncer de nouveaux combats. Reprenant la tactique de *sprint and drift* qu'il avait adoptée pour une grande partie du transit vers Pearl Harbor, Mack ne perdait pas de temps pour rejoindre son point de rendez-vous avec l'*Independence*.

Au fil des jours, en l'absence d'autres incidents, la tension commençait à retomber et, avant même que l'équipage ne s'en rende compte, le sous-marin approcha de la mer des Célèbes. Il ne restait plus que la mer de Sulu à traverser avant l'entrée en mer de Chine.

L'*Independence* les attendait à un peu plus de 1 200 nautiques de leur position actuelle. A pleine vitesse, le *Cheyenne* pouvait y arriver en un peu plus de deux jours, mais pas question de faire autant de bruit dans des eaux si peu sûres. En *sprint and drift*, il atteindrait sa destination en un peu moins de quatre jours.

Au milieu de la mer des Célèbes, Mack reçut un nouveau message. La plus grande prudence était conseillée au *Cheyenne* en mer de Sulu et en mer de Chine car on suspectait la présence de mines récemment mouillées dans ces eaux.

Voilà qui compliquait singulièrement le problème. La Chine recourait d'ordinaire aux mines de fond côtières et aux mines dérivantes, méthodes certes pas obsolètes mais qui ne présentaient pas de menace sérieuse pour les sous-marins. Les derniers rapports des services de renseignement indiquaient cependant que, à court de liquidités, les Russes avaient vendu aux Chinois un nombre inconnu de Cluster Bay et de Cluster Gulf, des mines anti-sous-marins qui pouvaient être utilisées jusque dans des fonds de deux mille mètres. Le *Cheyenne* devait donc non seulement continuer à se méfier des mines classiques, mais aussi envisager la possibilité d'en rencontrer en haute mer.

Mack n'appréciait guère cette nouvelle information et il goûta encore moins la suivante : une importante flotte de surface et de sous-marins chinois était en train de se regrouper à la base navale de Canton. On supposait que cette flotte allait appareiller dans les trente-six prochaines heures et que sa mission se répartissait en deux tâches principales : rechercher et attaquer tous les navires américains à proximité immédiate des côtes et, plus important, tenter d'envoyer par le fond le porte-avions *Independence*.

Mack réduisit à 10 nœuds à l'ouvert du passage qui menait en mer de Sulu. Il terminerait son transit à vitesse faible jusqu'au détroit de Balabac, au sud de la petite île de Palawan. Il allait profiter de cette occasion pour écouter avec attention son environnement avant de pénétrer dans des eaux hostiles.

Comme prévu, le *Cheyenne* conserva une vitesse réduite et resta à l'affût de tous les dangers avant d'entrer en mer de Chine. Les îles Spratly, gardées par un large contingent chinois destiné à empêcher toute invasion, se trouvaient encore à plusieurs centaines de nautiques.

Mack ordonna de déployer la TB-23. Destinée à détecter de loin les bruiteurs à très basse fréquence, cette antenne linéaire remorquée venait d'être installée à bord des Los Angeles. Le

Cheyenne avait été l'un des premiers bâtiments à en être équipé.

Contrairement à la TB-16 qui se logeait à l'intérieur du sous-marin et courait le long de la coque épaisse, la TB-23 s'enroulait sur un treuil en ballast. La grande longueur de cette nouvelle antenne permettait de tenir des contacts faibles à des vitesses de l'ordre de 20 nœuds.

L'ALR fonctionnait à merveille et, souvent, obtenait plus de contacts que les ordinateurs ne savaient en traiter. Au cours de leurs entraînements, l'équipage avait tout détecté, du banc de poissons au chalutier en passant par la baleine et le sous-marin et, à présent, les opérateurs avaient toute confiance dans leur outil.

Presque aussitôt, la TB-23 prit de très nombreux contacts. Les distances restaient difficiles à apprécier : les signaux acoustiques perçus par l'antenne pouvaient traverser une ou plusieurs zones de convergence et, lorsqu'il était impossible de manœuvrer, le traitement de la situation tactique se révélait délicat.

D'après les azimuts initiaux, Mack pensa qu'il s'agissait de contacts de surface, très éloignés, à plus de 100 nautiques. Avec un peu de chance, ces fréquences appartiendraient au groupe de combat chinois envoyé à la rencontre de l'USS *Independence*, au sud de Bornéo.

En route à l'ouest à 5 nœuds, le *Cheyenne* s'enfonça un peu plus avant en mer de Chine méridionale.

Quelques heures plus tard, le raisonnement de Mack se trouva confirmé par les détections de la TB-23. Il s'agissait bien de bâtiments de guerre chinois, en très grand nombre. Le groupe de combat était formé de sept vedettes lance-torpilles, de quatre frégates Jianghu, de trois sous-marins d'attaque Ming et de deux sous-marins

Romeo. Cette flotte avait reçu deux missions essentielles : miner la mer de Chine méridionale et couler l'*Independence*.

Les porte-avions américains représentaient une menace sérieuse pour le gouvernement chinois depuis le début du conflit. Le premier Han avait déjà été perdu par la faute d'un SNA américain qui escortait le *Nimitz*. Aujourd'hui, ce porte-avions ne participait pas directement aux opérations et se tenait simplement au sud de Taïwan, prêt à intervenir en cas de besoin. Les mines dérivantes en mer de Chine méridionale représentaient un grave danger. C'était l'une des raisons pour lesquelles le *Nimitz* restait à l'écart de la zone des combats, du moins pour le moment. Le porte-avions *Independence* naviguait en mer de Chine depuis plus d'un mois et constituait une cible rêvée pour Pékin. Après avoir mouillé ses mines, le groupe de combat chinois fit route directe vers lui.

D'après les photos satellite et les images obtenues par les avions de reconnaissance, les services de renseignement ne mirent pas longtemps à percer le secret de la mission chinoise, mais ils n'avaient aucun moyen d'en informer le *Cheyenne*. La couverture ELF de cette région présentait des trous en raison de l'éloignement des émetteurs et le sous-marin ne pouvait pas être rappelé de l'immersion profonde pour prendre un message urgent. Il fallait attendre qu'il prenne la veille radio de lui-même, soit un délai maximum de douze heures.

A 10 heures précises, le lendemain de l'entrée du *Cheyenne* en mer de Chine, l'antenne filaire effleura la surface de la mer juste le temps nécessaire pour recevoir les derniers messages. Un S-3 appartenant au groupe aérien de l'*Independence* retransmit les dernières positions connues de la flotte ennemie ainsi que les nouveaux ordres du *Cheyenne*.

Mack devait à présent s'approcher du groupe de combat ennemi pour découvrir combien de sous-marins opéraient en soutien direct des bâtiments de surface.

La plupart des escorteurs ne disposaient que de moyens de lutte anti-sous-marine très limités. La menace pour le *Cheyenne* ne pourrait provenir que des sous-marins et des avions de patrouille maritime, comme le Harbin H-5, une version chinoise de l'Illyouchine 28 « Beagle » russe. Outre un système de détection sophistiqué, ces avions transportaient des bombes et des torpilles. Le commandant Mackey espérait que les F-14 de l'*Independence* le débarrasseraient d'au moins une partie de ces gêneurs.

En outre, de nombreux bâtiments de guerre chinois étaient appuyés par des hélicoptères. Adoptant un concept dérivé de celui du programme LAMPS américain, les Chinois possédaient des dizaines d'hélicoptères Dauphin, de fabrication française. Modifiés et équipés d'un sonar, ces aéronefs se révélaient d'une efficacité redoutable en lutte ASM. A proximité des bâtiments de surface, le *Cheyenne* devrait donc se montrer extrêmement prudent.

Le *Cheyenne* accéléra pour rallier son objectif. La flotte chinoise devait calquer sa vitesse sur celle de son bâtiment le plus lent et elle ne devait pas progresser à plus de 10 nœuds. Elle se trouvait pour le moment à un peu plus de 600 nautiques du groupe de combat du porte-avions américain, en limite de portée des F-14 de l'*Independence,* mais en dehors du volume d'action habituel d'un groupe aéronaval. Le *Cheyenne*, lui, naviguait maintenant à moins de 75 nautiques des forces chinoises.

En accélérant à 12 nœuds, Mack réduisit cette distance à 50 nautiques. La flotte ennemie avait encore diminué sa vitesse. A première vue, l'un de ses escorteurs semblait avoir des problèmes de propulsion et, pour conserver la formation, tout le groupe avait dû ralentir. Mais Mack n'était pas dupe. Les Chinois étaient en train de mouiller des mines.

D'après Mack, leur intention était d'établir un champ de mines au cas où l'une des nombreuses nations qui revendiquaient les îles Spratly tenterait une invasion. Il aurait parié que tous les bâtiments chinois à la mer effectuaient la même tâche afin de bloquer tous les accès à la mer de Chine.

Mack pensait que les Chinois avaient tiré les leçons de la guerre du Golfe, en 1991. Après avoir constaté les énormes pertes subies par les Irakiens, ils en étaient venus à la conclusion que seules les mines présentaient une efficacité suffisante contre les bâtiments américains. Les Chinois avaient bien l'intention de tirer parti de ce défaut dans la cuirasse de leur ennemi et la géographie de la mer de Chine s'y prêtait à merveille.

Moins d'une heure plus tard, la flotte chinoise avait complètement stoppé et Mack en profita pour se rapprocher.

Mack rappela au poste de combat avant d'arriver en portée du bâtiment chinois le plus proche, un sous-marin Romeo solitaire qui s'était écarté vers l'est pour détecter l'approche d'une éventuelle attaque ennemie. Comme le *Cheyenne* filait 4,5 nœuds, une vitesse à laquelle il n'émettait aucun bruit, le Romeo ne pouvait pas avoir de contact sur lui.

— *CO de sonar, nous avons cinq contacts classifiés sous-marins, tous en surface, diesels en fonction,* annonça le chef de module sonar au commandant. *Apparemment, trois Ming et deux Romeo. On dirait que les sous-marins attendent de reprendre le transit pendant que les autres bâtiments mouillent leurs mines.*

Mack fit baptiser les Ming buts 15, 16 et 17, et les Romeo buts 18 et 19. L'appréciation de la situation par le chef de module sonar coïncidait avec la sienne.

A ce moment, Mack devait prendre une décision délicate : allait-il attaquer un élément isolé, au risque de trahir sa présence ? Ses ordres de mission lui prescrivaient de déterminer le nombre de sous-marins qui soutenaient la flotte, et c'était chose faite. Il devait à présent rendre compte et transmettre cette information à l'*Independence,* mais son instinct le poussait à se débarrasser sans tarder du but 18, en portée de ses torpilles.

Pourtant, il hocha la tête et le laissa filer. Il avait une meilleure idée. Il attendrait de se trouver hors d'atteinte du Romeo et ensuite seulement, il lancerait une Mk 48 contre une frégate Jianghu et une autre contre l'un des Ming, les meilleurs des deux types de sous-marins chinois. Le *Cheyenne* déroberait ensuite à forte vitesse puis ralentirait pour aller rejoindre l'*Independence.*

Pourtant, aucun plan de bataille, si parfait soit-il, ne résistait jamais au premier contact avec l'ennemi, et Mack en était tout à fait conscient.

Il eut l'occasion de vérifier cette maxime quatre-vingt-treize minutes plus tard. Le *Cheyenne* s'était glissé hors de portée des autres sous-marins et l'unique menace à laquelle il devait faire face ne pouvait provenir que des seuls hélicoptères ASM patrouillant dans la zone.

Le sous-marin et la frégate que Mack avait choisis pour buts opéraient à 3 000 mètres l'un de l'autre, une configuration idéale pour les Mk 48. Il avait décidé de lancer d'abord sur le but 15, le Ming, puis sur le but 20, la frégate Jianghu.

— Attention pour lancer tubes 1 et 2, ouvrez les portes avant.

La confirmation de l'exécution de ces ordres fut presque immédiate.

— Bien pointé sur le but 15, recalez le but et lancez, tubes 1 et 2 !

Quelques secondes plus tard, les deux torpilles fendaient la mer.

— Larguez les gaines, fermez les portes avant, décomprimez les tubes et rechargez deux Mk 48, ordonna Mack d'une voix ferme et décidée.

Séparées de leur lanceur, les Mk 48 devraient trouver leur but toutes seules mais, compte tenu de la courte distance et du fort niveau de bruit rayonné par le Ming, l'acquisition ne présentait pas de problème. Mack oublia aussitôt ces torpilles ; elles étaient autonomes et, qu'elles fassent but ou non, il n'avait plus besoin de s'en préoccuper.

— Attention pour lancer tubes 3 et 4, ordonna-t-il, initiant la même procédure.

Quelques instants plus tard, la seconde paire de torpilles se dirigeait vers le but 20, la frégate de 1 500 tonnes.

A bord du Ming, l'équipage n'eut guère le temps de réagir. Le commandant ordonna un changement de cap à vitesse maximale, mais celle-ci était bien trop faible pour espérer distancer les ADCAP qui filaient plus de 60 nœuds.

Sur la frégate, la même panique régnait. Le commandant tenta de tirer des obus de mortier ASM RBU 1 200 dans l'azimut des torpilles pour tenter de perturber leur autodirecteur. Bien que dépassés, ces mortiers restaient néanmoins dangereux. Ils projetaient un chapelet de petites charges en arc de cercle à un peu plus de 1 000 mètres. Chacune de ces charges contenait environ 30 kilos d'explosifs et leur effet se faisait sentir sur une large zone.

— Prendre les dispositions de grenadage ! ordonna Mack.

En fait, la frégate avait eu une très mauvaise réaction. La chaîne d'explosions, qui n'atteignit pas le *Cheyenne*, se révéla beaucoup plus dangereuse pour les Ming qui patrouillaient à proximité. Le vacarme des détonations sous-marines masqua tous les autres bruits et Mack n'hésita pas à monter en allure pour s'éloigner au plus vite.

Deux heures plus tard, une fois le *Cheyenne* sorti de la zone dangereuse, un message l'informa que sa présence en mer de Chine n'était plus un secret pour personne. Cependant, il ne s'était pas démasqué en vain, bien au contraire. Lors de cet épisode, il s'était à nouveau couvert de gloire : trois torpilles avaient atteint leur but, privant la marine chinoise d'une frégate et d'un sous-marin.

Le rendez-vous avec l'*Independence* fut confirmé, à environ 600 nautiques de la position actuelle du *Cheyenne*. Bien que satisfait des informations obtenues ainsi que de ses nouveaux ordres, Mack savait qu'à partir de maintenant, il devrait redoubler de prudence. Le *Cheyenne* avait du sang chinois sur son emblème et tous les moyens ASM ennemis allaient s'acharner à le lui faire payer.

Mais pour cela, il faudrait d'abord le trouver puis le rattraper. Et le *Cheyenne* était rapide. A sa vitesse actuelle de 26 nœuds, il serait au point de rendez-vous dans une quinzaine d'heures. Mack fit rompre du poste de combat pour reprendre le transit vers l'*Independence*.

En sûreté à l'immersion de 120, Mack prit le temps de penser à nouveau à l'attaque qu'il venait de mener. S'était-il montré trop agressif ? Soudain, le commandant se sentait coupable d'avoir attaqué les forces chinoises et sacrifié son anonymat. Et si le *Cheyenne* avait été endommagé ? Après tout, l'attaque de bâtiments chinois ne figurait pas dans ses ordres de mission. Sans doute aurait-il dû se contenter de dériver en silence à proximité de la flotte ennemie pour recueillir les renseignements demandés, puis rejoindre le porte-avions. Mack avait donc pris des risques inutiles. En outre, il ne pouvait plus compter sur l'effet de surprise : à présent, les Chinois prendraient au sérieux la menace sous-marine.

Mais, une fois la tension du combat retombée, il s'avérait toujours dangereux de se laisser prendre au jeu des « et si ? » et de remettre en cause les décisions prises dans le feu de l'action. Ces questions le tourmentaient tandis que le *Cheyenne* remontait à l'immersion périscopique pour prendre la vacation.

— *CO de sonar,* annonça le chef de module, *contact sur l'ALR pris au franchissement de la couche, un hélicoptère. Le bruit de rotor est très clair.*

Mack ordonna aussitôt de redescendre à 100 mètres. Il entendit bientôt le « ping » du sonar actif de l'hélicoptère qui frappait la coque du *Cheyenne* et ce petit bruit le fit frissonner. Une fois de plus, il s'interrogeait sur la sagesse de ses précédentes décisions.

— *CO de sonar, nous venons de détecter un sous-marin en surface. Il commence à plonger !*

Mack rappela au poste de combat. Dans le local sonar, l'atmosphère était très tendue en attendant l'émission suivante. Elle ne fut pas longue à venir, mais ne présageait rien de bon.

— *CO de sonar, nous prenons un autre contact,* rapporta le chef de module. *On dirait un Romeo. Il devait nous attendre et guetter en silence, car nous n'avions rien entendu avant l'émission du sonar actif de l'hélico.*

L'hélicoptère fut désigné sous le nom de contact Sierra 179 et le Romeo prit le baptême de but 21.

Les hélicoptères ASM restaient toujours dangereux, difficiles à détecter par les sous-marins. Sonars et bouées acoustiques pouvaient leur fournir des renseignements précis quant à la position du *Cheyenne,* et Sierra 179 semblait en rechercher activement. Or, si l'hélicoptère arrivait en portée du *Cheyenne,* il pouvait aussi larguer une torpille. *Peut-être notre arrêt de mort,* pensa Mack.

— Distance du Romeo, le 21, 15 000 mètres, azimut 0-2-5, annonça la DLA.

— Sonar de CO, de nouvelles informations sur le sous-marin ? demanda Mack.

— *On dirait qu'il y a un autre Romeo. Il est plus proche, azimut 0-2-7, commandant. Baptême : le 22.*

Les opérateurs du BSY-1 réussirent rapidement à déterminer que les deux sous-marins ennemis naviguaient à moins de 500 mètres l'un de l'autre. En route au 0-2-6, le *Cheyenne* passerait exactement entre les deux.

De nouveau, le sonar trempé de l'hélicoptère émit une impulsion, à leur verticale, cette fois. Mack sourit. Ce pilote venait de leur rendre un sacré service ! Les deux sous-marins chinois avaient sans doute déjà obtenu la position du *Cheyenne* et cette dernière impulsion ne leur servait donc à rien. Par contre, Mack en déduisit la distance précise des deux Romeo.

— Tubes 1 et 2, attention pour lancer, ordonna Mack. Ouvrez les portes avant. Tube 1, but 21, tube 2, but 22.

Mack souhaitait que la première torpille se dirige vers le sous-marin le plus proche, et la seconde sur l'autre.

Les ordres furent aussitôt transmis et exécutés. Les deux torpilles ne tardèrent pas à localiser leur but.

— Bon, maintenant, on file d'ici avant de se faire attaquer par l'hélico. Larguez les gaines, fermez les portes avant et rechargez les tubes 1 et 2. En avant toute, immersion 250 mètres, venir au 1-8-0.

Mack garda son calme tandis que les hommes collationnaient ses ordres. Le *Cheyenne* se comportait désormais comme une machine de guerre bien rodée. Chacun savait exactement ce qu'il avait à faire.

Au-dessus de leur tête, haut dans le ciel, un F-14 qui avait décollé de l'*Independence* vit apparaître l'hélicoptère chinois sur son écran radar. Avec l'accord de l'officier de suppléance état-major, le pilote du F-14 fut autorisé à sortir de son secteur de patrouille puisqu'il avait un contact radar sur un hélicoptère présumé hostile à proximité de la position attendue du *Cheyenne*. Après avoir allumé la post-combustion, il passa en supersonique et reçut enfin l'autorisation d'engager. Le pouce sur le bouton du manche, le pilote annonça dans sa radio :

— Phœnix 1, missile parti.

Derrière lui, le radariste qui avait effectué tout le travail de poursuite de la cible annonça :

— Le Phœnix a accroché... Explosion ! Ce sous-marin nous doit une fière chandelle !

A bord du *Cheyenne*, le chef de module sonar avait du mal à interpréter ce qu'il entendait.

— *CO de sonar,* dit-il, *l'hélicoptère qui était vertical, euh... je crois qu'il vient de se crasher ! Quelque chose est tombé dans l'eau et je ne perçois plus de bruit de rotor.*

— Eh bien, nous venons juste de faire une entorse à la loi de Murphy [1] ! dit Mack, d'une voix plus calme et assurée que jamais.

Mack avait décidé de ne pas attribuer de baptême à l'hélicoptère. Il laisserait ce soin aux aviateurs. Pourtant, on le retrouverait un jour dans l'histoire de la guerre sous-marine sous le nom de Sierra 27, baptême attribué automatiquement par le système informatique embarqué à l'un des nombreux contacts sonar du *Cheyenne.*

Au grand soulagement du commandant et de son équipage, le reste du transit se déroula sans le moindre incident. Mack n'avait jamais autant apprécié une période de relative inactivité qu'en ce moment, où la seule alternative ne pouvait être qu'un autre combat.

Lors de son rendez-vous avec l'*Independence,* au nord-ouest de l'île Natuna, Mack apprit que ses deux Mk 48 avaient atteint leur but et que les Chinois avaient encore perdu deux sous-marins. Il découvrit aussi dans quelles circonstances l'hélicoptère s'était écrasé.

Mack envoya un message à l'*Independence* pour demander que l'on remercie les pilotes du F-14 de sa part et de celle de son équipage. Il y

1. Loi de la série noire, qui peut se résumer par : « Un malheur n'arrive jamais seul. » *(N.d.T.)*

ajouta une invitation à dîner dans un grand restaurant, à valoir dès que l'*Independence* et le *Cheyenne* relâcheraient en même temps au même endroit.

3

QUATRE PAR LA MER, SIX PAR LA TERRE

— Préparez une reprise de vue, ordonna Mack à l'officier de quart, je voudrais jeter un coup d'œil dehors avant d'aller plus loin.

Lentement, le *Cheyenne* remonta de l'immersion de 100 mètres, en s'arrêtant quelques minutes à 75 mètres pour une abattée d'écoute avant de reprendre la vue. Le chef de module n'annonça aucun contact et le *Cheyenne* remonta directement à 18 mètres. Le commandant, l'officier de quart et tous ceux qui, à bord, tentaient de prendre leur repas, se rendirent très vite compte que la météo avait bien changé. Une forte houle roulait le sous-marin bord sur bord, rendant difficile la tenue de l'immersion.

Mack regardait au périscope de veille, tandis que l'officier de quart armait le périscope d'attaque, plus mince et donc moins détectable. Deux paires d'yeux valaient mieux qu'une, d'autant que la mer agitée risquait de dissimuler des bâtiments proches. Par intermittence, la tête des deux périscopes se trouvait balayée par des vagues de plus de deux mètres. Lorsque les deux périscopes s'enfonçaient sous l'eau, les deux officiers ne voyaient plus qu'un champ vert sombre strié des traînées blanches de l'écume en surface.

Pour éviter de sortir le massif de l'eau — de

faire une baignoire, en jargon de sous-mariniers —, le *Cheyenne* devait à tout prix prendre la houle le plus près possible du travers. S'il venait face à la mer, le tangage augmenterait jusqu'à rendre le bâtiment impossible à piloter en immersion. A un moment ou à un autre, le massif ou l'hélice sortiraient de l'eau, provoquant une indiscrétion majeure. Exposer l'arrière était dangereux, car les sept pales de l'hélice tourneraient à l'air libre et ne rencontreraient pas de résistance, au risque de détériorer la propulsion ou la ligne d'arbres. En surface, les conditions météorologiques étaient déplorables, des orages violents explosaient sur toute la région, offrant un spectacle majestueux. Cependant, Mack pensait surtout à la manière dont ces conditions atmosphériques affectaient la disponibilité des aéronefs de l'*Independence*. Il savait à quel point une mauvaise mer pouvait gêner le déroulement des opérations en surface. C'était une des raisons pour lesquelles il aimait tant les sous-marins. Contrairement aux surfaciers et aux pilotes, les sous-mariniers n'étaient presque jamais gênés par les conditions météo, sauf lorsqu'ils devaient revenir en surface ou à l'immersion périscopique.

Pour le bien de l'équipage, Mack décida d'abréger cette épreuve. Après avoir pris le trafic radio transmis par le SSIXS et avoir vérifié l'absence de contact à proximité, Mack ordonna à l'officier chef de quart de redescendre à 120 mètres. Mais la tempête avait déjà brassé la mer et créé une couche isotherme qui s'étendait de la surface jusqu'à une profondeur de plus de 180 mètres.

Six heures plus tôt, le *Cheyenne* avait atteint en toute sécurité le point de rendez-vous avec le porte-avions *Independence*, à 100 nautiques au nord-ouest de l'île Natuna. Tout le groupe aéronaval de l'*Independence* avançait à présent en direction des îles Spratly. Le *Cheyenne* avait pour mission de patrouiller dans la zone pour détecter les bâtiments ennemis qui tenteraient de s'en approcher.

D'une certaine manière, le *Cheyenne* opérait comme un avion de chasse lors d'une mission de couverture aérienne. Il constituait la première ligne de défense ASM, à 130 nautiques en avant des autres bâtiments. A cette distance, les bruiteurs du groupe aéronaval ne gêneraient pas les sonars du *Cheyenne.* Avec de meilleures conditions météo, les avions de l'*Independence* pourraient aussi lui passer des contacts sur les bâtiments ennemis avec une dizaine d'heures de préavis.

Mack était impatient de remplir sa mission d'escorte, pour laquelle le SNA de type Los Angeles avait été conçu. Non seulement cela le changerait de la routine transit-patrouille, mais Mack savait pouvoir compter sur le porte-avions et ses énormes moyens offensifs pour un coup de main en cas de besoin.

Malheureusement, le *Cheyenne* se trouvait seul pour surveiller les 180 degrés du secteur avant de la force, alors qu'il aurait dû partager cette mission avec deux autres SNA. Bien sûr, il ne risquait ainsi aucune méprise et tout contact sous-marin était forcément ennemi. Mais la zone à couvrir restait gigantesque.

L'*Independence* était le dernier des porte-avions de type Forrestal encore en service. Ces navires, les premiers véritables « super porte-avions », avaient été construits dans les années 50. Depuis 1997, tous avaient été désarmés, à l'exception de l'*Independence.* Il avait bien été question de reconvertir l'un des Forrestal en navire-école, mais le projet avait été abandonné à la suite d'une énième restriction budgétaire. L'*Independence* devait être désarmé à son tour en octobre de cette année, mais Mack estimait que les événements récents allaient bouleverser le cours des choses.

La puissance d'un porte-avions réside dans son groupe aérien et l'*Independence* ne faisait pas exception à la règle : vingt F-14 Tomcat se trouvaient embarqués pour les missions de chasse et d'interception à grande distance, ainsi que quinze F/A-18 Hornets. Ces appareils polyvalents représentaient peut-être le meilleur de l'aviation embarquée et pouvaient à la fois défendre leur propre porte-avions ou aller attaquer des buts lointains, sur terre comme sur mer. Deux E-2C Hawkeye et quatre EA-6B Prowler complétaient le groupe aérien. Les Hawkeye, avions de guet aérien et de conduite de mission, étaient équipés d'un radar APS 145, situé dans un large disque au-dessus du fuselage. Les Prowler, des A-6 Intruder modifiés, excellaient dans le brouillage radar et dans toutes les formes de guerre électronique.

Mais les plus précieux de ces avions étaient peut-être les S-3B Viking, les préférés du sous-marinier. Le Viking s'avérait un avion extrêmement perfectionné, qui combinait une longue endurance en vol et une excellente aptitude à chasser les sous-marins ennemis. Lors de plusieurs exercices avec des S-3, Mack avait appris à les respecter et il se réjouissait de les savoir du même côté que lui.

Le seul aéronef capable de concurrencer le Viking était l'hélicoptère SH-60 Seahawk. Il ne disposait pas du rayon d'action du S-3, mais le *Cheyenne* avait pu juger de son efficacité lors de l'attaque du Han, conduite par l'un d'eux quelques jours plus tôt. L'*Independence* en embarquait six. En raison de la proximité de la zone des combats et du risque que représentaient les sous-marins chinois, l'*Independence* avait reçu le SH-60R, le dernier modèle du Seahawk, le premier à disposer à la fois du nouveau sonar trempé basse fréquence, habituellement désigné sous le nom de ALF [1], et de bouées acoustiques actives et passives. Il emportait aussi deux torpilles, les puissantes Mk 50 ou des Mk 46, plus anciennes. Tous ces équipements en faisaient un moyen ASM des plus efficaces.

Malgré sa puissance de feu, le porte-avions avait tout de même quelques faiblesses. Trop gros pour assurer seul sa défense, il devait être escorté en permanence par des navires de surface spécialisés et un groupe de bâtiments restait toujours vulnérable à la menace de sous-marins modernes. C'était là que le *Cheyenne* entrait en jeu. Il agissait en éclaireur, très en avant du groupe, pour dégager la voie ou avertir des dangers invisibles aux radars des F-14. Cette combinaison de navires de surface, d'avions et de sous-marins formait ce que Mack appelait une « synergie ». Les moyens opérant conjointement voyaient leur efficacité propre démultipliée.

Sans se préoccuper trop de la tempête, le groupe aéronaval faisait route vers les Spratly, au nord. A la vitesse de 18 nœuds, le *Cheyenne* reprit très vite sa position sur l'avant du groupe. Si Mack s'attardait en arrière du secteur dont il avait la charge, le *Cheyenne* risquait de se faire tirer comme un lapin. Lorsqu'il se retrouva sur l'avant de sa boîte, plus d'une heure plus tard, le *Cheyenne* ralentit et commença une station d'écoute.

1. ALF (Active Low Frequency) : sonar actif basse fréquence. *(N.d.T.)*

Mack ordonna alors à l'officier chef de quart de sortir l'antenne linéaire remorquée TB-23, qui permettait de grandes portées dans la gamme des très basses fréquences. Il obtint le résultat espéré : aucun contact. Au module sonar, les opérateurs penchés sur leurs consoles attendaient les ordres de leur commandant.

— Officier de quart, préparez une reprise de vue.

Mack voulait rendre compte à l'*Independence* que, pour le moment, la route était libre.

— Préparer une reprise de vue, bien commandant, collationna l'officier de quart.

Pourtant, Mack n'eut pas l'occasion de transmettre son rapport au porte-avions. Avant qu'il ne soit remonté pour émettre, il reçut un message VLF grâce à l'antenne filaire.

— *Commandant*, appela le radio par l'interphone, *trafic pour nous ! On dirait que nous recevons de nouveaux ordres.*

Mack se précipita au PC TELEC, déchira la feuille de papier qui sortait encore du téléimprimeur et lut le message.

— Apparemment, nous allons exécuter une frappe, dit l'officier transmissions, tout excité. Qu'en pensez-vous, commandant ?

Mack dévisagea l'officier : sa conduite constituait une atteinte grave aux règles de comportement et de protection du secret. Il hocha la tête.

— Convoquez une réunion dans dix minutes au carré, dit-il, avec le second, le CGO, l'officier ASM et vous-même.

Aussitôt, l'officier se rendit compte qu'il avait gaffé. Rougissant, il répondit d'une voix d'où avait disparu toute trace de bravade :

— Dans dix minutes au carré, à vos ordres, commandant.

Le *Cheyenne* redescendit à l'immersion de

75 mètres, puisque la couche thermique superficielle avait disparu et, en moins de huit minutes, tous les officiers convoqués attendaient leur commandant au carré. A l'heure dite, Mack entra, une chemise en carton sous le bras.

— Messieurs, dit-il, j'ai convoqué cette réunion pour vous faire part des nouveaux ordres que nous venons de recevoir. De notre position actuelle en mer de Chine méridionale, nous devons nous approcher des îles Spratly, aujourd'hui occupées par les troupes chinoises. Une fois en position, soit environ à 300 nautiques au nord de notre position actuelle, nous lancerons six missiles Tomahawk contre la base de sous-marins qui vient d'être implantée près de Cuarteron Reef, l'un des récifs de l'archipel des Spratly.

Mack marqua une pause pour observer les réactions de ses officiers. Satisfait, il se rendit compte que tous semblaient manifester un certain enthousiasme, malgré une prudence et une tension bien compréhensibles. Il fut aussi rassuré de constater que l'officier transmissions avait su tenir sa langue et que l'information ne s'était pas répandue parmi les membres de l'équipage comme une traînée de poudre.

— Comme vous le savez tous, les services de renseignement ont relevé la présence de nombreux sous-marins chinois en patrouille dans la zone. Nous avons d'ailleurs pu recouper ces informations nous-mêmes dans un passé très récent. Nous allons tenter de leur donner du fil à retordre.

De nouveau, il marqua une pause, pour s'assurer que tous lui prêtaient attention.

— Nous allons nous jeter dans la gueule du loup, continua Mack, puis nous lancerons nos Tomahawk selon le plan prévu. Ensuite, nous rejoindrons l'USS *McKee,* un ravitailleur de sous-marins, pour recompléter notre stock d'armes. Avec un peu de chance, nous pourrons même prendre une bonne douche à bord de ce rafiot et passer quelque temps à bronzer en surface, ajouta-t-il avec un sourire.

Cette dernière plaisanterie détendit un peu l'atmosphère. Les officiers demandèrent des éclaircissements sur quelques points. Mack leur répondit avant de terminer la réunion et chacun retourna à ses occupations. De retour au CO, le commandant décrocha le micro de la diffusion générale pour informer l'équipage des détails de la nouvelle mission du *Cheyenne.* A compter de ce moment, l'usage de la diffusion générale était proscrit et toutes les communications intérieures devraient passer par les interphones ou les téléphones autogénérateurs.

Quarante-cinq minutes plus tard, le *Cheyenne* reprit à nouveau la vue. La mer s'était un peu calmée, mais pas assez pour recevoir le satellite SSIXS sans risquer de mouiller l'antenne et de perdre ainsi la synchronisation. Mack dut faire sortir la multifonction, un mât haut et fin. Trop basse sur l'eau, l'antenne intégrée au périscope de veille n'aurait pas permis une bonne exploitation du signal.

Mack ne resta à cette immersion que le temps de recevoir les coordonnées du but assigné à ses Tomahawk. Cette information, qui devrait être confirmée et mise à jour lorsque le *Cheyenne* approcherait de la position de lancement, serait transmise aux missiles de croisière juste avant leur tir. Mack espérait juste que la météo se montrerait un peu plus clémente dans le nord.

Une fois les données recueillies, le *Cheyenne* s'éloigna du groupe aéronaval de l'*Independence* sans se signaler et continua sa route seul. Mack s'était réjoui de la présence d'un porte-avions à proximité pour lui fournir soutien et défense mais, à présent, le *Cheyenne* allait retrouver sa véritable vocation de sous-marin d'attaque, ce qu'il faisait le mieux : opérer seul, pister l'ennemi et l'envoyer par le fond.

A 350 nautiques au sud-ouest de Cuarteron Reef, à l'immersion de 125 mètres, le *Cheyenne* prit son premier contact alors que Mack se trouvait au local sonar.

— Commandant, annonça le chef de module, je prends un contact au 0-2-0 sur la sphère. Détection intermittente, le but se trouve sans doute en zone de convergence. A un moment, le bruiteur est très fort, l'instant d'après je le perds.

Le son se propage à travers la mer selon des profils à peu près prévisibles, qui dépendent des caractéristiques physiques du milieu — température, salinité et immersion en particulier. Lorsque la température de la mer n'est pas uniforme, les ondes sonores se courbent plus ou moins, sont réfléchies par le fond et par la surface. Ainsi, dans certaines conditions, se forment des zones de convergence, où les rayons sonores sont concentrés, permettant ainsi des détections lointaines. Dans le Pacifique, lorsque les conditions nécessaires à leur formation se trouvaient réunies, les zones de convergence se rencontraient tous les 50 kilomètres environ. D'une certaine manière, la propagation en acoustique sous-marine ressemble un peu à celle de la radio HF dans l'atmosphère. Les ondes se propagent en ligne droite puis se réfléchissent sur le sol, traversent l'atmosphère, se réfléchissent à nouveau sur les hautes couches ionosphériques avant de revenir sur terre. Ainsi, il est possible de recevoir des émissions HF en provenance des Antipodes, grâce à des rebonds multiples rendus possibles par des conditions particulières de propagation.

— A mon avis, ajouta le chef de module sonar, compte tenu des fortes fluctuations de niveau du bruiteur, je pense qu'il se trouve en deuxième zone de convergence, une bonne soixantaine de nautiques si j'en crois les prévisions bathy de ce matin.

— Surveillez bien ce bruiteur, recommanda Mack avant de quitter le local sonar.

Si le chef de module avait raison et si les ondes sonores traversaient bien deux zones de convergence, le bruiteur restait largement hors de portée des armes du *Cheyenne*. Cela signifiait aussi que les couches profondes des eaux de la mer de Chine n'avaient pas été brassées par la tempête et avaient conservé leur stratification en température. Mais s'il se trompait, le *Cheyenne* pourrait bien se retrouver très vite en situation dangereuse, à proximité d'un bâtiment ennemi.

A 63 nautiques de là, le plus récent des sous-marins chinois glissait en immersion à 80 mètres. Ce bâtiment, un Kilo à propulsion diesel-électrique, l'une des dernières acquisitions ennemies, se trouvait placé sous les ordres du meilleur des commandants de toute la flotte militaire chinoise. En service depuis moins de deux ans, il faisait la fierté de son équipage.

Le premier Kilo chinois avait été acheté aux Russes en 1993 et livré en février 1995. Les Chinois avaient prévu d'acquérir quinze de ces unités et espéraient pouvoir en construire eux-mêmes cinq autres, sous licence russe.

Ce sous-marin moderne avait reçu des équipements de qualité. Seuls les sonars passifs, traditionnelle faiblesse des Russes, ne présentaient pas le niveau de performances souhaité. Pendant des années, les Russes s'étaient montrés incapables de concevoir un bon sonar passif. S'ils avaient fini par en développer un, il restait en tout cas trop cher pour les Chinois.

Un mauvais sonar constituait une tare grave pour un sous-marin : à tout moment, le Kilo pouvait se faire détecter sans avoir les moyens de s'en apercevoir. Lorsqu'il prendrait le contact sur un Los Angeles, par exemple, il serait déjà beaucoup trop tard !

Pourtant, le commandant chinois ne s'inquiétait pas outre mesure. Il opérait en trinôme avec, pour partenaires, un vieux sous-marin Romeo et, 70 mètres plus haut, une frégate Luda du nom de *Jinan.* La mission du groupe avait le mérite de la simplicité : détruire tous les bâtiments américains civils ou militaires qui passeraient à leur portée. De plus, un autre Kilo se trouvait dans les parages. Il n'appartenait pas à leur groupe, mais pourrait toujours apporter son soutien en cas de besoin.

Le commandant du Kilo se sentait plus rassuré par la présence du *Jinan* que par celle du Romeo. D'abord, les deux turbines de propulsion du *Jinan,* bruyantes comme un train lancé à pleine vitesse dans un tunnel, couvriraient les faibles indiscrétions du Kilo. De plus, comme tous les Luda II, la frégate embarquait deux hélicoptères ASM de fabrication française, qui se révéleraient très utiles si le Kilo devait engager le combat avec un sous-marin américain.

Au contraire, la présence à ses côtés du vieux Romeo inquiétait plutôt le commandant chinois. Ce sous-marin avait été abandonné pendant plusieurs années et réarmé dans l'urgence depuis l'ouverture des hostilités. A son avis, il représentait plus une menace pour le groupe chinois que pour l'ennemi. Beaucoup trop bruyant, il servirait de phare et attirerait les Américains, qui ne manqueraient pas, alors, de découvrir la présence des deux autres équipiers.

Pire encore, plus il essayait de s'éloigner du Romeo, plus ce dernier cherchait à se coller à lui ! Le commandant du Romeo n'était pas un imbécile. Il avait compris que sa seule chance de survie résidait dans la protection que pouvait lui offrir le Kilo et il n'avait pas la moindre intention de s'éloigner de sa planche de salut.

Si cela continuait, il finirait par envoyer lui-même le Romeo par le fond !

A bord du *Cheyenne,* le sonar tentait de reprendre le contact. Mack avait ordonné de descendre à 75 mètres pour continuer la recherche, tout en conservant la réception radio grâce à l'antenne filaire.

Assis devant l'une des consoles du BSY-1, Mack pianotait lui-même sur le panneau de commande, une habitude peu commune chez les commandants de sous-marin qui se contentaient plutôt d'exploiter les informations fournies par les équipes de quart.

— Sonar, avez-vous repris le contact sur le but 24 ?

— *Commandant de sonar, nous travaillons sur un contact très faible,* répondit le chef de module, *mais je ne suis pas sûr qu'il provienne de la même zone de convergence. Il pourrait s'agir d'un nouveau contact, classé bâtiment de surface possible. Pour l'instant, le but 24 est classé comme sous-marin en plongée possible.*

Quelques minutes plus tard, le chef de module rappela Mack.

— *Commandant de sonar, le contact se dédouble. J'ai apparemment deux bâtiments, un Romeo et un Luda possibles, tous deux dans le 0-2-0, baptisés respectivement buts 25 et 26. Je préfère annuler le baptême 24, nous avons maintenant deux nouveaux contacts bien distincts.*

Plus tard, il faudrait mettre un peu d'ordre dans ce fatras de détections. Sans hésiter, Mack demanda à l'officier de quart de rappeler au poste de combat CO et se dirigea vers le local sonar.

— Bon travail, patron, commença Mack, qui ne pouvait pas savoir que la présence du Kilo leur avait échappé. Autre chose dans la zone ?

— Pas que je sache, commandant, répondit le chef de module, mais ces deux canards sont vraiment très bruyants. Ils masquent tout dans l'azimut. Il pourrait bien y avoir d'autres bâtiments dans les parages.

Mack quitta le local sonar pour retourner à la direction de lancement, au CO. L'opérateur du BSY-1 avait une bonne solution à 27 000 mètres.

A 10 nœuds, la vitesse actuelle du *Cheyenne*, Mack arriverait bientôt en portée torpilles des bâtiments chinois. Lorsqu'il s'en approcherait, il réduirait à 5 nœuds. Leur niveau de bruit couvrant celui des Mk 48, il était inutile de lancer en limite de portée. L'officier de quart manœuvrait le *Cheyenne* et les détections obtenues par l'antenne linéaire remorquée permettaient à l'équipe CO d'obtenir des solutions de plus en plus précises.

— *CO de sonar, nouveau bruiteur, contact pris sur la TB-23, apparemment un hélicoptère pas loin de nous. Il a sans doute décollé de la frégate chinoise.*

— Immersion 150 mètres, assiette – 20 ! ordonna Mack à l'officier de quart.

A bord du *Cheyenne*, l'équipage s'accrocha à tout ce qu'il pouvait trouver tandis que le sous-marin descendait en assiette forte. Dès qu'ils avaient entendu « assiette – 20 », le maître de central et les barreurs avaient rapidement bouclé la ceinture de sécurité qui les maintenait dans leur siège.

Quelque part au-dessus de leurs têtes, l'hélicoptère Z-9A chinois cassa sa vitesse et vint dans le vent. Une fois en vol stationnaire, il descendit la base de son sonar trempé HS-12, de fabrication française, grâce à un treuil hydraulique.

— *CO de sonar, émission sonar! Niveau faible, azimut 2-0-0, fréquence modulée. Apparemment un sonar HS-12 français. Niveau inférieur au niveau de garde, ils n'ont pas dû nous prendre, commandant.*

Mack se dit que l'hélico devait se trouver à distance suffisante ou que son sonar n'avait pas encore traversé la couche.

— Bien, nous prenons aussi l'émission ici au CO sur le WLR-9. Autre chose?

— *Négatif*, répondit le chef de module. *Le niveau était trop faible pour analyser finement l'impulsion. Espérons que leurs piles sont à plat!*

Mack sourit à la plaisanterie. Contrairement à la gaffe de l'officier transmissions quelques heures plus tôt, ce commentaire-là venait fort à propos et soulageait un peu la tension ambiante.

Une heure et quart plus tard, le *Cheyenne* s'était approché à 18 000 mètres des buts 25 et 26. Mack rappela au poste de combat.

L'hélicoptère émettait toujours régulièrement, de station en station, explorant avec méthode la zone dont il avait la responsabilité. Après un silence d'une dizaine de minutes, une nouvelle impulsion vrilla les oreilles des opérateurs sonar. L'intercepteur acoustique WLR-9 du PCNO reçut le signal à la perfection, bien qu'il ne fût pas très éloigné du baffle.

— *CO de sonar, une émission hélicoptère, niveau très fort*, annonça aussitôt le chef de module.

Mack sourit.

— Il a dû changer les piles, répondit-il du tac au tac. Donnez à l'hélico le nom de but 27.

— *CO de sonar, cette fois il nous a pris. Attendez... Ce n'est pas tout, commandant! On a un autre sous-marin ici, un Kilo, hélice à six pales, 10 nœuds. Azimut 0-2-5, commandant, presque au même endroit que le Romeo. C'est pour cela qu'il nous avait échappé!*

Au CO, toute trace de bonne humeur s'était évanouie. Étant donné l'évolution de la situation, Mack était satisfait de la manière dont réagissaient ses officiers et son équipage. Ignorant qu'il avait en fait repris l'ex-but 24, Mack attribua le nom de but 28 au Kilo.

Le *Cheyenne* venait d'intercepter une émission provenant d'un hélicoptère ASM chinois presque à la verticale. Le pilote de l'appareil devait à présent connaître la position précise du sous-marin, à 150 mètres de la surface. Il allait sans doute utiliser son MAD pour confirmer les informations obtenues. Ensuite, il larguerait une torpille droit sur le *Cheyenne*.

— *CO de sonar, le but 28, le Kilo, vient d'accélérer. Il fait demi-tour, vitesse 17 nœuds. L'hélico a dû sonner le branle-bas chez les Chinois.*

— A quelle distance se trouve-t-il? demanda Mack à l'officier ASM qui armait la DLA.

— 21 600 mètres, commandant. Il est en portée Mk 48. Avec le bruit qu'il fait à cette allure, pas besoin de fil. Je propose de passer à l'attention pour lancer sur les tubes 1 et 2.

Mack hocha la tête et initia les procédures de lancement.

— Poste torpilles, préparez le lancement des Mk 48 des tubes 1 et 2. Ouvrez les portes avant.

Les ordres furent transmis puis leur exécution confirmée une minute plus tard.

— Tubes 1 et 2, parés à lancer. Portes avant ouvertes.

— Sonar, bien pointé sur le 28.

— *Top, bien pointé ! Azimut 0-2-7.*

— Recalez le but et lancez.

— Éléments recalés, tube 1, feu !

— Tube 1 torpille partie, lancement nominal, annonça l'officier ASM.

Il ne put aller plus loin. La litanie des comptes rendus fut interrompue par le chef de module.

— *CO de sonar, alerte torpille, azimut 1-8-0 ! C'est une copie chinoise de la Mk 46 Mod II.*

Mack avait eu raison d'attribuer un nom de but à l'hélico, même si cette procédure était d'ordinaire réservée aux bâtiments potentiellement menaçants ou aux cibles d'une valeur militaire significative.

— Fermez les portes avant ! ordonna le commandant. Rechargez le tube 1.

Mack gaspillait ses torpilles, il en était conscient. Le Kilo était bien trop loin et manœuvrait à pleine vitesse. Malgré le bruit qu'il générait, la Mk 48 ne pourrait sans doute pas acquérir seule sa cible mais, à présent, une autre torpille requérait toute son attention.

— A gauche toute, réglez à vitesse maximale, barème d'urgence, venir au 3-0-5, ordonna Mack. Cavitation autorisée. Immersion 225 mètres.

Il attendit qu'on collationne sa première série d'ordres et continua :

— Prendre les dispositions de grenadage !

Les turbines du *Cheyenne* tournaient à pleine vitesse, pour essayer de gagner du temps face à la torpille qui fonçait droit sur eux.

— *CO de sonar, alerte torpille ! Une seconde torpille azimut 2-4-5, une Mk 46 également, tirée par l'hélico.*

— Lancer un leurre, demanda Mack.

Le compte rendu ne se fit pas attendre. L'officier marinier responsable de l'installation s'attendait à cet ordre et avait déjà le doigt sur le bouton de commande.

— Un leurre parti, commandant !

La vitesse maximale du *Cheyenne* approchait les 40 nœuds. Les deux torpilles filaient elles aussi une quarantaine de nœuds, mais Mack ne s'inquiétait pas outre mesure. Pas encore, du moins. Le sonar venait de lui indiquer que les torpilles se trouvaient maintenant au 2-6-8 et au 1-8-7. Si Mack maintenait son cap et sa vitesse actuels, elles s'épuiseraient avant de l'avoir rattrapé.

Malheureusement, à cette vitesse le *Cheyenne* se montrait vraiment très bruyant. Il trahissait sa présence et sa position à tous les sonars passifs des environs. De plus, tout ce vacarme le rendait sourd et il ne percevait plus qu'une part infime de son environnement.

Mais, indiscrétion ou pas, Mack n'avait pas le choix et, pour distancer ces deux grenouilles, il devait encore courir au moins 5 000 mètres avant d'espérer ralentir.

— *CO de sonar, appela le chef de module, la première torpille vient d'accrocher le leurre. Nous en sommes débarrassés.*

— Et la deuxième ?

— *Elle se trouve à la limite du baffle bâbord, commandant. A cette vitesse, je n'ai pas de bons azimuts.*

Il y eut une brève pause et le chef de module ajouta :

— *Elle vient de passer en actif !*

— Lancer un second leurre !

— Lancer un leurre, bien commandant.

L'angoisse serrait les gorges. Quelques longues secondes s'écoulèrent.

— CO de sonar, la Mk 46 vient d'acquérir le leurre, elle vient à droite... Commandant... J'ai perdu la torpille dans notre baffle !

Mack hocha la tête.

Les Mk 46 étaient rapides, mais leur portée restait faible et elles s'avéraient faciles à détourner.

— Réglez la vitesse à 5 nœuds, ordonna Mack, pressé de ralentir pour écouter ce qui se passait autour de lui.

Il fallut quelques minutes au *Cheyenne* pour casser son erre. Mack ordonna de venir à droite pour dégager le baffle et reprendre les bruiteurs.

— Sonar du commandant, annoncez tous les contacts, demanda Mack, une fois la vitesse suffisamment réduite.

— CO de sonar, annoncez tous les contacts, bien commandant.

Cinq minutes s'étaient écoulées depuis le lancement de la première Mk 46 mais, pour les officiers et les hommes du *Cheyenne,* ces minutes paraissaient des secondes. Paradoxal, pensa Mack. Quand c'étaient eux qui lançaient, les minutes précédant l'acquisition et l'explosion semblaient durer des heures.

— CO de sonar, trois contacts, commandant, annonça le chef de module. Un sous-marin Kilo, le but 28, azimut 2-7-8, vitesse de 15 nœuds. Un Romeo, le but 25, azimut 0-2-0, vitesse 6,5 nœuds environ. Le troisième contact, une frégate Luda, le but 26, sans doute le porteur de l'hélico, azimut 3-5-0. La frégate fait route vers nous, elle aussi. Je ne perçois plus l'hélico. Nous sommes peut-être trop bas mais je pense plutôt qu'il est en fin de potentiel et a dû aller chercher de nouvelles torpilles.

Mack se dit que, lorsqu'ils rentreraient aux États-Unis, il proposerait son chef de module pour une décoration pour services rendus.

L'opérateur du BSY-1 confirma en partie l'analyse du chef de module. Le Romeo était bien le but 25 et le Luda le 26. Pourtant, le Kilo se trouvait bien trop loin sur la gauche pour qu'il puisse s'agir du but 28, sur lequel le *Cheyenne* venait de lancer une Mk 48. Le but 28 fut donc considéré comme coulé et le nouveau Kilo se vit attribuer le nom de but 29.

— On va d'abord s'occuper de ce nouveau Kilo, le 29, dit Mack.

Mack tenait à éliminer ce gêneur sans plus tarder. Il fit disposer les tubes 1 et 2 et ouvrir les portes avant. En deux branches rapides, Mack détermina une solution à 11 000 mètres. Encore une évolution pour obtenir une figure de lancement correcte et le tube 2 cracha sa Mk 48.

Quelques instants plus tard, l'officier ASM annonça :

— Tube 2, torpille partie !

— *CO de sonar, lancement nominal, j'ai la torpille à l'écoute !*

Le Kilo perçut très vite l'arrivée de la Mk 48. Il tenta de fuir dans la direction opposée mais sans grand succès. Le Kilo, pensant participer à la curée, faisait route à pleine vitesse en direction du *Cheyenne*. Avec une Mk 48 qui filait droit sur lui, il ne disposait maintenant plus d'espace pour manœuvrer.

Pour s'éloigner de la torpille tout en tentant de casser la figure de lancement, le Kilo zigzaguait violemment, ballottant son équipage d'un bord sur l'autre. Le sous-marin chinois lança un leurre pour gagner un peu de temps. Mais Mack estimait que cette fois, face à un sous-marin bruyant, la torpille allait quand même trouver son but.

Il avait raison.

— *CO de sonar, la Mk 48 a dépassé le leurre. Elle continue cap au 2-7-5.*

Plusieurs minutes plus tard, le chef de module annonça l'explosion. La charge de 320 kilos déchira l'arrière de la coque du Kilo, désintégrant l'hélice. Le sous-marin chinois ne rôderait plus jamais en mer de Chine.

— Rechargez un Harpoon dans le tube 2, ordonna Mack.

Il n'avait pas le temps de savourer sa victoire. Il fallait d'abord se débarrasser de la frégate. Avec un peu de chance, l'hélicoptère serait encore sur le pont, en train de faire les pleins et de réarmer.

— Central, 30 mètres.

Mack devait se rapprocher de la surface pour lancer son missile.

— Rechargez le tube 2 avec un missile Harpoon, répéta l'officier ASM.

— Immersion 30 mètres, commandant, annonça le barreur lorsqu'il eut rallié l'immersion ordonnée. La frégate Luda II constituait une cible de bonne taille et Mack se disait qu'il aurait besoin de deux armes pour l'envoyer par le fond. Il aurait de beaucoup préféré tirer deux missiles, mais le *Cheyenne* avait déjà lancé trois de ses quatre Harpoon dans les actions précédentes. Il devrait donc se contenter d'un missile et d'une Mk 48. La torpille avait seule la capacité de casser la frégate en deux, mais sa portée restait beaucoup plus faible et son temps de parcours très long.

— Distance du Luda ?

— Le 26 entretenu à 27 500 mètres, azimut 3-5-4, répondit l'officier ASM.

— Et le Romeo ?

— Le 25 à 25 000 mètres, commandant, entretenu à vitesse nulle au BSY-1. Il ne bouge plus. Les Chinois pensent sans doute nous échapper en faisant le mort.

Mack resta perdu dans ses pensées quelques instants avant de prendre sa décision.

— Attention pour lancer tubes 1 et 2. On lancera la Mk 48 du tube 1 sur le 25, le Romeo, et le Harpoon du tube 2 sur le 26, le Luda.

Il attendit le collationnement puis l'exécution de ses ordres.

— Lancez au prochain bien pointé !

Le tube 2, qui contenait le dernier Harpoon UGM-84, fit feu le premier. Le tube 1 tira à son tour dès que le piston du système de lancement fut revenu en batterie.

— *CO de sonar, missile parti, commandant, éjection correcte, mise à feu du propulseur d'accélération effectuée. La Mk 48, lancement correct, j'ai la torpille à l'écoute, lancement...* Le chef de module marqua une pause avant d'ajouter : *nominal.*

Le Romeo n'eut pas de réflexes aussi rapides que le Kilo. Il lui fallut deux bonnes minutes pour s'apercevoir de la présence d'une torpille ennemie et encore quelques minutes supplémentaires pour arriver à vitesse maximale. Il était déjà trop tard.

— Perceptions torpille, commandant, la Mk 48 a acquis le 25. Je passe en autoguidage.

— Larguez la gaine, fermez la porte avant et rechargez les tubes 1 et 2 avec des Mk 48.

La torpille n'atteindrait pas tout de suite le Romeo, mais son destin était scellé. Il ne pourrait sûrement pas leurrer la Mk 48 une fois celle-ci bien accrochée.

Le Luda vivait un autre drame. Le Harpoon couvrit les quinze nautiques en moins de deux minutes, volant au ras des vagues à pleine vitesse. La frégate lança un nuage de chaffs [1]

1. Leurres électroniques.

pour saturer l'autodirecteur radar du missile. Devant l'inefficacité de cette première parade, le *Jinan* fit feu de ses deux canons de 25 mm à tir rapide pour dresser « un mur d'acier » entre lui et l'UGM-84 qui approchait à toute allure.

Quelques années plus tôt, Saddam Hussein avait utilisé en vain la même méthode pour protéger Bagdad des missiles Tomahawk. Les marins chinois n'eurent pas plus de succès. Le Harpoon frappa le navire juste en dessous des batteries de lance-torpilles, ouvrant un énorme trou dans la coque.

— *CO de sonar, grosse explosion en surface. La frégate a dû en prendre un sacré coup. J'entends déjà des craquements de coque.*

— Et la Mk 48 ?

— *Impact dans quatre minutes. Mais c'est du tout cuit. Le Chinois ne fait pas grand-chose pour s'en sortir.*

L'officier ASM connaissait bien les caractéristiques des différents matériels chinois. Le Romeo avait une vitesse de pointe de 13 nœuds, mais seulement lorsqu'il était en bon état. Celui-ci ne semblait guère capable de dépasser les 9 nœuds.

Rassuré par la tournure des événements, Mack ne se montrait pourtant pas encore pleinement satisfait. Il fit disposer les tubes 3 et 4 et commença la procédure de lancement contre la frégate endommagée.

— Bien pointé sur le 26, recalez le but et lancez !

L'arme quitta le tube 3, mais le chef de module n'eut pas l'occasion de rendre compte du lancement avant l'explosion du Romeo. Le vieux sous-marin sorti de sa réserve avait bien essayé de s'enfuir mais le *Cheyenne,* mieux armé, ne lui avait laissé aucune chance.

— *CO de sonar, but 25 coulé, commandant. Bruits d'implosion de coque épaisse.*

Mack demanda ensuite les éléments de sa troisième Mk 48.

— Torpille accrochée et en poursuite en autoguidage, commandant, l'informa l'officier ASM.

Mack fit larguer la gaine du tube 3 et fermer la porte avant, pour recharger aussitôt avec une Mk 48. Ensuite, il ordonna de descendre à 200 mètres. Quelques instants plus tard, une bruyante explosion ponctua la fin de la frégate Luda II, déjà gravement endommagée.

Mack pouvait enfin souffler. Le Harpoon aurait peut-être suffi à détruire le bâtiment, mais la Mk 48 avait achevé le Luda sans le moindre doute, éliminant ainsi la menace mortelle des hélicoptères. Une fois le calme revenu, Mack fit rompre du poste de combat.

Dix heures plus tard, le *Cheyenne* approchait enfin de son point de lancement au nord des Spratly.

— Dans combien de temps serons-nous en position ? demanda Mack.

— Sept minutes environ, répondit le CGO.

Alors que le *Cheyenne* ne se trouvait plus qu'à 2,5 nautiques au sud du point de lancement prévu, Mack rappela au poste de combat.

Il fit remonter le *Cheyenne* à l'immersion périscopique afin de prendre un point GPS et de mettre à jour ses instructions. Il en profita pour vérifier l'absence de bâtiments ennemis dans la zone.

Après avoir pris ses messages, le *Cheyenne* redescendit à 60 mètres et se dirigea vers le point de lancement. Au poste torpilles, l'équipage disposa six tubes verticaux contenant chacun un missile anti-terre Tomahawk qui allait bientôt foncer sur la base de Cuarteron Reef. Deux des Tomahawk, des UGM-109D, emportaient chacun 166 sous-munitions BLU-97/B à effet combiné qui détruiraient toute l'électronique et les systèmes d'alerte avancés qui protégeaient la base. Les quatre autres, équipés d'une charge classique « *bull-pup* » de 500 kilos, ravageraient les installations du port où les Chinois ravitaillaient et réarmaient leurs sous-marins.

Le *Cheyenne* tira ses missiles un par un avant de se fondre à nouveau dans les profondeurs de la mer de Chine. Il devrait attendre le compte rendu des services de renseignement pour connaître les résultats de sa mission.

— Central, immersion 150 mètres. Sortons-nous de là à toute vitesse, avant qu'ils ne réalisent ce qui s'est passé et surtout... qui a tiré.

Mack était ravi. Le comportement de son équipage s'était révélé en tout point exemplaire. Après avoir rempli sa mission, le *Cheyenne* pouvait désormais faire route vers la mer de Sulu. Le *McKee* les y attendrait pour un ravitaillement rapide. De nouveau, Mack fit rompre du poste de combat, espérant que ce serait la dernière fois au cours de ce transit.

Mack ne connaissait pas ses prochaines missions, mais il était certain que le *Cheyenne* aurait besoin de toutes les armes que le *McKee* pourrait leur fournir.

4

PAS DE QUARTIER

Mack traversa la zone réservée aux logements des officiers à bord du bâtiment de soutien de sous-marins USS *McKee*, en compagnie du CGO, de l'officier transmissions et de l'officier ASM. Le ravitaillement rapide du *Cheyenne* touchait presque à sa fin et Mack et ses hommes se rendaient au dernier briefing avant l'appareillage. L'opération de ravitaillement avait duré plusieurs jours, pendant lesquels les officiers du *Cheyenne* avaient pris leurs repas dans le carré confortable du *McKee*. Ce jour-là, peu avant le départ, Mack avait préféré partager son petit déjeuner avec ses officiers à bord du *Cheyenne* plutôt qu'à la cafétéria du *McKee*.

Le ravitaillement se déroulait dans les meilleurs conditions. Dès le premier jour, le second, le patron du pont, l'officier de détail et le maître fusilier détaché par l'escadrille à bord du *Cheyenne* avaient pris en charge le transfert des centaines de cartons du sous-marin vers le *McKee*. Ils contenaient des myriades de documents, journaux de bord, comptes rendus, enregistrements sonar, bandes magnétiques et autres disquettes que le *Cheyenne* avait accumulé depuis son appareillage de Pearl Harbor.

Parmi eux, dans le carton numéro 1, se trouvait le rapport de mission du *Cheyenne,* un pavé de trois cents pages que Mack avait signé un peu plus tôt. Il retraçait le fil des événements, résumait les tactiques utilisées et contenait un inventaire qui permettait de retrouver le reste des documents dans l'amoncellement des autres cartons.

Mack éprouvait beaucoup de plaisir en se remémorant ce rapport. Toutes les six heures, l'officier chef du quart l'enrichissait des derniers événements. Ensuite, le secrétaire saisissait et formatait les nouvelles données sur l'ordinateur du bord. Grâce au scanner et à l'imprimante couleur, ce rapport de patrouille s'était transformé en un roman captivant, dans lequel des schémas en couleurs présentaient les tactiques employées.

Ce document relatant les premières aventures du *Cheyenne* resterait à bord du *McKee* pendant quelques jours. Ensuite, il serait convoyé à bord de l'*Independence* et, de là, s'envolerait dans un avion C-2 vers la base navale de Yokosuka.

Les pilotes des C-2 avaient l'habitude de ces très longs vols de plusieurs milliers de kilomètres. Ils avaient déjà effectué de nombreuses liaisons entre l'*Independence* et l'île de Diego Garcia, alors que le porte-avions croisait dans le golfe arabo-persique.

Non que les succès du *Cheyenne* fussent tenus secrets. Des comptes rendus partiels avaient déjà été expédiés, selon les habitudes en vigueur, et, dès que le sous-marin avait fait surface dans le détroit de Mindoro, Mack avait transmis une version condensée de son rapport de mission dans un long message. Celui-ci se trouvait déjà entre les mains de ses supérieurs. Relayé par un des nombreux satellites SSIXS en orbite géostationnaire au-dessus de l'océan Indien, il avait été photocopié et un planton en avait distribué un exemplaire à toutes les divisions de l'état-major des Armées, à Washington.

Lors de la première journée à bord du ravitailleur, alors que le CGO du *Cheyenne* peaufinait le rapport de mission, les électriciens avaient éprouvé quelques difficultés à connecter les câbles de terre qui allaient alimenter le sous-marin en électricité depuis les générateurs du *McKee*. Pour le bon déroulement des opérations de maintenance, le *Cheyenne* devait impérativement mettre bas les feux et arrêter son réacteur.

L'ingénieur devait aussi superviser un certain nombre d'opérations plus délicates. Le chimiste devait transférer ses effluents dans une cuve spéciale à bord du ravitailleur. Ces déchets de faible activité provenaient essentiellement des prélèvements réguliers d'eau primaire, effectués pour vérifier la composition physico-chimique du fluide. Une fois cette opération terminée, il devrait analyser l'eau déminéralisée que le patron machine allait embarquer pour remplir bâche et citerne. Enfin, il produirait l'eau parfaitement pure dont il avait besoin pour le circuit de relevage du réacteur en faisant passer quelques centaines de litres d'eau déminéralisée sur des résines échangeuses d'ions, qui retireraient toute trace de produits indésirables.

Pendant le déroulement de ces opérations complexes à l'arrière, le second organisait le transfert des cartons de documents et préparait l'embarquement des vivres. L'officier ASM et ses torpilleurs avaient fort à faire. Quatre hommes avaient ouvert les portes supérieures des six tubes verticaux qui avaient contenu les Tomahawk lancés contre la base de Cuarteron Reef et préparaient l'embarquement de nouveaux missiles. Les autres participaient au démontage des cloisons légères entre le panneau d'embarquement des armes et le poste torpilles, trois ponts plus bas.

Mack sourit intérieurement en se souvenant à quel point tout s'était bien déroulé. Toutes ces opérations, placées pour la plupart sous la responsabilité de l'équipage du *Cheyenne*, avaient été terminées dès la première journée à couple du *McKee*. Ensuite, les marins du ravitailleur avaient pris à leur charge une grande partie des travaux et les officiers et l'équipage du sous-marin s'étaient octroyé quelques jours de repos avant d'appareiller pour poursuivre leur mission.

Après les épreuves du transit mouvementé en mer de Chine méridionale et l'attaque, somme toute relativement aisée, de la base de Cuarteron, les hommes n'étaient pas fâchés de ce répit. De plus, ils appréciaient le coup de main efficace apporté par l'équipage du *McKee*. En temps de paix, on n'aurait jamais fait appel à un bâtiment de soutien comme le *McKee* pour une remise en condition si rapide. Mais en temps de guerre, ces anciennes règles ne s'appliquaient plus. D'autant que, compte tenu des développements de l'actualité, il devenait évident que le *Cheyenne* serait le seul sous-marin américain à patrouiller en mer de Chine pendant un bon moment encore.

Les officiers, tout comme l'équipage, en étaient tout à fait conscients. « Pas de repos pour les vrais guerriers », comme le disait un vieux proverbe de la marine. Durant la Seconde Guerre mondiale, les sous-mariniers rentrant à Pearl Harbor après une mission se trouvaient un peu dans la même situation que l'équipage du *Cheyenne* aujourd'hui, hormis le fait que Mack n'abandonnait pas son commandement à un autre officier et que tous à bord conservaient leurs assignations. Pourtant, des remises en condition comme celle-ci ressemblaient à des vacances, comparées aux périodes de travail 24 heures sur 24 que tous avaient déjà connues, en temps de paix, dans les chantiers de New London ou de San Diego.

Le *McKee* disposait d'un équipage expérimenté et plein de bonne volonté. L'entretien et le ravitaillement du *Cheyenne* s'étaient donc très bien déroulés. Le second, l'ingénieur mécanicien et quelques officiers mariniers avaient encore à règler les derniers détails. Dès la fin de ce briefing, Mack et ses officiers seraient parés à reprendre la mer.

En entrant dans la pièce, Mack remarqua immédiatement que l'aigle doré [1] au col du commandant de la Septième Escadrille de sous-marins, le Commander Task Force 74 ou CTF 74, avait été remplacé par une étoile. Mack s'y attendait. En temps de guerre, il était habituel pour un capitaine de vaisseau commandant le théâtre des opérations d'être ainsi élevé au rang de contre-amiral.

Après avoir échangé quelques mots avec le commandant du *McKee* et l'amiral CTF 74, Mack et ses officiers s'installèrent sans bruit dans les fauteuils du premier rang tandis que l'officier renseignement chargé du briefing tamisait l'éclairage pour présenter les résultats du raid contre la base de Cuarteron Reef.

L'analyse montrait que le *Cheyenne* avait bien lancé ses engins du point prévu. D'après les images satellite, tous les Tomahawk, les TLAM-C comme les TLAM-D, avaient atteint un objectif. Pas toujours celui visé, d'ailleurs, mais les dégâts paraissaient assez importants pour mettre la

1. Aigle doré : insigne du grade de capitaine de vaisseau. *(N.d.T.)*

base chinoise hors service pendant un bon moment.

Mack s'était approché des Spratly et avait vu au périscope de veille la fumée et les flammes qui avaient suivi l'explosion de ses missiles. Mais il n'avait pas voulu courir de risque supplémentaire et n'était pas allé prendre de photo à courte distance. Il écouta donc avec attention l'officier qui expliquait que tous les ateliers et les postes de stockage des armes avaient bien été détruits, grâce aux 500 kilos d'explosifs de la charge de chaque Tomahawk.

Les services de renseignement nationaux et l'USCINCPAC avaient fait du beau boulot : ils leur avaient fourni une carte de suivi de terrain (TERCOM) pour toute l'île de Palawan, dans les Philippines, et surtout les données numériques DSMAC (corrélation digitale d'images) qui permettaient le guidage terminal des missiles de croisière avec une très grande précision. Mack se demandait comment une telle masse de données avait bien pu être rassemblée en si peu de temps puisque, avant la guerre, l'île de Palawan ne constituait pas une zone d'intérêt stratégique majeur et n'avait pas été cartographiée. De plus, les nouveaux Tomahawk Block III pouvaient recevoir les signaux GPS et la précision de l'attaque, après un vol de plus de 500 kilomètres, s'était révélée excellente.

Tandis que l'officier continuait son exposé, Mack pensait à la surprise qu'avaient dû éprouver les Chinois de Cuarteron Reef en découvrant soudain les missiles en provenance de l'est. Cette intuition fut confirmée par l'amiral : les Chinois n'avaient engagé aucun bâtiment contre le *Cheyenne*, preuve qu'ils ignoraient tout de l'origine du tir. Pourtant, bien que l'essentiel de la base apparaisse détruit, l'image satellite montrait un certain nombre de sous-marins et de bâtiments de surface toujours amarrés le long des quais moins endommagés.

Mack savait que les Chinois allaient essayer de deviner la position du *Cheyenne*. Puisque les missiles étaient venus de l'est et non de l'ouest, ils en déduiraient sûrement que le sous-marin s'abritait quelque part en eaux profondes, au nord des Spratly. Et ils auraient raison... jusqu'à un certain point.

Le *Cheyenne* avait en effet tiré du nord-est, mais il ne s'était pas attardé sur place et avait fait aussitôt route vers la mer de Sulu, à travers le détroit de Mindoro. Mack savait qu'il faudrait du temps aux Chinois pour se décider à faire appareiller les bâtiments rescapés de Cuarteron Reef, et il pensait que ce délai lui laisserait la possibilité de quitter le *McKee* et de rejoindre la mer de Chine sans encombre. Le *Cheyenne* retournerait d'où il venait, à l'ouest de Cuarteron Reef, avant que les Chinois ne se décident à déployer navires de surface et sous-marins en haute mer. L'attaque qu'ils venaient de subir les avait peut-être incités à penser qu'ils avaient affaire à plus d'un sous-marin ennemi, astuce à laquelle les états-majors avaient déjà eu recours lors de conflits antérieurs.

L'officier renseignement indiqua ensuite la dernière position connue du groupe aéronaval de l'USS *Independence,* ainsi que des prévisions pour son transit en mer de Chine méridionale. Avant le rendez-vous avec Mack, l'*Independence* avait fait route vers la côte Sud de Bornéo après avoir franchi le détroit de Lombok en compagnie de son pétrolier ravitailleur et d'un transport de munitions. Dans le même temps, plusieurs autres bâtiments, dont le *Gettysburg* et le *Princeton,* deux croiseurs antiaériens de type Ticonderoga, traversaient sous couvert de la nuit le détroit de la Sonde, un peu plus à l'ouest.

L'amiral commandant le groupe aéronaval avait sagement dispersé ses forces pour ne pas mettre tous ses œufs dans le même panier au cas où les Chinois auraient des sympathisants, ou même des soldats, à Java, Sumatra ou Bali. Les deux passages étaient assez resserrés pour qu'en tirant d'une falaise, même avec une arme légère, on puisse atteindre un homme sur le pont d'un bâtiment.

De toute façon, le déploiement de force du groupe aéronaval qui se reforma au large de l'île de Billiton, en mer de Java, n'était pas destiné à rester discret plus longtemps. Il avait pour but de faire appareiller les bâtiments chinois et de les obliger à venir se mesurer à l'*Independence*.

L'officier renseignement exposa ensuite qu'après avoir récupéré les S-3 Viking qui avaient fourni la couverture aérienne pendant le passage des deux détroits, le groupe de l'*Independence* avait pris position au nord-ouest de l'île Natuna et s'y était maintenu jusqu'au rendez-vous avec le *Cheyenne*. Une fois la base de Cuarteron Reef détruite, le groupe aéronaval poursuivait sa route vers les îles Spratly en relative sécurité, sans avoir trop à redouter les attaques des sous-marins chinois.

Les ordres du *Cheyenne* restaient toujours d'une grande limpidité : guerre totale contre les sous-marins et les bâtiments de surface chinois, avec une priorité à la destruction de ceux qui appareillaient de Cuarteron Reef.

Mack savait déjà tout cela, bien sûr. En raison de la forte probabilité de rencontre de bâtiments de surface ennemis, le *Cheyenne* avait embarqué quatre missiles Harpoon UGM-84 et vingt-deux Mk 48 ADCAP au lieu du chargement habituel de vingt-six torpilles. De plus, il avait embarqué une combinaison de TLAM-C et de TASM dans les douze tubes verticaux : les TLAM-C pour une autre frappe anti-terre éventuelle et les TASM en cas de tir à très longue portée contre des bâtiments de surface chinois. Les TASM permettaient d'engager jusqu'à une distance de 300 nautiques, soit 200 nautiques de plus que le Harpoon. De toute façon, avec de telles distances, la désignation d'objectif devait être effectuée par un des avions du groupe aéronaval, à moins que les Chinois eux-mêmes ne permettent des interceptions ESM assez précises pour que le *Cheyenne* se contente d'un lancement dans l'azimut.

Pour l'instant, l'emploi de TLAM-N à charge nucléaire n'était pas envisagé, ce serait du gâchis contre ces îles de taille plus que modeste. Leur relief plat rendait difficile l'utilisation de ces engins, à l'inverse du terrain accidenté du continent chinois qui convenait à merveille. De plus, les données numériques de suivi de terrain et de guidage terminal avaient été calculées et entretenues depuis de nombreuses années, en prévision d'une éventuelle attaque nucléaire contre la Chine continentale.

Toute la réunion avait été conduite dans ses moindres détails, de manière très professionnelle. Mack, dont toutes les questions avaient reçu une réponse, comprenait clairement la mission du *Cheyenne*. Mais aucune réunion ne couvrait jamais vraiment un sujet dans sa totalité. Personne ne pouvait présenter des informations qu'il ne possédait pas et, en ce dernier jour avant appareillage, les services de renseignement de la marine n'avaient pas encore découvert la présence d'un nouvel acteur dans la zone, à moins que quelqu'un ait simplement « omis » de transmettre ce fait capital. Les Chinois avaient déjà acheté un grand nombre de sous-marins aux Russes, submergés par les difficultés économiques. Cette flotte venait juste de s'agrandir. Un Alfa, SNA de fabrication russe passé sous pavillon chinois, patrouillait actuellement en mer de Chine méridionale.

Mack ne connaissait pas encore l'existence de ce nouveau bâtiment, mais il savait que son sous-marin et son équipage étaient prêts à affronter tout ce que les Chinois voudraient bien leur envoyer. Pourtant, le nombre des bâtiments inscrits à l'ordre de bataille de la marine chinoise devait suffire à inciter le *Cheyenne* à la plus grande prudence. De plus, les Chinois étaient habitués à travailler en groupes importants. En contrepartie, le *Cheyenne* pouvait, lui, tirer avantage d'une faiblesse de l'ennemi : le manque de coordination entre les bâtiments de surface et les sous-marins que Mack avait eu l'occasion de constater lors des engagements précédents.

Après le briefing, les officiers retournèrent à bord du *Cheyenne* pour se préparer à l'appareillage. Mack s'attarda un peu dans la chambre de l'amiral pour discuter avec le commandant du *McKee* et l'amiral CTF 74. Le *Cheyenne* aurait peut-être à naviguer en eaux peu profondes et l'équipage devait s'y préparer. Ces opérations restaient toujours délicates et dangereuses, et Mack n'avait pas eu le loisir d'y entraîner récemment ses hommes.

Mack informa les deux officiers que, juste après l'appareillage et la vérification de son bâtiment, il organiserait quelques dizaines d'heures de pratique de la navigation en plongée par très petit fond, à grande vitesse et avec l'antenne remorquée. Ainsi, si la TB-16 devait raguer sur le fond à la suite d'une mauvaise manœuvre de l'équipage, les fonds sablonneux de la mer de Sulu ne détérioreraient pas trop la ligne d'hydrophones. Mack devait s'assurer que les maîtres de central, les barreurs et les officiers de quart connaissaient parfaitement leur affaire et ne s'affoleraient pas dans les évolutions serrées, au risque de toucher le fond avec l'hélice ou les safrans de barre de direction. Dans 40 mètres d'eau, quelques degrés d'assiette suffisaient pour qu'un sous-marin de 120 mètres de long se rapproche dangereusement du fond ou de la surface.

Pour compliquer encore un peu l'exercice, Mack demanda l'autorisation d'utiliser la vedette du commandant du *McKee*. Elle fournirait un plastron de surface pour l'entraînement à la détection passive dans un milieu fortement perturbé et très sensible au vent et à l'ensoleillement. La vedette permettrait aussi aux équipes CO d'utiliser la base active implantée dans l'antenne sphérique du BSY-1, avec des impulsions courtes et de puissance réduite. Enfin, lorsque le *Cheyenne* approcherait du détroit de Balabac, au sud de Palawan, l'équipage pourrait revoir les procédures d'emploi du sonar HF MIDAS, destiné à la détection sous les glaces et à la chasse aux mines.

Si les sous-marins chinois décidaient de ne pas s'aventurer au large, les petits fonds rocheux à proximité de Cuarteron Reef allaient devenir le nouveau théâtre des opérations du *Cheyenne*. Mack espérait que le MIDAS saurait faire la distinction entre les récifs de corail et le revêtement anéchoïque collé sur la coque des sous-marins chinois. Mais, il n'avait l'intention d'employer le sonar actif que si le *Cheyenne* avait déjà été détecté.

Un point restait malgré tout à éclaircir. Les Chinois disposaient de satellites d'observation et Mack s'inquiétait pour la sécurité du *McKee*.

L'amiral lui conseilla de ne pas trop s'en faire car il lèverait l'ancre peu après l'appareillage du sous-marin et suivrait une route zigzagante pour dérouter les analystes qui dépouillaient les photos prises par les satellites espions chinois. Il informerait le *Cheyenne* de la position du prochain ravitaillement dès que celle-ci serait fixée. Peut-être s'agirait-il d'un port du Sultanat de Brunei, ou encore d'un site au large des côtes de ce pays, là où le porte-avions pourrait fournir une couverture aérienne efficace.

Mack apprit avec plaisir qu'un autre ravitaillement s'annonçait. Mais il comprit aussi qu'il devrait empêcher les sous-marins chinois de s'approcher du *McKee*, pratiquement sans défense. Il lui tardait que l'*Independence* reprenne la protection du ravitailleur.

Peu après avoir largué ses aussières, le *Cheyenne* ouvrit les purges et s'enfonça en douceur. Son retour en surface n'était pas prévu avant plusieurs semaines et, selon le déroulement de la mission suivante au large de Cuarteron Reef, il s'écoulerait peut-être encore plus de temps avant qu'il ne revoie la lumière du jour.

Comme il l'avait indiqué à l'amiral, Mack s'assura de la capacité de son équipage à manœuvrer le sous-marin par petits fonds. Ce type de navigation rappelait un peu le pilotage d'un avion en finale sur un aéroport et une partie de la terminologie employée avait d'ailleurs été empruntée à l'aviation. Dans ces conditions difficiles, le sondeur discret multifaisceaux indiquait en permanence la hauteur d'eau sous la quille et l'officier de quart devait avant tout maintenir une marge de sécurité vis-à-vis du fond, une sorte d'altitude minimale. De plus, il ne devait pas non plus s'approcher trop de la surface, au risque de provoquer une intumescence ou pire, une baignoire. Le sondeur de glace MIDAS était pointé vers la surface et affichait également en permanence la marge vers le haut. Tout l'art du central et des pilotes consistait à maintenir le sous-marin dans le mince couloir d'eau autorisé, quels que soient la vitesse et les angles de barre ordonnés.

Comme Mack l'avait espéré, la vedette du *McKee* joua son rôle à la perfection et permit un entraînement efficace à l'exploitation du sonar en actif et en pistage passif. Dans les petits fonds, il était impossible de sortir les 800 mètres du câble de remorque de la TB-16. Il fallait se contenter d'un filage partiel et trouver un compromis entre la sécurité des hydrophones vis-à-vis du fond et l'absence de bruit rayonné par le porteur sur l'antenne.

La TB-23, encore plus longue et plus mince, ne pouvait pas être utilisée dans ces conditions. Mack préférait la garder en réserve pour être certain d'en disposer au cas où les Chinois s'aventureraient en haute mer. Au nord-ouest des Spratly, les fonds de 4 500 mètres environ offraient des conditions idéales pour la détection lointaine des sous-marins chinois, bruyants à grande vitesse.

Le *Cheyenne* avait presque terminé sa période d'entraînement quand Mack entendit le haut-parleur placé au-dessus de la plate-forme des périscopes annoncer :

— *Commandant, ici le PC TELEC, un message urgent « réservé commandant » en cours de réception.*

Mack se rendit aussitôt au local radio où il arriva juste à temps pour arracher le message du téléimprimeur. Le *Cheyenne* devait désormais rallier au plus vite un point situé à l'ouest de Cuarteron Reef. Des photos aériennes faisaient état d'un regain d'activité chez les Chinois, qui se préparaient sans doute à profiter de la nuit pour appareiller... dans quelques heures à peine !

Mack se sentait prêt. Avant de commencer l'entraînement aux évolutions à grande vitesse par petits fonds, il avait décidé de ne pas s'attarder en mer de Sulu et avait poursuivi sa route vers l'ouest. Il s'en félicitait aujourd'hui.

Le *Cheyenne* avait rendu sa liberté de manœuvre à la vedette du *McKee* quelques heures plus tôt. A présent, après la traversée du détroit de Balabac, le sous-marin naviguait à nouveau en eaux profondes. Mack appela l'officier de quart par l'interphone du PC TELEC.

— Ici le commandant, passez les pompes primaires en GV et réglez à 35 nœuds. Venez à 120 mètres.

L'officier collationna les ordres du commandant, puis les fit exécuter. Il aurait pu obtenir le même résultat en affichant un barème d'urgence sur le transmetteur d'ordres à la machine mais cette méthode, plus rapide, était réservée aux moments où l'accélération comptait vraiment... comme lorsqu'il fallait fuir devant une torpille.

Le *Cheyenne* arriva au nord-ouest de West Reef peu après la tombée de la nuit, mais il resta au large de la baie. Lorsque l'officier de quart informa le commandant de leur arrivée au point prévu, Mack se rendit au PCNO.

— Préparez une reprise de vue, ordonna le commandant.

L'officier de quart régla à 5 nœuds et remonta à 40 mètres, au-dessus de la couche, puis effectua une abattée d'écoute pour dégager le baffle. Il rendit compte au commandant qu'il n'avait pris aucun contact sonar et qu'il était paré à remonter à l'immersion périscopique.

— Très bien, répondit Mack, 20 mètres !

— 20 mètres, bien commandant. Sonar, radio, CO, on reprend la vue.

— *CO de sonar, pas de contact,* répondit l'opérateur sonar.

— *CO de radio, liaisons parées.*

— Central, 20 mètres, et en douceur, ordonna l'officier de quart en sortant les poignées du périscope de veille. Il commençait déjà à tourner, pour vérifier l'absence d'une silhouette indiquant un bâtiment proche qu'ils n'auraient pas détecté pour une raison ou pour une autre.

— 20 mètres, collationna le maître de central, et en douceur.

— 25 mètres, 24, 23...

Lorsqu'il arriva à 21, l'officier de quart cria « Top la vue ! » et commença un tour d'horizon rapide au périscope.

— Rien à la vue grossissement 1,5, commandant, annonça-t-il quelques instants plus tard.

Quelques émissions radar grésillaient sur le récepteur ESM associé à l'antenne du périscope de veille, mais les porteurs restaient invisibles.

— Réglez à 3 nœuds, ordonna discrètement Mack à l'officier de quart, car il ne voulait pas qu'on écrive dans le journal de bord qu'il avait pris la manœuvre.

— *CO de local ESM, j'ai cinq interceptions, un radar chinois et quatre russes, apparemment tous des radars de sous-marins, un Han, trois Kilo et un Alfa. Le plus proche est le Han, et son niveau se renforce.*

Le commandant Mackey et l'officier de quart échangèrent un regard. Mack prit le micro.

— ESM, ici le commandant, vous êtes sûr qu'il s'agit d'un Alfa ?

— *Absolument, commandant,* répondit la voix de l'officier marinier détecteur. *Un Alfa, identifié avec certitude. On l'a déjà rencontré plusieurs fois, celui-là, pas moyen de se tromper. Sa signature est caractéristique et enregistrée dans notre base de données. Son émetteur radar bave un peu et on prend des harmoniques tout à fait particulières. C'est bien le même, commandant.*

— Second, dit le commandant d'un ton calme, en se tournant vers l'homme qui se tenait près de lui dans l'obscurité du CO en éclairage de nuit, c'est toi ?

— Oui, commandant. Tu veux que je prépare un message rendant compte de la présence de cet Alfa ?

— Oui, s'il te plaît. Tu l'envoies dès qu'il est prêt. On verra bien ce que va faire ce vilain petit canard.

L'Alfa reçut le nom de but 31, le Han celui de but 32 et les trois Kilo furent baptisés respectivement buts 33, 34 et 35.

Moins d'une demi-heure plus tard, les services de renseignement de CTF 74, à Yokosuka, répondirent au message du *Cheyenne.*

Mack lut la planchette avant de la tendre au second :

— Apparemment, notre interception ESM est confirmée. Il semblerait que nos « amis » les Russes aient vendu un Alfa de la flotte du Nord aux Chinois, qui l'ont remis en état et armé, selon toute vraisemblance à Cuarteron Reef. Pour le moment, personne ne sait combien d'autres Alfa ont été transférés. La CIA travaille justement sur le problème. D'ailleurs, elle se pose beaucoup de questions sur ce qui se passe dans les bases sous-marines de Vladivostok et de Petropavlosk, ces derniers temps.

Mack préférait discuter de ces choses en

public, au CO, plutôt que d'informer son second lors d'un entretien privé. Ainsi, il s'assurait que tous ses hommes connaissaient la menace à laquelle ils devraient faire face.

Le planton de quart, qui avait entendu les premiers comptes rendus des interceptions ESM, mais pas la suite, pensait avoir compris les implications de la présence d'un Alfa, un Russe, dans les parages. Il avait rapidement répandu la nouvelle parmi l'équipage, lorsqu'il avait apporté le café aux hommes de quart. Le projectionniste de la cafétéria avait même arrêté le film et rallumé les lumières pour que tous puissent discuter de cette nouvelle information.

Pourtant, malgré les efforts de transparence de Mack, l'équipage n'était jamais aussi bien informé que les officiers. Dans ce cas particulier, comme le planton avait quitté le CO avant d'avoir tout entendu, aucun membre de l'équipage ne savait que l'Alfa appartenait maintenant aux Chinois et non plus aux Russes.

Le commandant convoqua sans délai tous les officiers au carré pour leur faire part des dernières informations relatives à l'Alfa, au Han et aux trois Kilo. Il se doutait que les SNA attendraient d'avoir rejoint les grands fonds avant de plonger, mais pensait que les Kilo allaient bientôt disparaître sous l'eau, juste après avoir franchi la ligne de sonde des 40 mètres.

Mack n'eut pas le temps de terminer son exposé. L'officier de quart l'appela sur le réseau téléphone autogénérateur. Le maître d'hôtel du carré en profita pour se faufiler à la cafétéria et un équipage très impatient apprit les derniers développements de l'actualité.

— Commandant, l'ESM annonce que les radars des trois Kilo et du Han viennent de s'arrêter. Tous défilaient gauche alors que l'Alfa défile toujours droite.

— Eh bien, messieurs, il nous reste à nous mettre au travail ! Les trois Kilo et le Han viennent sans doute de plonger. L'Alfa tente vraisemblablement une sorte de manœuvre d'encerclement. Il est temps de rappeler au poste de combat.

L'appréciation de la situation par Mack se révéla correcte. Le sonar venait juste d'annoncer la prise de contact en bande étroite sur le Han. Mack s'engouffrait déjà au CO et ordonnait de rappeler au poste de combat. L'officier de quart lui apprit que les trois Kilo s'étaient évanouis dans la nature après leur prise de plongée et que le radar de l'Alfa venait de s'arrêter à son tour, exactement dans le 1-8-0 du *Cheyenne.*

A la demande du commandant qui avait pris la manœuvre, l'officier ASM ordonna :

— Poste torpilles de CO, disposez les tubes 1 et 2. On ira jusqu'à l'attention pour lancer. Ouvrez les portes avant.

Mack voulait préparer ses torpilles au plus vite et ne pas perdre de temps en passant à chaque fois par la litanie de tous les ordres intermédiaires. Il souhaitait aussi effectuer les opérations mécaniques bruyantes, comme l'ouverture des portes avant, le plus loin possible des sous-marins ennemis.

Les opérateurs sonar baissèrent le gain de leurs appareils en entendant les ordres du commandant. Sans cette précaution, la manœuvre des vérins de porte, situés à proximité de l'antenne hypersensible du BSY-1, les aurait complètement assourdis.

Quelques minutes plus tard, le patron torpilleur rendit compte de la disposition des tubes et Mack accusa réception de cette information d'un signe de tête.

Le Han défilait gauche en rapprochement. Son

niveau élevé de bruit rayonné permettait un pistage facile. La TB16, l'antenne sphérique et les antennes latérales poursuivaient toutes trois le client. La solution la plus efficace ne fut pas bien difficile à déterminer et le commandant en second, chef de l'équipe CO au poste de combat, annonça bientôt :

— J'ai une bonne solution sur le but 32, commandant, azimut 0-9-2, distance 22 500 mètres, route au 3-0-0, vitesse 12 nœuds. Le but se trouve certainement sous la couche.

— Attention pour lancer tubes 1 et 2 sur le 32, aboya Mack, un peu tendu.

— Sous-marin paré, répondit le maître de central.

— Je recale le but sur le dernier bien pointé... DLA parée, rendit compte l'officier ASM, solution vérifiée, azimut de feu 0-9-2, cap torpille 0-6-1, temps de parcours quatorze minutes. Je suis paré à lancer.

— Lancez, tubes 1 et 2 !

L'air des bouteilles de lancement bâbord et tribord se détendit brutalement, projetant en avant deux pistons qui chassèrent une grande quantité d'eau derrière les deux Mk 48. Au même instant, dans le compartiment moteur des deux torpilles, les vannes d'arrivée carburant s'ouvrirent, autorisant l'injection de l'Otto fuel dans la chambre de combustion. Les turbines de propulsion montèrent rapidement en régime, les Mk 48 accélérèrent de toute leur puissance et foncèrent à 50 nœuds en direction du Han.

— Tubes 1 et 2, torpilles parties, lancement nominal, annonça l'officier ASM après avoir consulté ses voyants et vérifié le bon déroulement des dialogues de filoguidage.

— *Deux torpilles à l'écoute, fonctionnement normal,* rendit compte à son tour le chef de module sonar alors que les Mk 48 s'écartaient l'une de l'autre pour prendre leur position de recherche.

— Bien, sonar, répondit Mack, d'une voix qui avait retrouvé tout son calme.

Quelques secondes plus tard, il demanda :

— ASM, dans combien de temps les perceptions ?

— Avec cette solution, on devrait prendre le but d'ici huit à neuf minutes, commandant.

Les secondes parurent des heures avant que l'officier ASM n'annonce enfin :

— Perceptions torpilles 1 et 2, je lâche les deux Mk 48 en autoguidage.

— Fin de filoguidage, larguez les gaines, fermez les portes avant et rechargez au plus vite les tubes 1 et 2 avec des Mk 48, ordonna Mack maintenant que le sort du Han était scellé. Les réverbérations sur le fond et la surface des deux explosions et du craquement de la coque roulèrent longtemps, comme un coup de tonnerre assourdissant.

— *Commandant, alerte torpille ! Une SET-53, azimut 0-8-9. Apparemment, le Han a lancé dans l'azimut,* annonça brusquement le chef de module sonar alors que le vacarme s'apaisait peu à peu.

Le sous-marin chinois avait joué sa dernière carte et, juste avant de disparaître, il avait tiré une torpille dans la direction d'où provenaient les Mk 48, espérant qu'elle ferait mouche, sauvant au moins l'honneur à titre posthume.

— A droite toute, vitesse maximum, barème d'urgence, cavitation autorisée ! 300 mètres ! ordonna Mack d'une seule traite.

Le maître de central empoigna un micro et diffusa dans tout le bord :

— *Prendre les dispositions de grenadage !*

L'équipage, déjà au poste de combat, rendit compte très vite et le maître de central cocha aussitôt chaque compartiment avec un crayon gras sur une planchette représentant un schéma de principe du *Cheyenne*. L'ingénieur de quart fit passer les pompes primaires en grande vitesse et s'apprêtait à ordonner à l'opérateur Km d'ouvrir en grand les vannes d'admission de vapeur aux turbines de propulsion. Parfaitement entraîné, celui-ci avait déjà anticipé et les soupapes laissaient déjà passer un débit de vapeur égal à la moitié du débit maximal à pleine puissance. Il attendait juste de lire le changement d'état des pompes sur le pupitre réacteur pour terminer l'ouverture des réglantes, ce que l'instrumentation lui interdisait de faire tant que le débit primaire n'était pas établi. Ainsi, le système prévenait tout risque d'accident froid et empêchait un gonflement trop important du niveau d'eau dans le générateur de vapeur, qui aurait pu causer un entraînement de gouttelettes dans le circuit secondaire et une dégradation catastrophique des tubages de turbine.

En quelques minutes, le *Cheyenne* atteignit sa vitesse maximale, route au 1-8-5, immersion 300 mètres. La torpille chinoise accrocha sur les perturbations de sillage créées par l'accélération du sous-marin 1 000 mètres sur l'arrière, et se mit à défiler gauche.

— CO de sonar, deux explosions, azimut 0-5-5, distance approximative 18 000 mètres. Je n'entends plus la SET-53, elle a dû se perdre quelque part.

Connaissant la profondeur du fond et la bathy, il était possible de déterminer la distance d'un événement acoustique fort, une explosion ou une émission sonar, en comparant les dates d'arrivée des signaux se propageant par des trajets différents. La SET-53, après avoir tourné en vain autour d'un but fantôme, avait fini par épuiser son énergie et avait coulé.

Couvrant les applaudissements au CO, Mack ordonna au maître de central de faire rompre des dispositions de grenadage. Il empoigna le micro de la diffusion générale et annonça à l'équipage :

— *Messieurs, ici le commandant. Le* Cheyenne *vient une fois de plus d'envoyer un sous-marin ennemi à sa dernière demeure. Bravo, excellent travail d'équipe, vous pouvez tous être fiers de vous. Sans vous, le* Cheyenne *ne serait plus qu'un tas de tôles. Continuez comme ça.*

En raccrochant le micro, il ajouta :

— Central, faites rompre du poste de combat. Je passe la suite à l'officier de quart.

Mack pensait avec raison que la relève du personnel au CO allait contribuer à apaiser la tension. Il savait aussi que le répit pouvait s'avérer de courte durée, en particulier si le Han était accompagné d'un ou plusieurs Kilo, rôdant en silence dans les parages, aux électriques alimentés par la seule énergie de leur batterie.

Les officiers quittèrent le CO pour le carré, où Mack avait pris l'habitude d'analyser à chaud l'engagement qu'il venait de conduire. Le commandant exigeait en outre la présence des opérateurs sonar du poste de combat. Cette fois, la critique fut rapide et très positive mais Mack enjoignit à son personnel de ne pas baisser la garde. La prochaine fois, le but ne serait pas forcément aussi coopératif. Dans cette guerre ouverte, il ne fallait pas s'attendre à ce que les Chinois assistent sans réagir à la dévastation de leur flotte sous-marine. Le *Cheyenne* allait maintenant revenir sur les lieux de pêche, à proximité de Cuarteron Reef, pour retrouver et attaquer ces satanés Kilo.

Le plan de Mack était bon, mais ne résista pas à la tournure prise par les événements. Alors qu'il exposait ses idées, le sonar annonça un contact sur l'Alfa, le but 31. L'Alfa faisait route au nord, en direction des explosions qui avaient scellé le sort du Han. Le dérobement du *Cheyenne* vers le sud pour éviter la SET-53 avait largement rapproché les deux bâtiments.

Mack se présenta pour attaquer l'Alfa comme il l'avait fait pour le Han mais, cette fois, il opta pour les tubes 3 et 4. La ressemblance avec la situation précédente s'arrêtait cependant là. Beaucoup plus discret, capable de filer 40 nœuds en plongée, l'Alfa esquiva la salve de deux Mk 48.

Les Chinois savent manier leur nouveau sous-marin, pensa Mack, *mais, par chance, il leur reste tout de même deux ou trois choses à apprendre.* S'ils avaient eu un ou deux conseillers russes à bord, le *Cheyenne* aurait sans doute eu affaire à plus forte partie et se serait retrouvé nez à nez avec des torpilles ennemies.

Mack ne se sentait pas pressé d'aller engager les Kilo qui rôdaient près du récif, renseignés sur la présence du *Cheyenne* par l'Alfa. Il décida de se retirer vers les grands fonds, au nord-ouest, pour rendre compte à CTF 74 des deux engagements précédents. Il n'avait pas besoin d'un nouveau rendez-vous avec le *McKee* puisqu'il lui restait encore seize armes à bord. De plus, il devait nettoyer la zone de ses hôtes indésirables avant que le groupe aéronaval de l'*Independence* ne puisse passer au nord des Spratly. CTF 74 accusa réception de son message et passa l'information au commandant de la lutte ASM, à bord du porte-avions. Le *Cheyenne* fit demi-tour en direction du sud-ouest, puis prit les dispositions nécessaires aux opérations par petits fonds.

— CO de sonar, nouveau contact, azimut 1-9-5. Apparemment, il s'agit de l'Alfa, le but 31, qui revient prendre une volée.

Au moment où le *Cheyenne* franchissait la ligne de sonde des 200 mètres, au sud de Fiery Cross Reef, Mack fit rentrer une partie du câble de l'antenne linéaire remorquée et laissa une bonne centaine de mètres dehors. Il espérait surprendre les Chinois en pénétrant dans les petits fonds. L'Alfa, il en était persuadé, resterait à l'extérieur de cette zone et ne pourrait entendre le *Cheyenne* jusqu'à ce qu'il soit trop tard — si, bien sûr, tout se déroulait conformément au plan. Un lancement à courte distance empêcherait l'Alfa de riposter et d'esquiver les Mk 48.

Mack rappela une fois de plus au poste de combat lorsque la distance de l'Alfa devint inférieure à 40 000 mètres, juste au moment où le sonar annonça des transitoires, azimuts 1-2-5 et 1-3-5. Il hocha la tête. Comme prévu, l'Alfa chassait en eaux profondes et les petits Kilo restaient à l'abri des récifs pour mener une guérilla contre le *Cheyenne* au cas où il s'aventurerait dans ces parages dangereux.

Les sous-marins diesels auraient pu créer un problème mais le *Cheyenne* était prêt à réagir, les portes avant des tubes déjà ouvertes.

— Lancement d'urgence, tubes 1 et 2, respectivement azimuts 1-2-5 et 1-3-5 ordonna Mack dans un réflexe.

Les Mk 48 lancées dans ce mode devraient se débrouiller seules pour trouver et attaquer leurs buts mais Mack ne disposait pas du temps nécessaire au filoguidage de ses armes.

Les torpilles détectèrent très tôt les deux cibles et passèrent en autoguidage. Malgré un dérobement énergique entrepris dans les trois dernières minutes du temps de parcours, les Kilo ne disposaient pas de capacité de vitesse suffisante pour espérer sortir du volume de détection des Mk 48. Touchés, les deux sous-marins reposèrent bientôt au fond de l'océan. Cela ne suffisait pourtant pas à Mack, qui se demandait où pouvait bien se cacher le troisième larron.

Il n'attendit pas longtemps la réponse.

— *CO de sonar, transitoires, azimut 1-8-0. On dirait un bruit de verre cassé... Apparemment, le troisième Kilo avait décidé de s'éloigner de la zone dangereuse et il vient d'entrer en collision avec un récif de corail.*

Mack grimaça. Encore un de moins. Bien sûr, il aurait préféré l'inscrire à son tableau de chasse mais, pour lui, un bon Kilo restait un Kilo mort. Seul l'Alfa rôdait encore dans les parages mais le *Cheyenne* avait perdu le contact après la première explosion. Mack espérait disposer d'une autre chance de s'en prendre à lui avant d'avoir à émettre son prochain rapport de mission.

Pourtant, il se demandait comment cet Alfa avait bien pu lui échapper. Il ne s'attendait pas à ce niveau de professionnalisme de la part d'un équipage chinois à bord d'un sous-marin russe. A moins que ne se trouve à bord un conseiller russe — voire un équipage au complet...

Quelques jours plus tard, le *Cheyenne* reçut l'ordre de faire route au sud pour un rendez-vous avec le *McKee*, mouillé au large de Brunei, afin d'effectuer un ravitaillement rapide. Ensuite, il devait rejoindre le groupe aéronaval de l'*Independence* et attendre des ordres complémentaires de CTF 74. Mack ne le savait pas encore, mais il n'était pas près de retrouver l'ambiance feutrée du carré du ravitailleur.

5

INTERDICTION

Le *Cheyenne* opérait maintenant en soutien direct du groupe aéronaval de l'*Independence,* qui croisait au sud des îles Spratly. Après un ravitaillement rapide en vivres et en armes, il patrouillait autour des bâtiments de surface, les protégeant de la menace des sous-marins chinois. Cette fois pourtant, la zone d'action de Mack ne s'étendait pas seulement sur l'avant de la force, situation qu'il préférait, mais dans un secteur en forme d'anneau, centré sur le porte-avions, à une distance comprise entre 20 et 40 nautiques de lui. Le commandant détestait se retrouver bloqué de cette façon.

— Radio de CO, sortir l'antenne filaire !

— *CO de radio, bien reçu, sortir l'antenne filaire.*

L'antenne filaire avait les mêmes caractéristiques opérationnelles que celles des sous-marins nucléaires lanceurs d'engins type Ohio. Le *Cheyenne* pouvait filer son antenne en immersion sans devoir revenir à l'immersion périscopique ni sortir un mât.

— *Messages pour nous,* annonça l'officier Trans par l'interphone.

Quelques semaines plus tôt, il avait reçu 5 sur 5 l'admonestation de son commandant et ne se hasardait plus à spéculer sur le contenu du trafic.

L'officier de quart collationna et fit appeler le commandant et le second au CO. Les deux hommes arrivèrent ensemble. Le capitaine de vaisseau Mackey lut la planchette puis la passa à son second et, comme à l'accoutumée, convoqua une réunion des officiers au carré.

— Nous venons de recevoir de nouveaux ordres de mission, commença Mack sans préambule. D'après nos services de renseignement, une force chinoise importante a été aperçue en train d'appareiller de la base navale de Zhanjiang, en Chine du Sud. Les satellites de reconnaissance viennent de confirmer cette information et indiquent une route moyenne sud. Il semble bien que ce groupe d'action navale a pour destination finale les îles Spratly. En temps normal, les avions de l'*Independence* auraient dû se charger de les arrêter mais, pour le moment, l'état-major de la marine ne veut pas envoyer le porte-avions trop au nord. De plus, il n'est pas question de détacher les bâtiments de l'escorte, qui doivent rester à proximité immédiate du PA [1]. Apparemment, ils craignent une offensive aérienne des Chinois contre notre groupe aéronaval.

Mack jeta un coup d'œil circulaire à ses officiers. Ils formaient un groupe d'élite et devenaient meilleurs à chaque mission. Pourtant, le débriefing de leur dernière attaque avait mis en évidence la nécessité de répéter les informations critiques au moment des tirs. Le combat réel ne laissait pas de place à l'amateurisme et ne pardonnait aucune erreur.

— Notre mission, poursuivit-il, consiste à abandonner la protection rapprochée de l'*Inde-*

1. PA : porte-avions. *(N.d.T.)*

pendence pour faire route au nord et engager les forces chinoises au nord des Spratly.

Le *Cheyenne* se trouvait alors bien au sud de ces îles et allait entamer un transit de 660 nautiques. Les armes embarquées quelques jours plus tôt à couple du *McKee* allaient sans doute servir plus rapidement que Mack ne l'avait pensé. Les vingt Mk 48 et les six missiles Harpoon occupaient toutes les rances et les tubes du poste torpilles. Six Tomahawk anti-navires (TASM) garnissaient les alvéoles du système de lancement vertical, implanté dans les ballasts avant.

A ce stade des événements, certains commandants tenaient un discours d'encouragement à leur équipage et à leurs officiers. Mack n'approuvait pas cette méthode. Ses hommes étaient tous de vrais marins et il attendait d'eux une conduite irréprochable. Ils n'avaient pas besoin d'être « gonflés à bloc » pour accomplir leur devoir. A cette pensée, Mack réprima un sourire. Il préférait laisser les grands discours creux aux entraîneurs des équipes de football qui devaient gérer les individualités des stars engraissées à coups de millions de dollars. Lui préférait pouvoir compter sur les vraies qualités des hommes du *Cheyenne* : calme, professionnalisme et efficacité.

A 1 000 nautiques de là, la base navale de Zhanjiang bourdonnait d'activité. Le groupe de combat avait fini par appareiller et faisait maintenant route vers les Spratly pour se positionner entre les îles et les bâtiments américains. La marine chinoise espérait prévenir ainsi toute action de l'*Independence*.

Ce groupe était le plus important jamais réuni par l'état-major chinois. Il se composait de deux des nouvelles frégates Luhu, trois escorteurs Luda I et trois frégates Jianghu, huit bâtiments au total, tous puissamment armés.

Les deux Luhu embarquaient chacun deux hélicoptères ASM Z-9A, de fabrication française. Chaque bâtiment emportait un chargement complet de missiles anti-navires. Plusieurs d'entre eux se trouvaient équipés du système français de défense aérienne à courte portée Crotale, capable de balayer du ciel tout hélicoptère américain qui s'aventurerait un peu trop près des forces chinoises.

Le groupe avait été envoyé en urgence à la mer et, malgré son armement, les commandants chinois ne pouvaient s'empêcher de se demander s'ils étaient assez entraînés pour une telle mission. L'Armée de Libération du Peuple avait largement progressé depuis les périodes de formation à l'Académie navale de Canton, mais elle restait encore perfectible. Le point qui préoccupait le plus l'amiral en charge de l'opération restait le manque de soutien de ses bâtiments de surface par un ou plusieurs sous-marins.

Comme tous les officiers, il avait entendu des rumeurs selon lesquelles les sous-marins américains infligeaient de lourdes pertes à la flotte chinoise autour des Spratly. Si ces bruits étaient fondés, et il n'en doutait pas un instant, son groupe de combat allait constituer un objectif de choix. Sans la protection de SNA ou même de quelques sous-marins diesels, les Américains allaient les tirer comme des cibles de foire.

A bord du *Cheyenne,* Mack et ses hommes s'efforçaient de donner corps à ces rumeurs et, si possible, de les faire enfler.

A l'immersion de 200 mètres, le *Cheyenne* prit son premier contact sonar.

— *CO de sonar,* annonça le chef de module, *nouveau bruiteur. Un bâtiment de commerce, sans doute chinois. Il se dirige vers Swallow Reef.*

Mack réfléchit à la situation et décida d'ignorer ce nouveau bâtiment. Le *Cheyenne* avait une mission à remplir et Mack ne voulait pas perdre de temps avec un simple navire de commerce. De plus, il courait le risque d'alerter les forces chinoises à son approche.

Mack arriva au CO.

— Vitesse maximum, gouvernez 3-1-6, ordonna-t-il à l'officier de quart. Ne vous occupez pas de ce commerce.

L'officier de quart collationna l'ordre.

Tandis que le *Cheyenne* poursuivait sa route, le bâtiment chinois sortit peu à peu du volume de détection du sonar, sans se douter qu'il n'avait dû sa survie qu'à l'anonymat que le capitaine de vaisseau « Mack » Mackey souhaitait préserver.

A 85 nautiques au sud-ouest des Spratly, le *Cheyenne* vint cap au nord-ouest pour passer au large des îles occupées par les Chinois. Les services de renseignement avaient signalé la présence probable de nombreuses mines dans ce secteur et Mack ne voulait pas prendre de risques.

Les satellites surveillaient toujours la force navale ennemie. De plus, les porte-avions *Independence* et *Nimitz* — qui croisaient dans le Pacifique — enregistraient le trafic radio et les signaux électroniques, à l'affût de renseignements concernant les projets de la flotte chinoise.

Le *Cheyenne* continuait le *sprint and drift* pendant son long transit. Mais il remontait aussi régulièrement à l'immersion périscopique pour prendre la vacation et obtenir les dernières informations sur la position de l'ennemi.

Un message modifia les ordres de mission que Mack avait reçus avant de partir. L'arrivée sur zone du *Cheyenne* était prévue vingt-quatre heures avant celle de la force chinoise. Dans douze heures, les hélicoptères chinois pourraient atteindre le *Cheyenne* et larguer des champs de bouées acoustiques à proximité de sa position. Mack devrait rester discret, en immersion profonde, jusqu'à ce que l'ennemi s'approche à moins de 50 nautiques. A ce moment-là, Mack ferait remonter son sous-marin et lancerait ses missiles anti-navires Harpoon. Si le nombre de buts était supérieur au nombre de missiles dont il disposait, le *Cheyenne* avait pour consigne d'attaquer les bâtiments restants avec des Tomahawk anti-navires.

Les TASM avaient une portée supérieure aux Harpoon et ils portaient une charge militaire d'une puissance explosive deux fois plus importante. Le Harpoon, plus petit et plus rapide de près de 50 nœuds, se révélait bien plus difficile à détruire par la défense ennemie. Le *Cheyenne* aurait pu n'utiliser que ses Tomahawk et attaquer à une distance supérieure à 250 nautiques. Toutefois, il devrait alors disposer d'une désignation d'objectif par un satellite ou un avion relais.

Mack aurait ainsi minimisé les risques. Mais, depuis une telle distance, le *Cheyenne* n'avait aucune chance de détruire la force chinoise dans sa totalité avec six Tomahawk. Mack aurait de toute façon dû s'approcher pour attaquer les deux derniers bâtiments avec des Harpoon.

Il avait choisi de ne pas procéder ainsi. A moyen terme, les risques courus par le *Cheyenne* augmentaient. Le lancement des Tomahawk dévoilerait l'azimut du *Cheyenne* et tous les hélicoptères et bâtiments de surface présents sur zone prendraient le sous-marin en chasse.

Plus que jamais, Mack préférait ses Harpoon. Il attendrait de pouvoir lancer en même temps un grand nombre de missiles puis reviendrait en immersion profonde avant de mettre le cap vers la mer de Sulu. Il y retrouverait le *McKee.*

Mack ordonna à l'officier de quart de ralentir et de remonter suffisamment pour que l'antenne filaire prenne le signal VLF.

— *CO de PC radio, sept messages pour nous.*

Peu de temps après, le second entra au CO, la planchette à la main et la tendit à Mack :

— Commandant, il semblerait que des sous-marins chinois opèrent à proximité de notre point de lancement. Le renseignement annonce des Alfa.

Le *Cheyenne* naviguait à 8 nœuds, à l'immersion de 80 mètres, à la limite de la cavitation. Mack adapta sa vitesse pour conserver tout juste la réception radio.

La frégate américaine *Ingraham* (FFG-61) naviguait seule, à près de 500 nautiques de l'*Independence.* Elle avait pour consigne de patrouiller au nord des îles Spratly afin que ses deux hélicoptères Seahawk SH-60B puissent aider le *Cheyenne* dans sa désignation d'objectifs. Son commandant n'appréciait pas du tout cette mission.

L'*Ingraham,* une frégate de type Oliver Hazard Perry, avait été choisie pour deux raisons : elle disposait du potentiel nécessaire pour cette mission et, surtout, elle pouvait passer par pertes et profits. Elle était peu onéreuse à l'achat et à l'entretien, et son équipage comprenait cent cinquante hommes de moins que les croiseurs Ticonderoga.

Le commandant avait reçu ses ordres trois jours plus tôt, lorsque son bâtiment avait été détaché de l'escorte du groupe aéronaval du *Nimitz* en mer de Chine méridionale. Il savait que le porte-avions aurait pu envoyer des croiseurs Aegis ou des frégates plus puissantes, mais au prix d'une augmentation de sa propre vulnérabilité.

Il détestait que l'*Ingraham* soit considéré comme quantité négligeable. Mais il ne pouvait contester la logique du raisonnement. De toute façon, son sentiment n'avait aucune importance. Il ferait de son mieux pour accomplir sa mission.

Il ne savait pas grand-chose du *Cheyenne* : le sous-marin, comme sa propre frégate, était le dernier de son type. Bien qu'admis au service actif depuis moins d'un an, il avait remporté le plus grand nombre de victoires de l'histoire navale des États-Unis. Et, enfin, la réputation du capitaine de vaisseau Mackey, un officier aux qualités professionnelles et humaines exceptionnelles, n'était plus à faire. Mais comme à toute chose malheur est bon, le commandant de l'*Ingraham* espérait que cette mission contribuerait à placer son propre dossier sur le dessus de la pile lorsque la commission d'avancement se réunirait.

Pour cette mission de soutien, la frégate emportait son stock d'armes complet, ce qui avait à la fois surpris et satisfait son commandant. Il supposait que l'amiral avait voulu compenser d'une façon ou d'une autre les risques qu'il faisait prendre à l'*Ingraham*. La frégate disposait de trente-six missiles surface-air Standard SM-1, de quatre missiles Harpoon et de dix-huit torpilles Mk 46 ainsi que d'un grand nombre de munitions pour le canon Mk 75 et les Phalanx de 20 mm. Les deux Seahawk SH-60B, à l'abri dans le hangar hélicoptères, attendaient de pouvoir éclairer la zone de leur puissant radar APS-124, qui s'avérerait une aide inestimable pour le guidage à mi-course des missiles anti-navires tirés du *Cheyenne*. Enfin, si l'un des missiles du sous-marin manquait sa cible, la frégate devait lancer ses Harpoon contre la force chinoise et tirer sur tout bâtiment ennemi au contact.

A bord du *Cheyenne,* le radio venait de recevoir une nouvelle mise à jour de la situation renseignement.

— Commandant, dit-il, un message de l'*Ingraham,* qui est arrivé à sa position d'attente. Il relaie un message qui vous est destiné. « *Rien à signaler sur le front nord* ».

— Amusant, dit Mack en esquissant un sourire. Combien de temps avant d'arriver au point de lancement ?

L'officier de quart échangea quelques mots avec le timonier de quart. Le *Cheyenne* se trouvait à ce moment-là à 92 nautiques au sud-ouest de la position qui lui avait été fixée.

— A vitesse maximum, à peu près quatre heures, commandant, répondit l'officier de quart.

Mack accusa réception d'un signe de tête.

— Venez à droite au 0-4-5, vitesse maximum, immersion 130 mètres, ordonna-t-il.

Deux heures plus tard, le local sonar commença à s'agiter.

— *CO de sonar, nouveaux bruiteurs, deux contacts en zone de convergence sur l'antenne sphérique, probablement des SNA de type Alfa, azimuts 0-1-0 et 0-1-4.*

Tandis que le chef du module sonar poursuivait ses recherches, Mack se fit une image de la situation tactique qui ne lui plaisait vraiment pas — et que le commandant de l'*Ingraham* apprécierait encore moins. La frégate était supposée se trouver à 43 nautiques au nord-est du *Cheyenne.* Mack ne le savait pas encore, mais les deux contacts sonar, les buts 37 et 38, avançaient côte à côte 40 nautiques au nord-ouest de l'*Ingraham,* ce qui les plaçait sur le troisième sommet d'un triangle presque équilatéral, à environ 42 nautiques du *Cheyenne.* A 12 nœuds, les Alfa naviguaient à une immersion de 50 mètres, sans savoir que le *Cheyenne* s'approchait. Ils faisaient cap sur l'*Ingraham*, qu'ils pensaient une proie facile.

— Venez rapidement à l'immersion périscopique, ordonna Mack à l'officier de quart. Je veux prévenir l'*Ingraham*.

Quelques minutes plus tard, le *Cheyenne* avait repris la vue et son message FLASH passa par le satellite SSIXS avant d'être relayé vers la frégate. Le message annonçait la position estimée du *Cheyenne*, le relèvement des deux sous-marins chinois et leur classification.

— *CO de sonar, les buts 37 et 38 ont accéléré. Je prends une information ligne d'arbre, ils naviguent à 38 nœuds, 40 à présent, commandant. On dirait qu'ils ont décidé de donner la chasse.*

Mack fronça les sourcils. Il avait prévu de rester silencieux jusqu'au lancement de ses missiles, mais cette option lui était maintenant interdite. Dans certaines circonstances, Mack aurait pu envisager de ne pas se montrer et d'assister à l'attaque d'un bâtiment américain. Pas cette fois-ci. Il avait besoin de l'*Ingraham* pour guider ses missiles au-dessus de l'horizon. Sans ce bâtiment, le *Cheyenne* ne pourrait sans doute pas remplir sa mission.

— Vitesse maximum, ordonna-t-il. Je veux intercepter ces Alfa. Venez à droite au 0-2-5.

— Vitesse maximum. Venir au 0-2-5 par la droite, bien commandant.

Le message du *Cheyenne* galvanisa les officiers et l'équipage de l'*Ingraham*. Les équipages des SH-60 bouclèrent leur gilet de sauvetage par-dessus leur combinaison de vol tout en courant vers le pont d'envol.

— Faites décoller les deux hélicoptères, ordonna le commandant de l'*Ingraham*.

Au CO de la frégate, les opérateurs sonar restaient silencieux, attentifs. Ils avait détecté les deux Alfa, dans leur 3-1-0 et 3-2-0, dès que ceux-ci avaient accéléré.

— *Commandant de sonar, nous venons de détecter ce qui doit être le* Cheyenne, *dans le 3-2-5. Il fonce également à vitesse maximum. On dirait qu'il essaie de s'interposer entre les sous-marins chinois et nous.*

— Vas-y, Mack, murmura le commandant de l'*Ingraham.*

Mais la frégate n'était pas encore sortie d'affaire. En plongée, les Alfa pouvaient filer jusqu'à 43 nœuds. Dans de bonnes conditions, avec une coque propre, le *Cheyenne* ne dépassait pas les 40. Les Alfa arriveraient les premiers.

« Pas si je m'en mêle », pensa le commandant de l'*Ingraham.*

— Passerelle, ordonna-t-il, venez au 2-3-5 par la gauche, vitesse maximum.

Il avait choisi de se rapprocher du *Cheyenne,* à la vitesse maximum de son bâtiment. Avec un peu de chance et du vent arrière, l'*Ingraham* pouvait peut-être tirer son épingle du jeu.

Même à vitesse maximum, le *Cheyenne* entendit la manœuvre de l'*Ingraham.* Mack ne mit pas longtemps à comprendre les intentions de son commandant.

— *Au poste de combat,* ordonna-t-il lui-même sur la diffusion générale.

D'après le BSY-1, la distance des Alfa diminuait à vue d'œil. Les sous-marins chinois faisaient cap au sud-ouest à 42 nœuds, tandis que le *Cheyenne* se dirigeait vers le nord-est à 38 nœuds. Mack aurait préféré rester discret, mais il devait foncer à vitesse maximum s'il espérait intercepter les Alfa. D'un autre côté, à 42 nœuds, les sous-marins chinois devenaient sourds et n'avaient aucune chance d'entendre le *Cheyenne*.

Lorsqu'il fut à 27 000 mètres du sous-marin le plus proche, le but 37, Mack ordonna de disposer les tubes 1 et 2. Il ouvrirait plus tard les portes avant, après avoir un peu ralenti. Le second Alfa, le 38, se trouvait maintenant à moins de 30 000 mètres.

— Commandant, annonça l'officier ASM à la DLA, nous arrivons en portée du premier Alfa, le 37. Nous serons en portée du 38 dans trois minutes.

Mack acquiesça de la tête mais ne donna pas l'ordre de lancer.

— J'attendrai qu'il se trouve à moins de 25 000 mètres, commenta-t-il. Prévenez-moi lorsque le 37 arrivera à cette distance. Attention pour lancer une Mk 48, tube 1, sur le but 37.

A cette vitesse, le *Cheyenne* devait se fier à l'estime des buts entretenue par le BSY-1. Les filets d'eau le long du dôme sonar interdisaient toute écoute passive.

Lorsque la distance estimée du 37 approcha de 26 000 mètres, les Seahawk SH-60 de l'*Ingraham* intervinrent en mouillant un dispositif de bouées acoustiques passives afin de déterminer la position exacte des Alfa. L'officier ASM informa bientôt Mack que le but arrivait à 25 000 mètres.

— Stoppez, réglez la ligne d'arbres à 80 tours en arrière... Recalez le but sur le dernier bien pointé et lancez, tube 1 sur le but 37, ordonna Mack sans hésiter.

A cause du freinage puissant provoqué par l'hélice en arrière, le *Cheyenne* cassa rapidement son erre. Au passage à 7 nœuds, Mack ordonna :

— Stoppez, réglez la vitesse à 5 nœuds.

— *CO de sonar, torpille partie, lancement nominal, j'ai la torpille à l'écoute.*

Si l'Alfa continuait sans modifier sa route ni sa vitesse, la Mk 48 l'atteindrait dans sept minutes trente secondes.

Le PCNO de l'Alfa était en effervescence. Le commandant poursuivait sa proie depuis un certain temps, à présent, et le moment de lancer approchait. Et contre une frégate américaine, pas moins. Cependant, ils n'avaient pas entendu la Mk 48 américaine foncer vers eux.

Trente mètres au-dessus de la surface, un des hélicoptères SH-60 LAMPS III de l'*Ingraham* entendit la première torpille du *Cheyenne,* juste après son lancement. Les deux hélicoptères n'emportaient chacun qu'une seule Mk 50, plus petite que les torpilles du *Cheyenne.* La charge militaire de 50 kilos de la Mk 50 représentait moins d'un sixième des explosifs contenus dans une Mk 48.

Les deux hélicoptères échangèrent un message laconique et, quelques instants plus tard, les deux pilotes larguèrent leurs Mk 50, mais pas contre le premier Alfa. Le *Cheyenne* ne semblait pas avoir besoin de leur aide pour venir à bout de celui-là. Ils prirent pour cible le second sous-marin chinois, le 38 de Mack.

En immersion profonde, le *Cheyenne* était à présent arrivé en portée du sous-marin de tête, le 37, et il dirigeait la Mk 48.

— *CO de sonar,* annonça le chef du module sonar, *les SH-60 de l'*Ingraham *viennent de larguer deux torpilles, des Mk 50, dans l'azimut du second Alfa, le 38. Ils devraient faire but, commandant,* ajouta-t-il après une courte pause. *D'après le BSY-1, ils ont largué juste au-dessus.*

Aucun des sous-marins chinois ne s'imaginait être attaqué par des torpilles américaines.

La charge militaire de 325 kilos de la Mk 48 du *Cheyenne* explosa juste sur l'arrière de l'hélice de l'Alfa et emporta la charpente arrière du sous-marin et la ligne d'arbres, ainsi que la cloison hémisphérique arrière. Par 300 mètres d'immersion, l'équipage n'avait aucune chance de s'en sortir, noyé immédiatement dans le compartiment machine ou écrasé par la pression de la mer.

Le second Alfa, qui poursuivait sa route à vitesse maximale, n'entendit ni le *Cheyenne* ni les deux Mk 50 qui fonçaient vers lui. Mais il perçut l'explosion de la Mk 48 dans l'azimut de son partenaire. Le commandant du second Alfa ralentit aussitôt afin d'évaluer la situation. Réflexe fatal. En stoppant juste devant les Mk 50, il signa son arrêt de mort.

— *CO de sonar, deux explosions, commandant,* annonça le chef du module sonar. *Les Mk 50 viennent de faire but. Mais pas de bruits de rupture de coque,* ajouta-t-il.

Cela ne surprit pas Mack. Contrairement à celle de nombreux autres sous-marins, la coque de l'Alfa n'était pas construite en acier mais en titane. Elle permettait des immersions très profondes, à plus de 900 mètres, et rendait le sous-marin pratiquement aussi difficile à détruire que les Typhoon à double coque.

L'Alfa avait eu de la chance mais avait tout de même subi des avaries. Les deux torpilles américaines l'avaient touché sur tribord, crevant les ballasts. Pour aggraver les choses, le réacteur s'était aussitôt mis en alarme quand les croix de contrôle avaient chuté sous l'effet du choc provoqué par les explosions. Sans réacteur, l'Alfa ne pouvait pas fuir.

Les officiers et l'équipage chinois commençaient tout juste à reprendre la situation de leur bâtiment en main lorsque le *Cheyenne* lança sa deuxième torpille sur le 38. Soudain, tout se compliqua sérieusement pour l'Alfa.

— *CO de sonar, lancement nominal, j'ai la torpille à l'écoute,* commenta le chef du module sonar.

Le sous-marin chinois ne pouvait rien faire d'autre qu'attendre et mourir. S'il avait tenté de faire surface, il aurait pris une gîte trop importante sur tribord. Malgré les nombreuses pannes de leurs équipements, les opérateurs sonar de l'Alfa entendirent la torpille de Mack s'approcher. Une minute avant l'impact, le commandant chinois décida d'essayer de lancer un leurre : la Mk 48 l'ignora et continua vers sa cible.

La torpille explosa du même côté que les Mk 50, avec plus de puissance. La coque de titane, déjà fragilisée par les explosions précédentes, se brisa net. L'Alfa coula aussitôt, entraînant les quarante-sept hommes d'équipage dans les profondeurs.

Mack ne versa pas une larme. C'était la guerre et il savait que les Chinois non plus n'auraient pas laissé une chance à l'*Ingraham*.

Les Alfa avaient disparu. Mack et son équipage devaient une fois de plus se focaliser sur l'exécution de leur mission. Le groupe de combat chinois continuait sa route. Le *Cheyenne* et les hélicoptères de l'*Ingraham* ne disposaient que de peu de temps pour se préparer à attaquer. Mack permit à l'équipage de rompre du poste de combat et de prendre un court moment de repos.

Dix-neuf heures plus tard, le *Cheyenne* remonta à l'immersion périscopique, à nouveau au poste de combat. Un message lui apprit que l'un des hélicoptères de l'*Ingraham* avait détecté la force ennemie à 150 nautiques au nord. L'*Ingraham* s'était replacé 50 nautiques dans le sud mais il utilisait ses Seahawk comme piquets radar. Dès que la force chinoise fut découverte, le second Seahawk, qui venait d'être ravitaillé en carburant et en armes, décolla pour prendre la relève.

La portée du radar de veille-surface des hélicoptères leur permettait de rester hors d'atteinte du missile antiaérien chinois. Les données ainsi obtenues permettraient le recalage des Harpoon du *Cheyenne* vers leurs cibles.

Le *Cheyenne* descendit à 200 mètres et accéléra à 25 nœuds. Deux heures plus tard, la force chinoise arrivait enfin en portée de ses missiles. Les quatre tubes contenaient des Harpoon.

Les intentions de Mack restaient inchangées. Il allait lancer six Harpoon en salve puis tirer ses Tomahawk sur les cibles survivantes. L'équipage du *Cheyenne* avait subi un entraînement sévère pour ce type de mission. Mack avait toujours trouvé que frapper des bâtiments de surface par surprise le mettait dans la peau d'un *sniper* : il rejoignait sa position, attendait l'occasion et faisait feu avant de s'enfuir sans demander son reste.

Le sous-marin était remonté à 30 mètres et avait lancé tous ses Harpoon. Sans perdre un instant, Mack ordonna la mise en œuvre des tubes 5 à 10 du VLS. Les Tomahawk furent lancés l'un après l'autre et un missile fut éjecté vers le ciel dès l'ouverture de chacune des portes étanches.

Après le départ du dernier TASM, Mack fit redescendre le *Cheyenne* à 130 mètres, en route vers le *McKee*. Il avait tiré presque toutes ses armes et devait se réapprovisionner sans tarder.

Mack fit recharger les tubes avec ses dernières Mk 48. Comme toujours lors d'attaques à longue distance, il devrait patienter pour connaître le résultat de son action. Trente-cinq minutes après l'attaque, le sonar perçut douze explosions très puissantes. C'était un signe d'autant plus encourageant que la force navale chinoise ne comprenait que huit bâtiments.

Le *McKee*, comme tous les bâtiments de soutien de sous-marins, était un navire auxiliaire, peu armé et sans sonar. Ce qui signifiait, par une étrange ironie, que, bien qu'ayant passé presque toute sa vie au service des sous-marins, il se trouvait pour ainsi dire sans défense face à eux et ne possédait aucun moyen de savoir si l'un d'entre eux l'avait pris en chasse.

Le commandant du *McKee* n'était pas spécialement réputé pour son sens de l'humour. Et apprendre qu'un Ming isolé le pistait alors qu'il se trouvait au large de Brunei pour attendre le *Cheyenne* ne l'aurait sûrement pas amusé. Il avait levé l'ancre après le départ du sous-marin, afin d'entraîner son équipage en haute mer.

Treize heures après le lancement de ses missiles, le *Cheyenne* remonta à l'immersion périscopique pour prendre le dernier message des services de renseignement et pour avertir le *McKee* de son arrivée dans vingt-cinq heures environ. Le *Cheyenne* resta à l'immersion périscopique aussi peu de temps que possible. Une fois de plus, il faisait route vers le sud de la mer de Chine méridionale, sans savoir que l'ennemi progressait vers le *McKee*.

Le commandant du sous-marin chinois s'était approché à moins de 26 nautiques de sa cible. Il maintiendrait sa vitesse de 5 nœuds jusqu'à ce que le *McKee* se trouve en portée de ses torpilles SAET-60, équipées d'une charge militaire de 400 kilos. La portée maximum de ces torpilles avoisinait les 15 000 mètres, soit un peu plus de 8 nautiques. Le Ming devrait donc encore se rapprocher.

Trois heures plus tard, le Ming arrivait enfin en position. Le *McKee* se trouvait en limite de portée de ses torpilles et le commandant chinois se préparait à lancer.

Mack se tenait au CO. Il discutait avec le personnel de quart lorsqu'il entendit l'annonce du sonar.

— *CO de sonar, nouveau contact classifié sous-marin dans le 1-7-3. Il ouvre les portes de ses tubes lance-torpilles. Il se trouve à l'ouest de la position estimée du* McKee.

— Remontez à l'immersion périscopique, ordonna Mack, pas d'abattée d'écoute. Radio du commandant, contactez le *McKee* en vitesse et demandez-lui s'il attend d'autres sous-marins amis dans les parages.

Mack avait posé la question par acquit de conscience, mais une réponse positive l'aurait vraiment surpris. Cela aurait voulu dire que CTF 74 ne savait plus gérer les interférences entre sous-marins.

Mack rappela aussitôt au poste de combat. Le sonar classifia bientôt le contact comme un sous-marin diesel, un Ming. La réponse du *McKee* arriva très vite.

— *CO de radio, négatif, commandant, ils n'attendent que nous. Nous sommes le seul sous-marin supposé se trouver dans les parages.*

— Radio de CO, dites au *McKee* de faire route au 0-9-0, le plus vite possible.

Le *Cheyenne* transmit le message puis Mack redescendit à 80 mètres. Quelques instants plus tard, le sonar rendait compte que le *McKee* avait accéléré et pris cap au 0-9-0.

— En avant, vitesse maximum, gouvernez 1-7-3, ordonna Mack.

Il poursuivait deux objectifs. Tout d'abord, le plus important, rejoindre une position de lancement contre le sous-marin chinois. Ensuite, avertir le Ming de sa présence pour lui faire comprendre que, s'il ne s'écartait pas immédiatement du *McKee*, il devrait faire face à un sous-marin américain puissant et déterminé.

Le Ming entendit le *Cheyenne* caviter mais ne modifia pas sa route. Il accéléra même en direction du *McKee* et lança deux torpilles. A ce moment, il évolua enfin, mais trop tard.

Mack avait déjà ralenti et tiré deux torpilles en direction du Ming, sur les solutions du BSY-1. Quelques minutes plus tard, les torpilles acquirent leur cible et firent but sur le sous-marin ennemi. Le chef du module sonar rendit compte des deux explosions, suivies du grondement d'un sous-marin qui se remplissait d'eau. Le Ming avait cessé de vivre.

— Et les torpilles chinoises ? demanda Mack. Où en est le *McKee* ?

Il n'avait aucune raison de se faire de souci. Le *McKee* s'écartait des SAET-60 aussi vite qu'il le pouvait. A 20 nœuds, il n'espérait pas distancer les armes chinoises. Cela lui suffisait pourtant à rester largement devant elles jusqu'à l'épuisement de leur énergie.

Lorsque le sonar perdit le contact sur la seconde torpille chinoise, Mack ordonna de remonter à l'immersion périscopique.

— Radio du commandant, dites au *McKee* que nous arrivons.

Il ne serait pas fâché de reprendre son poste à couple du bâtiment de soutien. Le *Cheyenne* avait besoin de réarmer et de se réapprovisionner. Mais Mack avait le sentiment que le commandant du *McKee* et son équipage seraient, eux aussi, heureux de le revoir.

6

EMBUSCADE

L'équipage du *Cheyenne* s'était reposé pendant un séjour à peu près calme à bord de l'USS *McKee*. Le sous-marin avait refait le plein d'armes et de vivres et le commandant Mackey avait déjà hâte de repartir en mission.

D'après les services de renseignement, cette mission serait une promenade comparée à celles qu'il venait d'accomplir. Mack espérait qu'ils avaient raison. Les officiers et l'équipage avaient payé plus que leur dette vis-à-vis de leur pays et appartenaient désormais à la caste fermée des vrais combattants. S'il en avait eu le pouvoir, Mack leur aurait attribué à chacun une décoration et une promotion, en récompense de leurs bons et loyaux services.

Le commandant demanda au second de venir le rejoindre dans sa petite chambre, l'un des rares endroits où les deux hommes pouvaient discuter au calme. Mack ne plaçait qu'une confiance limitée dans les services de renseignement et souhaitait recueillir l'opinion de son subordonné le plus proche à propos des nouveaux ordres de mission que le *Cheyenne* venait de recevoir.

Lorsque le second pénétra dans la chambre, Mack lui tendit le message, sans un mot.

Le *Cheyenne* devait se faufiler dans les eaux entourant les îles Spratly, revendiquées par la Chine, et s'approcher de quelques plates-formes de forage abandonnées, dont celle de Swallow Reef, évacuée avant même la fin de sa construction. Il devrait aussi prendre des photos et tenter de déceler une quelconque activité à bord.

Le second étudia le document pendant plusieurs minutes avant de relever la tête. Son expression trahissait ses sentiments : il n'était pas plus heureux que son commandant. Une semaine plus tôt, les renseignements présentaient ces eaux comme dangereuses en raison du risque de mauvaises rencontres. Et aujourd'hui, voilà que la zone devenait totalement claire, débarrassée de la présence de tout sous-marin ennemi.

Mack se trouva conforté dans son jugement. Il avait reçu des ordres et les exécuterait mais, pourtant, il s'attendait à foncer tête baissée dans la gueule du loup, quoi qu'en disent les services de renseignement.

— Rappelez les officiers, ordonna-t-il. Briefing au carré dans un quart d'heure.

Dès sa première rencontre avec son commandant en second, Mack l'avait apprécié et les deux hommes se témoignaient un respect mutuel. D'expérience, Mack avait appris à se méfier des synthèses et des évaluations des services de renseignement, éloignés de plusieurs milliers de kilomètres et qui suivaient les événements à travers le filtre de leurs différentes sources d'information. Le second avait tenu le même raisonnement que lui, confortant Mack dans son appréciation personnelle de la situation et dans la confiance qu'il accordait à son adjoint.

Quinze minutes plus tard, le carré était silencieux lorsque Mack y entra. Il jeta un coup d'œil circulaire à ses officiers et, comme d'habitude, décida d'aller droit au but.

— Nous avons reçu l'ordre de pénétrer à l'intérieur de l'archipel des Spratly et de reconnaître plusieurs plates-formes pétrolières. Celles-ci pourraient servir de dépôt de matériel pour les sous-marins chinois, dit-il. Les services de renseignement n'y croient pas trop, mais l'état-major préfère quand même nous envoyer vérifier.

Compte tenu de la faible présence ennemie attendue dans la zone, CTF 74 avait jugé suffisant d'armer le *Cheyenne* avec seulement vingt torpilles Mk 48, pas de Tomahawk ni de Harpoon. Ainsi, même si Mack découvrait une base opérationnelle chinoise isolée, il lui serait impossible d'attaquer avec des missiles, comme il aurait aimé le faire. Il devrait se contenter de rendre compte. La marine jugerait de l'opportunité de lancer une attaque aérienne.

Mack détestait ce genre de perspective. Les officiers gardaient le silence, attendant la suite de son exposé.

— D'après les services de renseignement, nos succès des dernières semaines ainsi que les opérations conduites par le reste de la marine laissent les Chinois à court de matériel. Leur moral est au plus bas. Toujours d'après eux, nous ne devrions rencontrer dans notre zone de patrouille, au pire, que quelques sous-marins diesels.

Mack regarda autour de lui, cherchant l'assentiment de ses officiers.

— Cette mission paraît facile, ajouta-t-il, mais vous savez ce que cela signifie : nous devons rester extrêmement prudents et y aller sur la pointe des pieds. Je n'apprécie pas plus que vous de me trouver aussi proche des eaux occupées par les Chinois, mais ce sont les instructions.

Après les quelques questions de routine, les officiers quittèrent le carré et le commandant retourna dans sa chambre. Il relut ses ordres. Ceux-ci ne lui inspiraient toujours pas un enthousiasme démesuré.

Mack examina la carte qu'il gardait toujours à portée de main. Il s'agissait de l'une des rares bonnes cartes des îles Spratly. L'archipel s'inscrivait dans un vaste ovale, à peu près de la forme d'un ballon de rugby, au milieu duquel se trouvaient les quatre hauts-fonds que le *Cheyenne* devait reconnaître.

Mack décida qu'il descendrait à faible vitesse depuis le nord jusqu'aux abords du récif de la Grande Découverte. Puis, il manœuvrerait dans le sens des aiguilles d'une montre, poursuivant sa route à l'ouest et au sud, jusqu'à atteindre Cuarteron Reef, au centre de l'ovale.

De là, le *Cheyenne* mettrait le cap vers Swallow Reef, à proximité de la limite sud de l'archipel. Il ferait alors route au nord-est jusqu'à sa dernière zone de patrouille, le récif Carnatic. En supposant que les services de renseignement ne se soient pas trompés — ce dont Mack était loin d'être persuadé — et que la zone soit claire, le sous-marin pourrait ensuite s'éloigner vers le nord pour attendre de nouveaux ordres.

Le *Cheyenne* se trouvait à ce moment à l'ouest de l'île de Palawan. Mack allait devoir prendre un grand nombre de points GPS pendant le franchissement du chenal, profond mais resserré et long de 200 nautiques, qui menait au détroit de Mindoro. Le *McKee* ne bougerait pas de la mer de Sulu, jusqu'à ce que CTF 74 lui ordonne de se repositionner.

Après la récente attaque d'un sous-marin chinois contre le *McKee,* les groupes navals de l'*Independence* et du *Nimitz* avaient chacun décidé de détacher un hélicoptère ASM. Ainsi, deux LAMPS III faisaient en ce moment même route vers le *McKee*.

Les SH-60 opéreraient depuis la plate-forme du *McKee*, afin de protéger le ravitailleur d'une éventuelle attaque sous-marine. D'autre part, ces hélicoptères pouvaient aussi tirer le missile anti-surface Penguin, étendant ainsi la protection du *McKee* contre une menace de surface. Compte tenu de son importance stratégique, la marine ne prendrait plus le risque d'envoyer ce genre de bâtiment en première ligne sans la moindre protection.

Mack voyait aussi un autre point positif dans l'attaque du *McKee*. Son commandant, qui avait apprécié le secours rapide et efficace apporté par le *Cheyenne*, avait rempli la cambuse et les moindres recoins du sous-marin de plus de produits et de fruits frais qu'il ne pouvait en contenir. Cette attention avait été fort appréciée de l'équipage et contribuerait à rendre plus agréable le début de la patrouille.

Ayant détecté un sous-marin diesel de type Ming en mer de Sulu, Mack ne pouvait se payer le luxe de rejoindre le détroit de Mindoro en surface. De plus, le chenal de sortie vers la mer de Sulu était étroit et traître. Mack décida donc de compléter les points GPS par quelques émissions au sonar actif. La menace des sous-marins chinois restait bien réelle mais elle paraissait moins immédiate que le risque d'échouement en cas de mauvaise manœuvre dans le chenal.

Une fois sorti des eaux peu profondes du détroit de Mindoro, le *Cheyenne* accéléra à 20 nœuds, en route au 3-0-0, en direction du point de départ prévu pour ses investigations dans l'archipel des Spratly. Une fois sur zone, Mack ordonna à l'officier de quart de réduire la vitesse à 4 nœuds. Avant de poursuivre sa route, il voulait s'assurer que la voie était libre.

Il fit filer l'antenne remorquée TB-23 pour ne pas se faire surprendre au cas où des SNA chinois tenteraient de pénétrer dans l'archipel depuis le nord. Après une exploration sonar approfondie, le *Cheyenne* accéléra à vitesse maximale et mit le cap vers le récif de la Grande Découverte.

Plus Mack réfléchissait à sa mission et moins il l'aimait. Il savait trop combien il serait facile pour un sous-marin diesel, Kilo ou Ming, de se cacher dans les eaux entourant les îles, à proximité immédiate des plates-formes pétrolières. Ces bâtiments pourraient rester tapis à proximité du fond, attendant l'arrivée du *Cheyenne* à portée de torpille. Leur dôme sonar résistant et l'absence de circulation permanente d'eau de mer pour refroidir le réacteur leur permettaient même de se poser sur le fond sans dommage.

Mack décida de diminuer la vitesse du *Cheyenne* à 8 ou 10 nœuds lorsqu'il arriverait à 25 nautiques de sa zone de recherche, puis entre 4 et 7 nœuds à moins de 10 nautiques. Il ne voulait évidemment pas se faire détecter et ralentir constituait sans doute le meilleur moyen de rester discret.

Lorsque le *Cheyenne* arriva à 25 nautiques au nord nord-est des îles Spratly, Mack se rendit au PCNO. Il ordonna à l'officier de quart de régler à 10 nœuds.

— 10 nœuds, bien commandant.

Le ralentissement brutal ne perturba pas l'équipage, bien entraîné aux dures conditions de navigation à bord d'un sous-marin au combat.

Quelques heures auparavant, le *Cheyenne* avait remplacé son antenne remorquée TB-23 par la TB-16. Les opérateurs sonar, pourtant en alerte, ne percevaient rien, ni sur l'antenne remorquée ni sur la sphère ou les antennes de flanc. Mack savait que, s'il rencontrait un sous-marin ennemi dans cette zone de hauts-fonds, il devrait s'engager dans un combat dangereux et difficile à conduire en eaux peu profondes.

Ces conditions délicates ne représentaient pas l'environnement idéal pour le *Cheyenne*. Les Los Angeles avaient été conçus avant tout pour des opérations en haute mer. Bien que restant très performants dans des zones comme la mer de Chine méridionale et, en particulier, dans les îles Spratly, leur marge de supériorité se trouvait cependant sérieusement diminuée.

Un Los Angeles mesurait 120 mètres de long, soit environ 30 mètres de plus qu'un Alfa. Les Kilo russes et chinois étaient encore plus petits. Dans ces eaux dangereuses, ces Kilo constituaient presque l'arme absolue. Longs de 75 mètres, ils pouvaient s'insinuer dans des estuaires ou des passages étroits inacessibles au *Cheyenne*.

Tandis que le *Cheyenne* s'approchait du récif de la Grande Découverte, Mack décida de remonter à 60 mètres. Cela lui permettrait de recevoir le trafic radio en permanence au cas où le contrôleur lui adresserait de nouvelles informations. De plus, les relevés de sonde étaient peu fiables dans cette zone et il craignait plus de s'échouer que d'être pris au contact par l'ennemi.

— Remontez à l'immersion périscopique, ordonna Mack lorsque le *Cheyenne* franchit la ligne de sonde des 200 mètres qui entourait le récif.

Maintenant, Mack envisageait d'utiliser le périscope pour investiguer les fameuses « plates-formes » pétrolières.

— *CO de sonar,* appela le chef de module quelques instants plus tard, *je pense prendre un contact sur l'antenne linéaire remorquée. C'est faible, mais on dirait un sous-marin, bien que la signature n'ait pas été formellement identifiée par les ordinateurs.*

Souvent, au tout début d'une prise de contact, l'oreille humaine se révélait plus performante que le meilleur des systèmes sonar. Plus tard, quand le rapport signal sur bruit augmentait, les ordinateurs pouvaient classifier plus vite et plus sûrement que le plus entraîné des sonaristes. Mack garda l'information dans un coin de son esprit. Si le contact était bel et bien un sous-marin, il allait le prendre en chasse dès que possible.

Mack restait aussi persuadé que le contact, quel qu'il fût, ne les avait pas encore détectés. Le *Cheyenne* progressait à trois nœuds afin de réduire le sillage provoqué par le fût du périscope lorsqu'il fendait la surface de l'eau. D'autre part, le bâtiment naviguait en situation silence.

— Commandant, nous nous trouvons à 17 nautiques au nord-est de la première plate-forme pétrolière, annonça le CGO.

— Sonar, ici le commandant, du nouveau sur le contact ? demanda Mack.

— *CO de sonar, le 48, classifié sous-marin probable, secteur sud-ouest. Il semble se situer de l'autre côté de la plate-forme par rapport à nous. Il reste cependant très faible.*

Mack accusa réception de ces informations. Il rappela au poste de combat et fit rentrer l'antenne linéaire remorquée. Il n'avait encore acquis aucune certitude quant à la nature du contact mais avait le sentiment que le *Cheyenne* allait, une fois de plus, se trouver engagé dans une lutte à mort.

Dans le sud-ouest, de l'autre côté de la plate-forme abandonnée, un sous-marin chinois de type Kilo rejoignait sa position d'attente à proximité du récif de la Grande Découverte. Le Kilo naviguait en silence à petite vitesse et son commandant était convaincu de sa totale discrétion. D'après les informations des services de renseignement chinois, il ne fallait pas s'attendre à la présence d'un SNA américain à cet endroit avant au moins 24 heures.

Les services de renseignement chinois étaient très différents de leurs homologues américains. Les Chinois concentraient leurs efforts sur l'aspect humain, ou HUMINT, tandis que les Américains attachaient un maximum d'importance à l'ELINT, interception des signaux électroniques et photographie par satellite.

Ces différences s'expliquaient aisément par les différences culturelles qui séparaient ces deux pays. La Chine possédait une population considérable, formée de résidents sur le territoire mais aussi d'une très importante diaspora éparpillée dans le monde entier. De leur côté, les États-Unis disposaient d'une immense richesse financière qu'ils pouvaient investir en partie dans leur industrie de défense.

Ces différences apparaissaient nettement au large des îles Spratly. Fort de son avance technologique et de son équipement sonar sophistiqué, le *Cheyenne* avait réussi à prendre le contact sur le Kilo. Le transit de l'Américain en plongée depuis les Philippines avait rendu impossible toute observation des guetteurs chinois à l'affût sur les îles.

Le commandant du Kilo atteignit enfin sa position d'attente, à un peu plus d'un nautique à l'ouest de la plate-forme pétrolière. Il comptait se poser sur le fond et attendre le passage de bâtiments américains, espérant que l'un d'entre eux s'aventurerait assez près pour qu'il puisse l'attaquer.

Il ne le savait pas encore, mais son souhait était sur le point de se réaliser.

— *CO de sonar,* annonça le chef de module, *nous venons de perdre le contact sur le 48.*

— Quelle était la dernière position du 48 ? demanda Mack au commandant en second, chargé de la conduite du CO au poste de combat.

— Commandant, j'estime le 48 à environ 17 000 mètres à l'ouest de la plate-forme pétrolière du récif. Crois-tu qu'il nous ait entendu ?

Mack se posait la même question. Le bruiteur du sous-marin ennemi se trouvait peut-être masqué par une couche thermique ou par le bruit des vagues sur les brisants. Le Kilo pouvait aussi avoir détecté le *Cheyenne* et stoppé complètement. Cette perte brutale de contact permettait de confirmer l'hypothèse selon laquelle le 48 devait être un sous-marin chinois aux électriques.

Le *Cheyenne* s'approcha lentement de la plate-forme, située à un nautique à peine du récif de la Grande Découverte. La mer était très peu profonde à cet endroit et les énormes rochers qui entouraient la plate-forme délabrée masquaient les bruits des diesels de production d'électricité.

Le sonar passif du *Cheyenne* perdait beaucoup de son efficacité dans les zones côtières. Dans ces conditions, un sonar actif aurait été à peu près aussi performant. Ils auraient pu utiliser le sonar d'évitement de mines MIDAS, qui aurait permis de faire la différence entre les rochers et la coque allongée d'un sous-marin. Mais Mack n'envisageait pas sérieusement l'emploi de cet appareil. Malgré les difficultés inhérentes à cet environnement particulier, il restait persuadé que l'utilisation d'un sonar actif constituait une prise de risque trop importante en permettant à l'ennemi de déterminer avec exactitude sa position.

Dans l'oculaire du périscope, Mack observait la plate-forme. Il ne tarda pas à se rendre compte que celle-ci avait été gravement endommagée, sans doute durant l'occupation de l'île par les Chinois. Les photographies qu'il devait prendre seraient précieuses aux services de renseignement de Washington.

Après un nouveau tour d'horizon au périscope, il s'attarda sur la plate-forme, qui paraissait bel et bien abandonnée. Aucun travail de restauration ne semblait avoir été entrepris. Mack restait cependant sur ses gardes.

A environ 6 nautiques de la position actuelle du *Cheyenne,* le Kilo chinois avait pris la situation super-silence et naviguait aux électriques, alimenté par ses batteries. Ses opérateurs sonar pouvaient ainsi se concentrer sur la recherche d'éventuels bâtiments américains.

Ils ne percevaient rien. Aucun contact.

Depuis 17 heures, les Chinois tournaient en rond à l'immersion de 15 mètres, à très faible vitesse, en attendant que le piège se referme sur les Américains.

Le commandant du Kilo commençait à s'impatienter et son exaspération était visible. Il lui fallait à tout prix tenter quelque chose plutôt que d'attendre encore des heures dans son trou d'eau qu'une proie veuille bien passer à portée de ses crocs. Lentement, le Kilo sortit de sa cachette et commença à prendre un peu de vitesse. Le commandant avait décidé de faire route à 6 nœuds et de décrire des cercles de plus en plus larges autour du récif de la Grande Découverte, à la recherche de bâtiments américains.

Dès que le Kilo eut accéléré, il perdit sa protection contre les sonars américains et le *Cheyenne* reprit le contact.

— CO de sonar, reprise de contact sur le 48. Classifié Kilo certain, une hélice à six pales. Il vient d'accélérer à 6 nœuds et fait route vers le nord.

Quelques instants plus tard, l'opérateur du BSY-1 annonçait une solution sur le Kilo et Mack sut aussitôt que le *Cheyenne* se trouvait en danger. Distance, moins de 10 000 mètres. Sans le savoir, Mack avait amené son sous-marin en portée du Kilo et de ses torpilles TEST-71.

— Disposez les tubes 1 et 2, ordonna Mack, mais n'ouvrez pas les portes avant ! insista-t-il.

L'ennemi se trouvait trop près et Mack ne voulait pas permettre au Kilo de déterminer leur position.

— Disposer les tubes 1 et 2, ne pas ouvrir les portes avant, bien commandant.

Mack avait un problème. Il devait absolument se débarrasser du Kilo mais ne disposait d'aucune marge de manœuvre. Si le Kilo ripostait, le *Cheyenne* se trouverait vraiment en mauvaise posture.

C'était pourtant là un souci annexe. Avant tout, Mack manquait d'informations. D'autres sous-marins chinois se trouvaient-ils dans les parages ? D'après les services de renseignement, la zone se trouvait libre de toute présence ennemie. Mais Mack venait de démontrer qu'ils n'étaient pas infaillibles. La suite des événements s'annonçait indécise.

Le commandant Mackey ordonna le passage en situation super-silence. Il ne voulait laisser aucune chance au sous-marin chinois. La consigne fut aussitôt transmise dans tous les compartiments par le réseau des téléphones autogénérateurs. Tout équipement non indispensable fut arrêté. L'équipage parlait à voix basse, inquiet de l'évolution de la situation.

A bord du sous-marin chinois, le commandant se sentait frustré. Il avait pour mission de rechercher des sous-marins américains mais savait qu'il ne pourrait pas les entendre avant de se trouver en portée de leurs torpilles Mk 48. Même dans les meilleures conditions d'environnement, son sonar passif, d'origine russe, ne pouvait en aucune façon prétendre rivaliser avec le BSY-1 des Américains. Et dans ces eaux peu profondes, ses performances étaient encore diminuées.

Il ordonna la mise sous tension du sonar actif et fit émettre en panoramique, espérant ainsi obtenir une vue plus claire de la situation autour de lui. Il était loin de soupçonner que, 6 000 mètres plus loin, le *Cheyenne* tentait d'obtenir une solution suffisamment bonne pour lancer.

— *CO de sonar, le Kilo vient d'émettre sonar à l'instant. Il nous a éclairé toute la zone.*

D'instinct, Mack fit la part des choses. Le Kilo connaissait à présent la position précise du *Cheyenne* et disposait en outre d'une solution lui permettant d'attaquer. Mais, grâce à l'émission sonar, le *Cheyenne* avait également appris que le Kilo opérait seul.

Mack avait encore l'avantage de l'effet de surprise, mais cela ne durerait pas. Il devait agir vite et tirer le premier.

Il entama la procédure de lancement.

— Ouvrez les portes avant des tubes 1 et 2.

— Ouvrir les portes avant des tubes 1 et 2, bien commandant.

— Recalez le but 48 sur le dernier azimut sonar et lancez, tubes 1 et 2.

— Recaler le but et lancer, tubes 1 et 2, oui commandant.

Les portes extérieures des tubes 1 et 2 s'ouvrirent et deux Mk 48 ADCAP filèrent à travers les eaux en direction du sous-marin ennemi.

A bord du Kilo, le commandant sentait la situation lui échapper. Il avait commis une faute grave en négligeant la consigne d'attendre tranquillement l'arrivée d'un Américain. Il avait perdu patience, émis sonar et signé sa perte.

Il aurait aimé pouvoir accuser la fatalité — pas de chance, vraiment, qu'un sous-marin américain surgisse juste au moment où il avait décidé d'émettre — mais il savait qu'il ne pourrait pas se disculper à si bon compte. Après tout, il ignorait depuis combien de temps les Américains naviguaient à proximité. Non, il devait reconnaître son erreur. Il ne lui restait plus qu'une chance de s'en sortir : un faux pas du commandant américain.

Cet espoir s'évanouit en quelques secondes. Alors qu'il se trouvait encore perdu dans cette pensée, le local sonar donna l'alerte. Le commandant américain, lui, n'avait pas laissé passer sa chance. Il avait lancé deux torpilles mortelles avant même que le Kilo ait pu disposer ses tubes.

En quelques minutes, les Mk 48 avaient acquis leur but. Mack fit larguer les gaines et fermer les portes avant. Les Mk 48 fonçaient en autoguidage et venaient d'entamer la phase terminale de leur course, l'armement de leur charge de combat, juste avant l'impact.

Le sous-marin chinois largua une série de leurres actifs, l'un après l'autre, et commença à tirer des bords dans les eaux peu profondes. Cela ne servait à rien. Le Kilo ne disposait pas de plus de marge de manœuvre que le *Cheyenne* et n'avait ni le temps ni l'espace nécessaires pour fuir.

Les Mk 48, solidement accrochées en autoguidage sur l'écho de la coque métallique du Kilo, ne faisaient aucun cas des leurres. Malgré ses tentatives de fuite, le but 48 était condamné.

Deux détonations à peu près simultanées annoncèrent à l'équipage du *Cheyenne* que leurs armes avaient frappé. Les deux Mk 48 explosèrent à proximité l'une de l'autre, déchirant le flanc bâbord du Kilo.

L'eau de mer s'engouffra dans la coque qui se cassa très vite en deux par le milieu. Le *Cheyenne* venait d'envoyer un nouvel ennemi par le fond, et pas n'importe lequel : encore un Kilo, la fierté de la marine chinoise.

— *CO de sonar, je n'entends plus rien dans la zone,* rendit compte le chef de module sonar une fois le silence revenu.

— Voilà encore un fantôme qui ne hantera plus le récif de la Grande Découverte. Nous avons fait le ménage. Je ne pense pas que d'autres bâtiments naviguent dans le coin, mais nous allons vérifier. Ensuite seulement, nous ferons route vers notre seconde zone de patrouille.

Mack fit rompre du poste de combat et de la situation super-silence. Le *Cheyenne* ne perçut aucun signe qui pût laisser penser à la présence d'un dépôt de matériel destiné aux sous-marins dans les environs. Aucune trace non plus d'un autre sous-marin qui aurait opéré en tandem avec le Kilo.

— Tracez la route vers Cuarteron Reef, notre seconde zone de patrouille. Et sortez-nous au plus vite de ces petits fonds ! ordonna-t-il au CGO.

— Oui, commandant, la route est déjà sur la carte, si vous voulez bien venir voir, répondit l'officier.

Le banc de la Grande Découverte ne se trouvait pas très loin de Cuarteron Reef mais la traversée nécessiterait quand même plusieurs heures. Mack aurait pu couvrir cette distance beaucoup plus rapidement, mais il souhaitait rester discret et avait ordonné une vitesse entre 5 et 10 nœuds. Afin de ne pas risquer de compromettre sa couverture et malgré la frustration que lui inspiraient les piètres performances de son sonar passif, il avait décidé de garder le *Cheyenne* à vitesse silencieuse et espérait entendre un éventuel danger s'il se présentait.

Lorsque le *Cheyenne* passa au plus près de la plate-forme abandonnée, Mack prit de nouveaux clichés. Là, moins de trois mois auparavant, se pressaient des centaines d'ouvriers qui attendaient de pouvoir extraire du pétrole du sous-sol des îles. A présent, il ne restait pas âme qui vive et les troupes chinoises occupaient entièrement les îles voisines.

— Sonar de CO, avez-vous de nouveaux contacts ? demanda Mack au chef de module.

— *CO de sonar, négatif, commandant. Rien à l'écoute.*

Mack accusa réception mais il ne savait pas comment interpréter cette nouvelle. Bon ou mauvais présage ? Le *Cheyenne* poursuivit sa progression à la vitesse de 3 nœuds le long de Cuarteron Reef sans détecter la moindre activité.

— Prochaine destination, Swallow Reef, annonça Mackey au commandant en second avant de confier le sous-marin à l'officier de quart qui attendait ses ordres.

Le commandant, satisfait des dernières investigations du *Cheyenne,* retourna dans sa chambre pour prendre un peu de repos. Il laissa pour consigne de ne le déranger qu'en cas d'urgence, le commandant en second assurant la suppléance.

Quelques heures s'étaient écoulées lorsque le commandant en second entra doucement dans la chambre du pacha et le secoua. Dès que Mack ouvrit les yeux et qu'il reconnut son second penché au-dessus de lui, il sut qu'il se passait quelque chose.

— Quoi de neuf, demanda Mack, tu nous as échoués ?

Mais le second ne goûta pas la plaisanterie.

— Nous venons de prendre de nombreux contacts à proximité de Swallow Reef, commandant, répondit-il. Je pense que nous avons trouvé leur dépôt de munitions et de carburant.

Mack se jeta hors de sa bannette et franchissait déjà la porte en direction du CO avant même que le second ait terminé sa phrase.

Au CO, il trouva l'officier de quart occupé aux graphiques de trajectographie. Mack jeta un coup d'œil par-dessus son épaule puis se dirigea vers le local sonar.

— Alors ? demanda-t-il au chef de module.

— Commandant, il semblerait que la plateforme pétrolière abandonnée de Swallow Reef serve en effet le dépôt de matériel. Jusqu'à présent, nous avons perçu deux sous-marins en surface dans cette zone. Tous deux ont ralenti et mis le cap au nord. Depuis, ils ont lancé tous leurs diesels et rechargent leurs batteries. Nous détectons une forte activité militaire dans le coin.

— Avez-vous identifié les deux bâtiments qui ont fait surface ? demanda Mack.

De la tête, le chef de module sonar fit signe que non.

— Nous avons pris les contacts il y a trois minutes à peine. Ces deux-là sont de vieux Romeo. Mais il est fort possible que d'autres sous-marins rôdent dans le coin.

Mack se trouvait exactement dans la situation qu'il souhaitait éviter, au cœur de la fosse aux serpents. Il avait détecté une importante opération en cours près de Swallow Reef, mais ne disposait ni des moyens, ni de l'autorisation d'attaquer les buts. Et il n'était pas certain de l'efficacité des Mk 48 contre une plate-forme pétrolière, même déjà endommagée. Ce genre de but convenait bien mieux à des missiles Tomahawk.

En réfléchissant aux quelques solutions qui s'offraient à lui, Mack échafauda un plan qui manquait sans doute d'originalité et d'imagination mais qui lui paraissait le seul envisageable.

Il savait que le *Cheyenne* finirait par rejoindre une position de lancement pour attaquer les deux Romeo, baptisés buts 49 et 50. Il supposait aussi que d'autres sous-marins se réapprovisionnaient en même temps en armes et en carburant. Mack projetait d'attaquer le dépôt lui-même et de le mettre hors service.

En plus des problèmes techniques importants, Mack se demandait si, à son retour, CTF 74 laisserait passer une telle extrapolation de ses ordres de mission. Mack était à peu près certain que non mais, dans le doute, il convoqua son officier ASM et son officier transmissions pour un entretien au carré.

— Croyez-vous possible, demanda le commandant à l'officier ASM, de détruire le dépôt avec des Mk 48 ?

L'officier ASM se gratta la tête avant de lever les yeux vers Mack.

— Je pense que oui, commandant. La plate-forme pétrolière joue le rôle d'un abri pour les sous-marins qui s'amarrent en dessous d'elle. Nous pourrions lancer sur ces bâtiments. Cela devrait sérieusement perturber les activités de ravitaillement dans le coin.

Il s'interrompit et regarda Mack.

— Mais, commandant, poursuivit-il d'un air

gêné, il me semble que nous n'avons pas l'autorisation d'attaquer...

— Pas encore, répondit Mack, satisfait de constater que ses deux officiers connaissaient dans les moindres détails la mission attribuée au *Cheyenne*. C'est pour cette raison que vous êtes ici tous les deux, ajouta-t-il en se tournant vers l'officier Trans. Je veux que vous me prépariez un message pour CTF 74, lui expliquant ce que nous avons trouvé ici et lui demandant cette autorisation.

— Bien, commandant, répondirent en chœur les deux officiers.

Ils quittèrent ensemble le carré. L'officier ASM retourna au CO pour déterminer la position la plus favorable pour lancer leur attaque. L'officier Trans se rendit directement au PC radio.

— Préparez une reprise de vue, ordonna Mack à l'officier de quart.

— Se disposer à reprendre la vue, bien commandant.

Quelques minutes plus tard, le *Cheyenne* était remonté de 70 mètres à l'immersion périscopique. Dès que le tour d'horizon de sécurité eut confirmé l'absence de bâtiment proche à la vue, Mack fit très vite hisser l'antenne multifonction et transmettre le message vers CTF 74. En quelques secondes, le satellite accusa réception et, après une réponse rapide de CTF 74, l'officier de quart fit rentrer l'antenne et appela le commandant au PC radio.

Dans ce local se trouvaient tous les moyens de chiffrement des messages classifiés, mais le *Cheyenne* venait de recevoir une émission en clair. Lorsque Mack entra, le radio de quart lui tendit une feuille qui venait de sortir de l'imprimante.

Mack jeta un coup d'œil au texte et dut le relire.

USS Independence *soumis à attaque aérienne chinoise sévère. Aucun soutien aérien disponible pour aider le* Cheyenne *à détruire la plate-forme et les sous-marins ennemis. Autorisation accordée pour détruire le dépôt de Swallow Reef.*

Le second entra au moment où Mack finissait de relire le message. Il venait de terminer une ronde du compartiment machine avec l'ingénieur.

— L'officier ASM vient de m'informer des derniers événements, dit-il. Puis-je faire quelque chose ?

Mack lui tendit le message et ils se dirigèrent ensemble vers le carré. Dès qu'ils se furent mis d'accord sur la tactique à adopter, Mack chargea le second de donner les instructions nécessaires aux divers services concernés.

Selon le plan établi, le *Cheyenne* devait faire route au nord à 8 nœuds. Une fois qu'il aurait passé le Royal Charlotte Reef et dès qu'il se trouverait à 31 000 mètres dans l'ouest du dépôt, il ralentirait à 5 nœuds et s'approcherait lentement de sa cible à l'immersion de 35 mètres. A cette profondeur, le sous-marin ne risquait pas d'entrer en collision avec les nombreuses épaves éparpillées dans cette zone. Il rejoindrait alors une position d'attente pour porter le coup fatal.

Une fois à 27 000 mètres de la plate-forme, il lancerait huit Mk 48 en direction des bâtiments amarrés en dessous. Il ferait ensuite route au sud-est à vitesse élevée pour sortir des petits fonds entourant les îles Spratly. Une fois que les choses se seraient calmées, il reviendrait route au nord-est en suivant la ligne de sonde des 200 mètres, jusqu'à pénétrer à nouveau à l'intérieur de l'archipel, pour gagner sa quatrième zone de recherche, le récif Carnatic.

Telles étaient les intentions de Mack. Le

commandant, ses officiers et son équipage se devaient maintenant de les mettre en œuvre.

Après avoir rappelé au poste de combat, le *Cheyenne* ralentit à 5 nœuds alors qu'ils arrivaient en portée.

— *CO de sonar, nous venons de détecter deux vedettes lance-missiles Huangfen,* annonça le chef de module. *On dirait qu'elles viennent de s'amarrer du côté de la plate-forme. Leur bruiteur se confond avec celui des Romeo. Je parierais qu'elles sont en train de refaire le plein de carburant à couple des deux diesels, commandant.*

— Reçu, sonar. Autre chose ? D'autres bâtiments de surface dans les parages ? demanda le commandant.

— *CO de sonar, difficile à dire. La propagation est mauvaise, encore ces foutus petits fonds. Parfois j'entends, parfois plus rien...*

— Sonar de CO, bien reçu, répondit Mack. Dans combien de temps serons-nous en position de lancement ? ajouta-t-il après un instant de réflexion.

— Un peu plus de trois minutes, commandant, annonça l'officier ASM.

Les tubes 1 et 2 étaient parés, portes avant ouvertes. Grâce au bruit des Romeo, Mack avait pu déterminer très précisément la position de la plate-forme. Ils tireraient leurs huit Mk 48 aussi vite que possible et couperaient les fils aussitôt. Les torpilles devraient trouver seules leur cible, sans le guidage du *Cheyenne.*

Mack lança en même temps les deux torpilles des tubes 1 et 2 puis celles des tubes 3 et 4 et ordonna aussitôt le rechargement des tubes. Quatre minutes plus tard — un délai record —, deux nouvelles Mk 48 fendaient la mer. La pratique acquise par l'équipage du *Cheyenne* dans les tirs depuis le début du conflit s'avérait proche de la perfection.

— *CO de sonar, nouveau bruiteur,* annonça le chef de module juste après le tir des deux dernières Mk 48. *Une vedette lance-torpilles isolée, type Huchuan, on dirait, se dirige vers nous. D'après le bruit qu'elle fait, je dirais qu'elle a mis la gomme et se rapproche à vitesse maximum.*

Mack avait entendu parler des hydrofoils [1] Huchuan et il savait que les Chinois en possédaient plus de soixante-dix en service. Il savait aussi que ces bâtiments de petite taille pouvaient atteindre des vitesses supérieures à 50 nœuds. Le Huchuan fut baptisé but 53.

— Le 53 est estimé à quelle distance ? demanda Mack.

— Pas d'éléments, commandant, répondit le second, les azimuts sont trop bruités à cause des petits fonds et l'azimut moyen ne change pas. En relèvement constant à une vitesse estimée de 50 nœuds, le Huchuan peut se trouver n'importe où.

— Eh bien, nous n'avons pas le choix. Sonar, se disposer à émettre.

C'était l'une des très rares situations dans lesquelles Mack pouvait sans crainte utiliser son sonar BSY-1 en actif. Les Chinois connaissaient déjà leur présence et huit torpilles dans des relèvements pratiquement identiques leur donnaient en outre une excellente indication de la position du *Cheyenne.* D'un autre côté, Mack avait acquis la certitude que tout bâtiment chinois équipé d'un sonar dans cette zone concentrerait son attention sur les torpilles qui filaient vers le dépôt sous la plate-forme abandonnée. Avec un peu de chance, les Chinois se préoccuperaient avant tout de la menace immédiate des Mk 48 et négligeraient d'empêcher la fuite du *Cheyenne.*

1. Navire à ailes portantes, très rapide. A grande vitesse, la coque sort de l'eau.

Pour le moment, Mack accordait toute son attention à l'hydrofoil. Heureusement, ce genre de bâtiment presque sans contact avec la mer ne pouvait pas disposer d'un sonar. Impossible pour lui de détecter l'émission du *Cheyenne* et encore moins le lancement d'une torpille dans sa direction.

Les deux émissions sonar du BSY-1 se répercutèrent longuement à travers la coque. Le Huchuan à grande vitesse était presque complètement sorti de l'eau. Mack ne cherchait donc pas un écho sur la coque de la vedette mais sur le puissant sillage laissé par les fuels, insuffisant, certes, pour un lancement de précision, mais bien assez pour une action d'auto-défense.

En deux impulsions, Mack obtint une solution satisfaisante sur le patrouilleur chinois. Il ordonna de lancer la torpille du tube 1. La Mk 48 était programmée pour une immersion d'attaque de 3 mètres et exploserait juste en dessous des réservoirs de fuel.

Comme prévu, le Huchuan ne détecta pas le lancement et poursuivit sa route en direction de la position où il estimait le *Cheyenne*. Le commandant du Huchuan avait bien vu la situation, mais il fonçait de toute la puissance de ses moteurs à la rencontre de la dernière Mk 48, soit avec une radiale de plus de 100 nœuds.

— *CO de sonar, explosion juste en dessous du patrouilleur.*

Le Huchuan décolla littéralement, propulsé par le geyser qui venait de surgir sous sa coque. Il vola plusieurs secondes en décrivant une large spirale. Les marins qui ne portaient pas de ceinture de sécurité furent projetés sur les cloisons et moururent sur le coup. Quelques instants plus tard, ceux qui portaient des harnais, essentiellement le personnel de quart à la passerelle, périrent à leur tour lorsque le bâtiment, retourné comme un fétu, se désintégra en percutant la surface de l'eau à près de 50 nœuds.

Lorsque le sonar annonça huit violentes explosions suivies de dizaines d'autres plus petites, Mack remonta à l'immersion périscopique et hissa le périscope d'attaque pour constater de ses yeux le résultat de son opération.

Le spectacle qui s'offrait à lui le rassura : il avait détruit les deux Romeo, deux vedettes lance-missiles ainsi qu'un hydrofoil lance-torpilles. Plus important encore, le dépôt chinois se consumait dans un brasier visible à des dizaines de kilomètres à la ronde, dans les lueurs jaune-orange du gazole enflammé. Bientôt, les restes de la plate-forme sombrèrent dans la mer.

Le commandant du *Cheyenne* était satisfait. Il était fier de son bâtiment et son équipage ressentait le même sentiment du devoir accompli. Une fois de plus, ils s'étaient brillamment acquittés d'une mission périlleuse.

Mack s'apprêtait à reprendre sa patrouille en direction du sud-est, au large de l'archipel, lorsque le second s'approcha de lui, l'air préoccupé.

— Commandant, nous venons de recevoir un message urgent. Nos ordres de mission sont modifiés.

Il tendit la planchette à Mack. Le *Cheyenne* devait rejoindre sans délai le nord des Spratly où un convoi chinois se trouvait en cours de formation. Le *Cheyenne* devait l'intercepter et le couler.

Pas tout de suite, cependant. Mack avait utilisé plus de la moitié de son stock de Mk 48. Il lui restait encore assez de torpilles pour achever sa mission initiale, mais certainement pas pour détruire un convoi entier.

Sa joie se mua en frustration et Mack fit prendre au *Cheyenne* le cap du *McKee*. Ils reviendraient, il le savait, et ils régleraient son compte à ce convoi... Mais pas avant d'avoir complété leur stock d'armes.

7

CONVOI

Mack enrageait. Si le *Cheyenne* s'était sorti indemne des derniers engagements et se trouvait à présent amarré à couple du *McKee,* il le devait bien plus à l'instinct et au courage de l'équipage qu'à la qualité des renseignements fournis par CTF 74. Mack ne contestait pas les ordres qu'il recevait ; sa mission lui imposait de prendre des risques et de mener son sous-marin au combat s'il le fallait, mais il attachait une importance énorme à ce que ses hommes et lui-même conservent un maximum de chances de revenir. Cela supposait un armement adapté, un équipement digne de confiance et des renseignements précis. Le *Cheyenne* avait su tirer son parti des deux premières conditions mais, pour la dernière, les services de renseignement avaient fait preuve d'une inefficacité criminelle.

Mack avait assez d'expérience pour connaître les faiblesses du système, d'ordinaire désignées sous le nom des « glorieuses incertitudes du combat ». Mais cela ne suffisait pas à le calmer. Son sous-marin et son équipage avaient pris des risques inconsidérés par la faute d'un tiers, incapable d'accomplir sa tâche avec rigueur.

En dehors de l'exploit réalisé par le *Cheyenne,* une seule bonne chose avait émergé de cette affaire : le message « réservé commandant » qu'il tenait dans la main. Le commandant en chef des forces américaines du Pacifique, USCINCPAC, lui présentait ses excuses pour le « dysfonctionnement évident des services de renseignement » pendant sa dernière mission. Mack appréciait tout particulièrement le passage dans lequel l'amiral rapportait les commentaires du chef d'état-major de la marine, qui se disait particulièrement préoccupé par ce point.

Mack reprit le message et le lut à nouveau. Le chef d'état-major de la marine avait ordonné une « enquête militaire aux fins d'évaluer les raisons techniques et humaines du dysfonctionnement constaté ». Mack sourit. En clair, il fallait s'attendre à nombre de règlements de comptes. De fait, il était plus que temps. Avec un peu de chance, les prochains commandants appelés au combat disposeraient au moins d'une aide efficace.

Mack ne se faisait d'ailleurs aucune illusion. Au vu de la position des autres bâtiments, le *Cheyenne* représentait toujours le meilleur atout dont disposait la marine américaine dans le secteur. Mack sentait qu'il serait bientôt rappelé pour une nouvelle mission.

— Excuse-moi, commandant, commença le second. Il venait de monter à la passerelle et passait la tête par le panneau supérieur du massif. Ils t'attendent sur le *McKee*. Apparemment, ça urge.

— Merci, répondit Mack. As-tu une petite idée de ce qui se trame ?

— Eh bien, commandant, si j'en crois les derniers bruits de coursive... Le second laissa traîner sa phrase tandis que Mack lui lançait un regard furibond.

— Pas drôle, second, accouche.

— Non, commandant, en effet. D'après ce que j'ai pu savoir par l'officier renseignement du *McKee,* le convoi de bâtiments de commerce chinois qui se rassemblait au large de la côte Sud de la Chine a appareillé de son mouillage et fait route rapidement vers l'archipel des Spratly. Les Chinois doivent croire que nous ne sommes pas sortis intacts de notre dernière opération et veulent en profiter pour tenter de passer un peu de matériel aux troupes stationnées sur les îles. Ils doivent estimer que personne dans le coin ne peut les arrêter en ce moment.

Mack acquiesça. L'analyse de la situation se révélait plausible. Mais les Chinois s'étaient trompés. Le *Cheyenne* avait survécu et l'ennemi n'allait pas tarder à s'en rendre compte.

Le commandant Mackey, assis sur le bord de la baignoire, observait le hissage de la première Mk 48 depuis le *McKee.* Aucun doute possible, si le chargement des torpilles avait déjà commencé, l'état-major n'allait pas tarder à les renvoyer en mer.

Mack appréciait ce genre d'opérations. Il ne se souvenait pas de la dernière fois où un sous-marin américain avait pris en chasse un vrai convoi de bâtiments de commerce. Pendant la Seconde Guerre mondiale, les Japonais n'avaient pas employé de système de convois comparable à celui des Américains et des Britanniques. La plupart des bâtiments que les Américains avaient coulés naviguaient seuls ou en petits groupes. Les grands convois accompagnés d'escortes renforcées n'existaient pas.

Au cours de cette mission, le *Cheyenne* devrait donc tout simplement définir la doctrine de l'engagement contre un convoi à l'ère moderne, et cette tâche enthousiasmait Mack.

Le *Cheyenne* disposait d'armes bien plus

sophistiquées, plus rapides et à plus grande portée que celles qui existaient durant la Seconde Guerre mondiale. Réciproquement, c'était aussi valable pour les bâtiments ennemis. Une fois de plus, le *Cheyenne* devrait rejoindre une position de lancement le plus discrètement possible et engager avant que l'ennemi ait le temps de réagir.

— Donc, nous voilà partis à l'assaut de ce convoi, constata Mack. Il hocha la tête et, de la paume de la main, caressa la tôle du bordé extérieur de la passerelle. Cela me semble dans nos cordes.

— Je le crois aussi, commandant, approuva le second en regardant par-dessus l'épaule de Mack. J'ai l'impression qu'ils commencent à s'impatienter, sur le *McKee.* Le CGO et l'officier ASM viennent de monter à bord.

Mack jeta un coup d'œil en direction du ravitailleur.

— Je reviens aussi vite que possible. A mon retour, tu me diras à quelle heure l'embarquement des armes doit se terminer. J'ai l'impression que nous allons appareiller sous peu...

Le second s'effaça pour laisser passer Mack, qui descendit quatre à quatre l'échelle jusqu'au CO. Puis il se retourna et contempla l'immensité de la mer de Chine méridionale, se demandant ce que les prochains jours leur réservaient.

Très loin au large, tandis que le convoi chinois faisait route vers les îles Spratly, les mêmes questions traversaient l'esprit du commandant de l'escorte. La vitesse maximale de certains des vieux bâtiments du convoi s'élevait à 10 nœuds, bien trop lente pour franchir en sécurité la mer de Chine et pénétrer à l'intérieur de l'archipel des Spratly. Mais le commandant de la zone maritime méridionale ne lui avait pas laissé le choix et avait imposé la présence encombrante de quelques bâtiments de transport de troupes et d'un navire-atelier.

Le commandant du groupe se trouvait donc à la tête d'un convoi lent, avec une escorte trop peu nombreuse et insuffisamment armée. Un seul des sept bâtiments de combat embarquait des hélicoptères de lutte anti-sous-marine, domaine dans lequel la marine chinoise se révélait cruellement inexpérimentée. Pourtant, les forces de Pékin disposaient d'un nombre important d'armes ASM. Des années de coopération avec la marine soviétique avaient renforcé la conviction des amiraux chinois dans la nécessité de disposer d'une puissance de feu considérable. Le pauvre sous-marin pris en train d'attaquer un bâtiment chinois se trouverait enseveli sous un déluge de torpilles et de grenades. Mais le problème de la détection de l'ennemi restait entier.

Ces satanés sous-marins américains s'obstinaient à rester invisibles et semblaient parfois avoir le don d'ubiquité. Le commandant chinois se dit qu'il ne détecterait sans doute pas la présence de l'ennemi avant que les bâtiments du convoi ne commencent à exploser. Rien de très rassurant. A cette pensée, ses mains se crispèrent si fort qu'il sentit craquer les articulations des phalanges. Une riposte rapide de toute sa puissance de feu et un bon gri-gri seraient ses seuls atouts face à la technologie et à l'entraînement des Américains. Ça et un bon plan.

Il se permit un léger sourire. N'ayant pu dissuader le chef d'état-major de la marine d'entreprendre cette mission de ravitaillement des troupes stationnées sur les Spratly, il avait cependant essayé de faire de son mieux pour assurer la sécurité de ses bâtiments et celle de ses hommes. Ses années d'expérience lui avaient démontré que la meilleure arme contre un sous-marin restait un autre sous-marin, ainsi que le professaient d'ailleurs les Américains. Malheureusement, aucun des sous-marins chinois ne pouvait rester longtemps en plongée aux électriques, même en escortant un convoi à vitesse réduite.

Ces sous-marins pourraient être positionnés à des endroits stratégiques le long de la route du convoi afin d'écouter, de détecter et de détruire tout sous-marin américain qui tenterait de s'approcher. Le commandant chinois savait que quelques-uns de ses bâtiments, peut-être même la plupart, finiraient au fond de la mer de Chine. Mais il restait persuadé que le commandant américain ne soupçonnerait pas la présence d'un chapelet de sous-marins chinois en embuscade. En quelque sorte, il avait « mouillé » ses sous-marins diesels, comme un vaste champ de mines, entre la côte chinoise et l'archipel des Spratly.

Les Américains paieraient cher toute tentative d'agression.

A bord du *Cheyenne,* Mack élaborait sa tactique d'engagement.

— Asseyez-vous, messieurs, dit-il à ses officiers en leur désignant les chaises et les banquettes du carré. Voici la situation. Un convoi de bâtiments de commerce chinois fait à l'heure actuelle route vers les îles Spratly. Il transporte du matériel et des renforts de troupes. Un navire-atelier en fait partie. L'ensemble navigue sous bonne escorte, apparemment sept bâtiments de surface, mais pas de sous-marins. Comme nous l'avons déjà observé, les Chinois ne tiennent aucun compte de la zone d'exclusion totale ordonnée par les Nations unies. Notre mission consiste à intercepter ce convoi et à l'empêcher par tous les moyens d'atteindre les îles Spratly.

Mack se tut un instant afin de laisser à son auditoire le temps d'intégrer l'information.

— Bien. Le CGO va maintenant vous expliquer la situation devant laquelle nous sommes placés.

Mack s'appuya au dossier de sa chaise et regarda ses officiers, tout en écoutant l'exposé. Il sourit intérieurement. Ils étaient prêts. La dernière opération les avaient formés et endurcis, tous étaient maintenant devenus des vétérans dotés d'une solide expérience du combat.

Tandis que Mack évaluait ses officiers, le CGO poursuivait son briefing :

— Le convoi en lui-même se compose de cinq bâtiments militaires, quatre transports de troupes et un navire-atelier, ainsi que de cinq navires civils, quatre porte-conteneurs et un pétrolier. L'escorte comprend deux frégates Luda, quatre Jianghu et un Luhu qui emporte deux hélicoptères ASM. Le convoi devrait pouvoir progresser à la vitesse moyenne de 13 nœuds mais, d'après nos satellites, il ne file que 10 nœuds. Pour bien faire, il faudrait que nous ayons rejoint notre position d'attente à la tombée de la nuit, dans deux jours, juste après que le convoi aura pénétré dans la zone d'exclusion. Il semblerait que les Chinois souhaitent profiter de la nuit pour approcher plus discrètement des Spratly.

Dès que le CGO eut fini son exposé et qu'il se fut assis, le commandant Mackey se redressa sur son siège.

— Je vous remercie, CGO. Des questions ?

Personne n'éleva la voix.

— Très bien, conclut Mack. Vous savez tous ce qu'il vous reste à faire. Nous rappellerons au poste de manœuvre à 5 heures, pour un appareillage à 6 heures demain matin. Vous pouvez disposer.

Le second s'approcha de la machine à café, en versa deux tasses dans lesquelles il ajouta du sucre.

— Comment comptes-tu t'y prendre cette fois-ci, commandant ?

Mack se pencha en arrière en croisant les doigts sous le menton.

— Je ne sais pas encore vraiment, répondit-il. Nous pouvons attaquer un bâtiment isolé, nous l'avons déjà prouvé maintes fois. Par contre, un convoi... c'est une autre paire de manches. Nous allons devoir attaquer, fuir, recharger les tubes, puis revenir en position pour attaquer de nouveau. Et ainsi de suite jusqu'à ce que tous les bâtiments du convoi soient envoyés par le fond ou qu'ils aient rebroussé chemin.

— Dommage que nous n'ayons pas un canon sur le pont, comme dans le temps, dit le second en buvant une gorgée de café et en posant la seconde tasse devant Mack. Heureusement, nous pouvons les entendre et les attaquer de loin. Et nous sommes beaucoup plus rapides qu'eux. Il nous sera sans doute assez facile de revenir en position de lancement. Si nous faisons attention, nous devrions nous en sortir sans trop de problèmes, tu ne crois pas ?

Il regarda la tasse de café que le commandant n'avait pas touchée.

— Tu me sembles encore préoccupé. Qu'est-ce qui ne va pas ?

— C'est le commandant de l'escorte qui m'ennuie, répondit Mack.

Le second leva les yeux vers son commandant.

— Quel est le problème ?

Mack s'arrêta un instant lorsque le planton de quart entra au carré et se mit au garde-à-vous.

— Commandant, l'officier de quart vous fait porter la vacation de 20 heures, dit-il en lui tendant la planchette.

Mack signa les messages et rendit le tout au planton, qui s'éclipsa aussitôt, laissant les deux hommes à nouveau seuls. Mack se redressa, but une longue gorgée de café et reposa soigneusement la tasse. Il se leva, traversa le carré jusqu'à la porte puis s'arrêta, la main sur la poignée.

— Parce que, d'après les renseignements dont nous disposons, le commandant en chef du convoi est un ancien commandant de sous-marin, l'un des meilleurs, expliqua-t-il. Pour quelle raison un sous-marinier se trouverait-il à la tête d'une escorte composée uniquement de bâtiments de surface ?

Quand le commandant quitta le carré, le second commença lui aussi à éprouver quelque inquiétude. Que se passerait-il lorsque le *Cheyenne* aurait localisé le convoi ?

— Central, 75 mètres, ordonna Mack.

Le *Cheyenne* venait de détecter le convoi et avait manœuvré pour en déterminer la position exacte.

— CO, avez-vous une solution sur le premier bâtiment de l'escorte ?

— Oui, commandant, répondit le second. J'entretiens de bonnes solutions sur la plupart des escorteurs, mais les meilleures concernent le chef de file et les deux transports de troupes qui se trouvent juste derrière. Ils sont respectivement baptisés buts 54, 55 et 56. Dois-je affecter un quatrième but au tube 4 ?

— Négatif, répliqua Mack. Je veux garder le tube 4 disponible pour un lancement d'urgence en autodéfense, au cas où un autre sous-marin sorte de nulle part, comme cela s'est déjà produit, ou si l'un des éléments de l'escorte se rapproche trop et nous détecte sur un coup de chance.

— Bien, commandant.

— Ont-ils gardé la même formation ?

— Oui, commandant. Tous les bâtiments de l'escorte, sauf un, forment toujours un cercle autour du convoi, à 9 000 mètres environ. Tous ceux qui disposent d'un sonar actif émettent en régime continu. Mais nous restons au-delà de leur portée de détection.

Mack se dit en lui-même que le sous-marinier chinois commandant en chef de l'escorte devait sagement se cacher à bord de la frégate Jianghu qui naviguait au centre du dispositif.

— Très bien, répondit Mack.

Il prit une profonde inspiration et se retourna pour jeter un coup d'œil à l'ensemble du PCNO. Tous les hommes armaient leur poste de combat, prêts à agir. Une atmosphère très tendue régnait dans le local. Aucune nervosité n'était directement perceptible, mais l'on sentait quelque chose de profond, qui venait de l'estomac, excitait toutes les terminaisons nerveuses et exacerbait les sens. Le chasseur venait de trouver sa proie et sonnait l'hallali.

— Poste torpilles, DLA, disposez les tubes 1, 2 et 3. Ouvrez les portes extérieures.

Les différents intervenants collationnèrent et exécutèrent les ordres de Mack. En attendant la disposition des tubes au poste torpilles, celui-ci s'approcha du graphique représentant la route du convoi.

— Tubes 1, 2 et 3 parés, commandant, annonça le second au bout de quelques instants. Les portes extérieures sont ouvertes.

— Bien.

Mack revint vers la plate-forme des périscopes d'où il supervisait l'action de ses opérateurs.

— Attention pour lancer, tube 1, sur le but 54.

Depuis sa console, l'officier ASM annonça la solution entretenue sur ce but.

Le commandant accusa réception puis prit le micro de l'interphone et appela le local sonar :

— Sonar de CO, attention pour lancer tube 1.

— *CO de sonar, attention pour lancer tube 1, bien reçu, commandant.*

— Recalez le but sur le dernier bien pointé et lancez sur le but 54.

— Recaler le but et lancer sur but 54, oui commandant.

Lorsque les témoins s'allumèrent sur sa console, l'officier ASM annonça :

— Feu tube 1!... Torpille partie, lancement nominal.

— *CO de sonar, j'ai la torpille à l'écoute, lancement nominal.*

— Sonar de CO, bien reçu. Mack se tourna vers son second. Je ne veux pas lancer les torpilles des tubes 2 et 3 avant que leurs buts, tout particulièrement le porte-hélicoptères Luhu, se soient un peu calmés. Ils vont s'agiter dans tous les sens lorsque le bâtiment de tête va exploser.

— Bien compris, commandant, répondit le second, au nom de tous les opérateurs du CO. Dis donc, commandant, demanda-t-il à voix basse à Mack, tu ne préférerais pas lancer tout de suite contre les deux autres bâtiments, avant qu'ils ne décèlent notre présence ou qu'ils ne filent ailleurs ?

Mack sourit. C'était une excellente question, à laquelle il répondit à voix haute afin que tout le monde l'entende.

— La première torpille doit les impressionner. Je veux que les Chinois prennent peur. Nos ordres sont de les empêcher d'atteindre les Spratly. Je préférerais les forcer à faire demi-tour et à fuir plutôt que d'être contraint de tuer les marins et les soldats embarqués à bord de ces bâtiments. Mais, jusqu'à ce qu'ils s'exécutent, j'ai l'intention de couler en priorité les navires du convoi. Piètre performance, pour une escorte, que d'arriver avec un minimum de dégâts mais en ayant perdu tous les bâtiments précieux qu'elle était chargée de protéger. A présent, combien de temps avant les perceptions torpille ?

— Treize minutes, commandant, répondit l'opérateur DLA.

Lorsque la Mk 48 s'approcherait de sa cible, son autodirecteur passerait en actif et, après avoir relocalisé son but, elle accélérerait à 50 nœuds, sa vitesse d'attaque. A cette distance, le chef de file du convoi n'aurait probablement le temps ni de réagir ni de fuir. Avec un peu de chance, il pourrait peut-être détecter à temps la torpille pendant sa phase d'approche sourde à l'aide de son sonar actif. Mais la probabilité de succès restait faible.

Si le but manœuvrait ou accélérait brutalement, le *Cheyenne* saurait que sa torpille avait été détectée. Mais lorsque la Mk 48 acquit sa cible, ni le convoi ni l'escorte ne modifièrent leur route ou leur vitesse.

— *CO de sonar, forte explosion dans l'azimut du 54. Tous les bâtiments de l'escorte accélèrent et continuent à émettre au sonar actif.*

— Sonar de CO, bien reçu. DLA et sonar, entretenez bien les buts 55 et 56. Je veux que nous lancions dès que la situation se stabilisera un peu. Fermez la porte avant du tube 1 et rechargez avec une Mk 48.

Les minutes qui suivirent s'écoulèrent très lentement. L'équipage du *Cheyenne* attendait la réaction des bâtiments adverses.

— *CO de sonar, les bâtiments de l'escorte ont repris leur position. Plusieurs explosions secondaires se sont produites sur le 54 et il semblerait que celui-ci soit en train de couler.*

— Sonar de CO, bien reçu. Avez-vous des indices d'une quelconque assistance ou d'opérations de sauvetage autour du 54 ?

— *CO de sonar, négatif commandant. Ils se sont contentés de passer à côté sans ralentir.*

— Bien reçu.

Cela tracassait Mack. Le Luda n'avait pas explosé ou coulé brutalement sans aucun rescapé. Il n'y avait donc aucune raison apparente pour qu'au moins un des bâtiments du convoi n'ait pas ralenti pour repêcher les survivants. Quelque chose n'allait pas, et Mack ne savait pas quoi.

— Commandant, les solutions sur les buts 55 et 56 sont toujours affectées aux torpilles des tubes 2 et 3.

Mack leva les yeux vers le commandant en second.

— Parfait, DLA. Attention pour lancer, tube 2 sur le but 55, tube 3 sur le but 56.

Une fois de plus la litanie fatale s'égrena rapidement et deux nouvelles torpilles quittèrent le *Cheyenne* en direction de leur cible.

— *CO de sonar, deux torpilles à l'écoute, lancement nominal.*

— Acquisition prévue dans seize minutes quarante secondes, annonça l'officier ASM à la DLA.

De nouveau, les officiers et l'équipage du *Cheyenne* attendaient. Les torpilles fonçaient, mais cette fois-ci en direction de bâtiments incapables de se défendre et qui comptaient sur les escorteurs pour leur protection. Et cette protection allait leur faire défaut.

— *CO de sonar, l'un des bâtiments de l'escorte se rapproche de nous, l'autre Luda, le 57, a commencé à accélérer et évolue rapidement !*

— OK, sonar. De quel bord vire-t-il ?

— *CO de sonar, il vient sur sa droite, commandant. Droit sur nous, il remonte l'azimut de lancement de nos grenouilles...*

— DLA, les torpilles ont-elles déjà acquis leur but ?

— Affirmatif, commandant, autoguidage depuis trente secondes. Les deux torpilles sont passées en actif.

— Larguez les gaines, fermez les portes avant et rechargez les tubes 2 et 3.

Mack regarda son second.

— Nous allons nous sortir de ce trou à rats. Je quitte le coin et je reviendrai en position de lancement d'ici une heure.

— *CO de sonar, explosions des deux torpilles. Les buts 55 et 56 sont stoppés, je n'entends plus leur bruiteur.*

Mack doutait du naufrage de l'un ou l'autre des bâtiments. Il pensait qu'une seule Mk 48 était incapable de couler un transport de troupes. Mais il savait que la torpille avait dû sérieusement endommager le bâtiment.

Mack donna des ordres pour que le *Cheyenne* accélère et descende à une immersion plus profonde. Il fallait s'éloigner de l'escorteur en rapprochement. Toujours hors de portée de détection du sonar chinois, le *Cheyenne* régla à 20 nœuds et entama une pointe de vitesse de trente minutes qui le conduisit loin du convoi et de sa première position d'attaque, puis le ramena sur une route d'interception. Si le convoi n'avait pas changé de route moyenne, Mack reviendrait à nouveau en portée d'ici trente à quarante-cinq minutes.

Le même scénario se répéta une seconde fois : le convoi s'approcha tandis que le *Cheyenne* disposait à nouveau les tubes 1, 2 et 3. Baptisés buts 58, 59 et 60, trois bâtiments du convoi, les deux transports de troupes qui restaient et le pétrolier, avaient été désignés comme prochaines cibles.

Un fois de plus, les procédures de lancement se déroulèrent pour les tubes 1 et 2 contre les buts 58 et 59. Les deux torpilles fonctionnèrent sans problème et, bientôt, le *Cheyenne* détectait deux explosions en dessous des deux derniers transports de troupes.

— Nous sommes parés pour lancer sur le but 60, commandant, rendit compte l'opérateur de la DLA.

Le pétrolier se trouvait seul sur sa portion d'océan après la disparition des deux transports de troupes. Mack savait que la perte de ce bâtiment pèserait lourd dans la survie du convoi chinois.

Il jeta un coup d'œil vers son second.

— Très bien, DLA, attention pour lancer, tube 3, but 60.

La coque du pétrolier ne résisterait pas à l'impact d'une Mk 48 et, très vite, le gazole, l'huile et le kérosène dont avaient tant besoin les Chinois sur les îles Spratly se répandraient à la surface de l'océan.

— Azimut du 60, 1-9-5, distance 11 000 mètres, vitesse 12 nœuds.

— Sonar de CO, attention pour lancer.

— *CO de sonar, attention pour lancer.*

— Recalez le but sur le dernier bien pointé et lancez, tube 3, sur le but 60.

— *Recaler le but et lancer sur le 60... But recalé !*

— Tube 3, feu !

— *CO de sonar, tube 3 torpille partie, lancement nominal.*

— Combien de temps avant les perceptions ?

— Perceptions torpilles dans...

Le compte rendu de l'opérateur de la DLA fut brusquement interrompu.

— *CO de sonar! Alerte torpille, secteur bâbord avant. Deux SET-53, azimuts 2-0-5 et 2-0-7!*

Le commandant Mackey jeta un coup d'œil rapide en direction de son second et se tourna vers le poste de pilotage.

— 165 mètres, vitesse maximum, cavitation non autorisée. Lancez deux leurres.

Puis il s'adressa au second :

— Second, il me faut une solution sur le lanceur de ces grenouilles, quel qu'il soit. Et rapidement, de préférence. Larguez la gaine, fermez la porte avant du tube 3 et rechargez.

— *CO de sonar, je pense que nous l'avons, commandant, sans doute un sous-marin diesel, il est drôlement silencieux. Mais il recharge ses tubes et j'ai un bon azimut au 2-0-0 sur ces transitoires.*

— Sonar de CO, bien reçu. Lancement d'urgence, tube 4, azimut 2-0-0, contre le sous-marin diesel baptisé but 61.

Quelques secondes plus tard, une nouvelle Mk 48 filait au 2-0-0, en direction du 61. Mack s'occuperait plus tard de l'identification du contact.

— *CO de sonar, les deux torpilles ennemies viennent d'accélérer, elles passent en phase d'attaque.* L'opérateur sonar s'arrêta un instant. *Défilement droite, elles ne se dirigent pas sur nous! On dirait qu'elles ont pris les leurres,* ajouta-t-il. *On les a eues!*

Mais Mack avait besoin de plus d'éléments pour se sentir rassuré.

— Sonar de CO. Quelle est la route de ces torpilles?

— *CO de sonar, route approximative 0-2-0, elles sont passées en éloignement. Rien ne laisse croire à la possibilité d'une nouvelle attaque.*

La menace des deux torpilles ennemies semblait écartée mais le *Cheyenne* n'était pas encore hors de danger. Le sous-marin qui lui avait tiré dessus rôdait toujours dans les parages.

Pas pour longtemps. La Mk 48 du tube 4 accrocha l'intrus et, quelques minutes plus tard, une violente explosion signala la destruction du sous-marin en fuite. Le 61, un Romeo, s'était trahi par le bruit provoqué par le rechargement des tubes et l'accélération de son moteur. Cela lui avait été fatal.

Mais Mack ne pouvait se détendre. Le *Cheyenne* n'avait pas encore achevé sa mission.

— Sonar de CO, situation surface ?

— *CO de sonar, les survivants du convoi n'ont modifié ni leur route ni leur vitesse. Le 60, le pétrolier, ne fait plus partie du groupe. Il est resté en arrière. On dirait qu'il a été touché, commandant.*

Les opérateurs du BSY-1 confirmèrent les informations transmises par le chef de module sonar.

— Reçu. En ce qui concerne l'escorte ?

— *Ceux-là sont toujours en position, mais je...*

La voix de l'opérateur sonar hésita, ce qui était tout à fait inhabituel.

— Sonar de CO, je vous écoute, insista Mack. Que se passe-t-il ?

— *CO, je suis prêt à parier que je viens d'entendre une autre torpille et de nouvelles explosions dans l'azimut du convoi. Comme si les Chinois attaquaient un autre sous-marin.*

Mack réfléchit un instant. Il ne pouvait compter sur aucun allié dans les environs. Sur qui les Chinois pouvaient-ils donc bien tirer ?

— Sonar de CO, ont-ils eu quelque chose ?

— *CO de sonar, négatif, commandant. Mais je reste perplexe.*

Mack sourit en lui-même.

— OK, nous nous rapprochons du convoi. Essayez d'obtenir une idée claire de la situation.

— *Bien reçu.*

— Commandant, que faisons-nous des bâtiments touchés ? demanda l'officier ASM. Nous les abandonnons à leur sort où nous retournons les achever ?

— Rien ne nous oblige à les couler. Notre mission consiste à stopper le convoi, pas à tirer aux pigeons. Et votre boulot à vous, ajouta Mack, c'est de me trouver trois autres jolis buts bien dodus.

— Bien, commandant.

Le sous-marin ennemi inquiétait Mack. Comment ce bâtiment avait-il pu déceler la présence du *Cheyenne* ? La propulsion diesel interdisait à un sous-marin de ce type d'accompagner le convoi en immersion et la probabilité pour que les routes des deux bâtiments se croisent par hasard restait infinitésimale.

Le commandant en second suivait le même raisonnement. Soudain, il se frappa du poing la paume de la main.

— Bien sûr, commandant, dit-il. Voilà pourquoi ils ne s'arrêtent pas pour repêcher les survivants, et voilà pourquoi le convoi n'a jamais changé de route, en dépit de nos attaques répétées. Ils doivent maintenir coûte que coûte leur cap et leur vitesse. Ces maudits Chinois ont déployé une défense constituée de sous-marins diesels éparpillés le long de la route du convoi. Ces bateaux restent tapis, attendent notre passage et nous attaquent.

— Ma parole, tu as raison, répondit Mack en fronçant les yeux. Cela expliquerait aussi pourquoi un ex-sous-marinier commande ce convoi. Il fait partie de ceux qui nous ont concocté ces vilaines petites surprises.

Mack grimaça, l'air irrité. Ce sous-marinier chinois n'était pas le seul à avoir plus d'un tour dans son sac. Il regarda la pendule.

— Nous devrions arriver au prochain point d'interception, dit-il. Nous ralentirons un peu plus tôt cette fois-ci.

Mack ordonna de régler la vitesse à 5 nœuds et remonta au-dessus de la couche.

Après avoir donné ses instructions pour que le *Cheyenne* revienne en position d'attaque, il se tourna vers le second et les opérateurs du BSY-1.

— Il se peut que nous rencontrions un nouveau sous-marin diesel caché par ici. Restez attentifs et gardez à l'esprit que la menace peut être multiple.

Se retrouver face à une menace qui ne se dévoilerait qu'une fois la torpille partie était le pire des scénarios. Les Los Angeles employaient souvent cette tactique et, l'ayant longuement pratiquée, l'équipage en connaissait l'efficacité. Mais il savait aussi que les ordres importaient plus que toute autre considération : le *Cheyenne* devait descendre ses cibles et stopper le convoi.

Les trois bâtiments de commerce les plus proches, désignés sous les noms de buts 62, 63 et 64, furent choisis comme victimes suivantes.

— Recalez les buts et lancez le plus vite possible, ordonna Mack.

Le *Cheyenne* glissait en douceur jusqu'à son point d'embuscade. Le sonar ne détectait aucun autre contact que ceux du convoi qui se rapprochait. Mais les bâtiments de l'escorte avaient légèrement modifié leur tactique. Toutes les frégates manœuvraient de façon erratique, en gardant une position moyenne dans l'écran. Les émissions des sonars actifs résonnaient à travers l'océan, comme si l'énergie acoustique ainsi générée pouvait créer un mur protecteur autour du convoi. Les cinq bâtiments survivants de l'escorte devaient se contenter de poursuivre leur route, ils ne pouvaient qu'observer autour d'eux et espérer qu'ils ne seraient pas victimes de la prochaine torpille.

Lorsque l'opérateur de la DLA fut satisfait de sa solution, il en informa le commandant. Mack fit disposer tous les tubes et ouvrir les portes avant des tubes 1 et 2. Cette fois-ci, il ne laisserait pas de place au hasard. Un autre sous-marin se trouvait tout près, à l'affût ; il le sentait.

— Sonar de CO, gardez vos oreilles grandes ouvertes quand nous aurons lancé la première grenouille. Vous devriez entendre un sous-marin remplir ses tubes et ouvrir les portes extérieures. Dès que vous percevrez quelque chose, je lance dans l'azimut et nous pourrons les battre de vitesse.

— *CO de sonar, bien reçu.*

— Attention pour lancer tube 1, contre le but 62.

L'azimut, la vitesse et la route du but furent vérifiés une dernière fois et la torpille fonça vers le premier porte-conteneurs. Le chef du module sonar et tous ses opérateurs se concentrèrent pour saisir le premier indice de la présence d'un sous-marin réagissant au lancement du *Cheyenne*.

— *CO de sonar, un transitoire dans le relèvement 2-5-0. Ça ressemble à... oui, commandant ! Un sous-marin qui remplit ses tubes. Il se prépare à lancer !*

Mack montra le nouveau contact sur le but 65 et ordonna :

— DLA, attention pour un lancement d'urgence sur le 65, azimut 2-5-0, tube 2.

— Attention, un lancement d'urgence sur le 65... Paramètres affichés, je suis paré à lancer... Feu sur le 65... Torpille partie tube 2 !

— Commandant, la torpille du tube 1 a accroché et est passée en autoguidage, annonça le second. Le but évolue et accélère.

— Sonar de CO, le 65 a-t-il lancé ?

— *CO de sonar, négatif, commandant. Notre torpille a déjà accroché le 65 qui accélère. Il s'agit d'un autre Romeo.*

Au PCNO, chacun écoutait en silence le déroulement de la poursuite du sous-marin ennemi par la torpille du *Cheyenne*.

— *CO de sonar, le but 65 a lancé des leurres.*

A la console de la DLA, l'opérateur accusa réception de l'information et, d'un signe, confirma à Mack que la Mk 48 était toujours filoguidée. Tant que le *Cheyenne* continuerait à contrôler la torpille, les leurres n'auraient pas d'autre effet que de marquer la route du sous-marin lanceur.

— *CO de sonar, impact sur le 65. Explosions multiples. C'est fini, commandant. Explosion également dans l'azimut du but 62. Il se brise, j'entends de très forts craquements de coque,* ajouta l'opérateur sonar avant que Mack ait eu le temps d'accuser réception.

— Sonar de CO, bien reçu. Excellent travail pour tout le monde. Attention pour lancer tube 3 sur le 63 et tube 4 sur le 64. Fermez les portes avant des tubes 1 et 2 et rechargez-les.

— *CO de sonar, les bâtiments de l'escorte accélèrent tous et se rapprochent pour protéger la tête du convoi. Ils ont sans doute compris que leur copain le Romeo avait bu la tasse.*

— Sonar de CO bien reçu. Second, sommes-nous toujours bien hors de portée de leurs sonars ?

— *Affirmatif, commandant.*

— Parfait, répliqua Mack.

L'opérateur de la DLA annonça une bonne

solution sur les buts 63 et 64. Mack se prépara à lancer.

— *CO de sonar, l'escorte a brutalement changé de route en direction du nord-est. Ils manœuvrent tous vers le travers bâbord du convoi.*

— Reçu. Second, tu y comprends quelque chose ?

— Pas vraiment, commandant ; en tout cas, ils s'éloignent tous de nous ventre à terre et j'aime autant ça, à vrai dire.

— *CO de sonar, je prends un autre contact sous-marin, un autre Romeo qui se détache de l'escorte à vitesse maximum... Bon Dieu, commandant, ils tirent sur leur propre sous-marin. Une, deux, cinq torpilles dans l'eau... Explosions multiples. Commandant, ils jettent tout ce qu'ils ont à l'eau ! Encore des grenades, des torpilles, ça tire de partout !*

— Sonar, bien reçu.

Mack n'était pas vraiment surpris. La protection du convoi était programmée pour réagir contre tout contact sous-marin. Les Chinois avaient juste confondu le *Cheyenne* avec l'un de leurs propres Romeo.

— Et le reste du convoi ? demanda-t-il.

— *Rien de changé, commandant, même route et même vitesse moyenne.*

— Sonar de CO, bien, très bien, même...

— DLA, attention pour lancer, tube 3, but 63, tube 4, but 64.

Mack s'approcha de son siège près des périscopes et s'assit en attendant que les torpilles foncent vers leur cible. L'escorte étant occupée à détruire l'un des siens, les Chinois seraient moins vigilants que jamais. Déjà, le convoi n'avait manifesté aucune réaction à l'attaque dont venaient d'être victimes certains de ses bâtiments.

Un nouveau rapport parvint à Mack.

— *CO de sonar, explosions dans l'azimut des buts 63 et 64. Ils sont en train de couler, commandant.*

— Sonar de CO, merci pour ces bonnes nouvelles. Les bâtiments de l'escorte réagissent-ils ?

— *CO de sonar, affirmatif. Ils virent à gauche et mettent cap au nord. Non, attendez, commandant, l'ensemble du convoi change de route. Ils viennent tous à droite.*

— Commandant, interrompit l'opérateur de la DLA, j'ai aussi une nouvelle route moyenne nord au BSY-1. On dirait que l'escorte se place sur l'arrière des survivants du convoi.

Une explosion de joie déferla dans le sous-marin. Les membres de l'équipage se congratulaient mutuellement. Ils avaient réussi ! Le convoi rebroussait chemin !

Lorsque le second suggéra de faire rompre du poste de combat, Mack secoua négativement la tête. Le *Cheyenne* conserverait cette situation jusqu'à ce qu'il ait achevé le pétrolier. Mack pensait que ce dernier pourrait essayer de continuer sa route et d'atteindre les Spratly pendant la nuit s'il n'avait pas perdu toute sa cargaison.

Tandis que le sous-marin se rapprochait du pétrolier, les craintes de Mack se confirmèrent : le bâtiment endommagé tentait bien de poursuivre sa mission. Une Mk 48 mit fin à ses espoirs. Le *Cheyenne* prit ensuite cap sur le *McKee.* Plus que d'un plein d'armes ou de matériel, c'était d'un plein de repos que les membres de l'équipage avaient besoin à présent !

8

PATROUILLE

Il faisait encore nuit lorsque le *Cheyenne* termina le chargement de son stock d'armes auprès du *McKee*. Le ravitailleur était toujours ancré au large des côtes du Sultanat de Brunei, sous la protection aérienne du porte-avions *Independence*.

Le dernier jour, comme lors des précédentes missions, le commandant Mackey, le CGO et les officiers ASM et Trans se rendirent dans la salle de réunion du *McKee* pour un ultime briefing avant patrouille. Cette fois-ci, tout l'état-major du sous-marin assistait à la réunion.

A présent que le ravitaillement du *Cheyenne* par le *McKee* était devenu une opération de routine, Mack tenait à ce que ses officiers puissent entendre les ordres de mission qui allaient leur être donnés. De son côté, CTF 74 avait requis leur présence à tous, ce qui pouvait laisser présager une mission plus importante ou plus difficile que les précédentes — si cela était encore possible.

Le reste de l'état-major du *Cheyenne* attendait devant la salle de réunion. Mack savait que les plus jeunes étaient très excités et curieux, mais qu'il pouvait compter sur leur professionnalisme pour conserver une certaine retenue. Il les salua de la tête et entra le premier dans la pièce.

CTF 74, l'officier chargé d'exposer la mission et le commandant du *McKee* avaient déjà pris leurs places. La présentation commença sans tarder après l'arrivée de Mack et de ses officiers et l'échange des salutations d'usage.

En principe, ce genre de réunion comportait un rappel d'informations déjà anciennes et de nouvelles instructions. Mais, cette fois-ci, une contrainte supplémentaire rendait le sujet un peu plus difficile à aborder. Certains renseignements, qui impliquaient la CIA, étaient trop confidentiels pour être communiqués au *Cheyenne* par message.

De source sûre, des agents en poste à Vladivostok et à Pékin avaient appris que le chef d'état-major de la marine chinoise se montrait personnellement affecté par les pertes infligées à ses forces par le *Cheyenne.* Mais là n'était pas la seule information importante rapportée par la CIA. Les Chinois avaient en effet obtenu la quasi-certitude qu'un seul SNA américain était responsable de ce désastre. D'après l'Agence, ils auraient sans doute entendu cette information de la bouche de marins trop bavards en escale à Yokosuka.

Cela changeait la situation du *Cheyenne,* mais ne modifiait pas ses ordres. Le sous-marin allait se trouver confronté à une nouvelle mission en temps de guerre avant qu'aucun autre SNA américain n'ait eu le temps de rallier la zone.

Mack ne manifesta aucune réaction : cela ne l'inquiétait pas. Dans un sens, il était plutôt satisfait de ne pas être obligé de partager « son » théâtre d'opérations avec d'autres Los Angeles qui auraient, d'une façon ou d'une autre, limité sa liberté d'action. Pourtant, les Chinois avaient cru être en présence de trois SNA américains. Maintenant qu'ils avaient appris que le *Cheyenne* opérait seul, ils allaient concentrer tous leurs efforts contre lui.

L'officier poursuivit son briefing : USCINCPAC et CINCPACFLT ne prenaient pas à la légère les commentaires du chef d'état-major chinois. Bien sûr, les supérieurs de Mack se montraient extrêmement satisfaits des performances du *Cheyenne* et pas le moins du monde intimidés par les états d'âme du chef d'état-major ennemi.

Le sous-marin devait remettre le cap vers le nord de l'archipel des Spratly et y effectuer une patrouille de routine, dans différentes zones contiguës, ainsi que le décrivaient les ordres de mission que Mack venait de recevoir des mains de CTF 74. Deux autres Los Angeles, le *Columbia* et le *Bremerton* arriveraient peut-être sur zone d'ici quelques semaines. Ces deux bâtiments devaient auparavant achever leurs missions respectives en mer du Japon et dans le nord-ouest du Pacifique, au large de Petropavlosk.

L'officier ASM avait déjà rendu compte à son commandant que le système de lancement vertical abritait maintenant un ensemble de missiles Tomahawk anti-terre et une combinaison de TLAM-C et de TLAM-D. Les TASM avaient été débarqués et remplacés par des TLAM-D. Ceci pouvait laisser supposer qu'une attaque de bases aériennes et de pistes d'atterrissage n'était pas exclue. La version D du Tomahawk anti-terre contenait un grand nombre de sous-munitions indépendantes destinées à ouvrir des cratères dans les pistes, empêchant ainsi tout décollage ou atterrissage.

L'officier en charge du briefing confirma les soupçons de Mack. Lorsque la position des terrains ennemis aurait été déterminée avec précision et que les données nécessaires au vol des missiles auraient été élaborées, un message VLF demanderait à Mack de remonter à l'immersion périscopique. Là, le *Cheyenne* chargerait les dossiers d'objectifs depuis un satellite et les transférerait directement dans la mémoire des calculateurs de lancement des Tomahawk. Ces données proviendraient du centre de planification opérationnelle de USCINCPAC, situé à Red Hill, sur l'île d'Oahu.

Mack restait impassible. Pourtant, il n'aimait pas le tour imprévu que prenaient les événements. Il aurait largement préféré que ces dossiers d'objectifs soient chargés à bord avant l'appareillage, mais le temps manquait.

L'île de Palawan, dans les Philippines, serait encore une fois utilisée pour le recalage en vol des Tomahawk mais le *Cheyenne* devrait entrer lui-même les points de navigation des engins jusqu'à cette île. La console CCS Mk 2, un vrai petit centre de planification opérationnelle embarqué, permettait de s'acquitter aisément de cette tâche complexe.

Jusqu'à présent, à part les nouveaux éléments fournis par la CIA à propos du chef d'état-major chinois, le briefing correspondait à peu près à ce à quoi Mack s'attendait. L'officier en charge de l'exposé ajouta que, lorsque le *Cheyenne* reviendrait de sa troisième patrouille, le dock flottant *Arco* serait disponible pour effectuer des travaux de coque, si cela se révélait nécessaire.

Mack n'appréciait pas ce genre de perspective. Il n'aimait pas penser que le *Cheyenne* pouvait subir des avaries rendant nécessaire un passage au bassin. Mais il comprenait que c'était la guerre et que, si les Chinois concentraient toute leur énergie en vue de détruire le *Cheyenne*, il serait peut-être content de trouver l'*Arco* à la fin de sa mission.

Mack restait perdu dans ses pensées lorsque son second lui fit passer un morceau de papier sur lequel se détachaient les lettres ASDS. L'air réprobateur, il leva les yeux vers le conférencier et demanda :

— Allez-vous faire venir l'*Arco* jusqu'ici dans le but de m'installer l'ASDS, le nouveau mini-sous-marin de transport de commandos ?

L'amiral CTF 74 répondit avant que l'officier ait eu le temps d'ouvrir la bouche :

— Cette option a en effet été envisagée, commandant. Malheureusement, même si le *Cheyenne* a subi les modifications ASDS à San Diego avant votre départ, le véhicule et votre bâtiment ne se sont jamais rencontrés.

— Donc, le *Cheyenne* n'a pratiquement aucune chance d'avoir à utiliser ce nouveau système ? demanda Mack avec un signe de tête.

— En effet, répondit l'amiral, au moins pour le moment.

— Vous m'enlevez un gros poids, amiral, répliqua Mack. Ainsi que vous le savez, la mise en œuvre de ce véhicule apparaît très compliquée, particulièrement la récupération en plongée. Un sérieux entraînement serait nécessaire avant que je ne me hasarde à ce genre d'opération, encore plus en temps de guerre ouverte.

— J'approuve votre position, commandant, répondit l'amiral. Et j'ai informé COMSUBPAC de mes réserves. Il s'arrêta brièvement avant de reprendre :

— Si des commandos interviennent dans ce conflit, leurs mouvements seront tenus secrets par SOCOM, leur chef. Nous n'en entendrons pas parler avant la fin de la guerre. Sauf s'il entre dans leurs intentions d'utiliser le *Cheyenne*.

Mack se sentit soulagé par ces propos. Mais un reste d'inquiétude lui pesait toujours sur l'estomac.

Le briefing se termina assez vite et, lorsqu'il fut rentré à bord du *Cheyenne,* Mack appela son second pour lui faire part de ses inquiétudes à propos de l'affaire du dock flottant. Une fois de plus, l'appréciation de la situation conduisit les deux hommes à une position commune. Mack fit observer que seul l'*Arco* pouvait assurer la mise à sec du *Cheyenne* pour le retrait des tonnes de lest nécessaire à l'installation de l'ASDS sur le pont. Implanté au-dessus du sas de sauvetage arrière, qui permettait d'accéder au PCP, l'ASDS alourdissait le sous-marin à tel point que les régleurs et les caisses d'assiette ne pouvaient pas compenser le déséquilibre.

— *Plage avant, plage arrière et McKee,* annonça l'officier de quart dans le mégaphone de la passerelle, *dédoublez partout.*

L'ordre fut répété par le téléphoniste de passerelle sur le réseau autogénérateur, d'abord vers la plage avant, puis vers la plage arrière.

Aussitôt, les pointes, les gardes et les traversiers furent dédoublés. D'un coup d'œil, l'officier de quart constata l'exécution de son ordre et demanda de larguer tout sauf les traversiers.

En temps de paix, le *Cheyenne* aurait utilisé ses propres aussières. Mais c'était la guerre. Pendant le premier rendez-vous avec le *McKee,* Mack avait fait souder les panneaux de pont abritant les paniers à aussières en position fermée. Cela évitait les bruits provoqué par le claquement intempestif des panneaux, ou le relâchement d'une aussière qui aurait pu se prendre dans l'hélice.

Comme lors des deux précédentes patrouilles, les aussières resteraient à bord du *McKee* où elles seraient séchées et soigneusement stockées jusqu'au retour du *Cheyenne.*

— Tournez le traversier arrière, reprenez le mou à l'avant, ordonna l'officier de quart.

Il s'attachait à maintenir le sous-marin parallèle au *McKee,* jusqu'à ce que l'arrière soit complètement dégagé des chaînes de mouillage tribord.

Pour appareiller et s'éloigner du *McKee* sans utiliser sa propulsion principale, l'officier de quart avait déjà fait sortir le mérou, une sorte de moteur hors-bord orientable qui rentrait dans une alvéole de la coque épaisse, au centre du bâtiment.

— Central de passerelle, mérou en avant, gisement 90, ordonna l'officier de quart à la fois par l'interphone et par le téléphone autogénérateur.

Lorsque le mérou commença à pousser, l'arrière du *Cheyenne* vira lentement sur tribord. L'avant s'approcha lentement du *McKee,* entre les défenses qui séparaient les deux bâtiments. Avec l'inertie de ses 6 900 tonnes, l'arrière du sous-marin s'était maintenant largement écarté des chaînes de mouillage du *McKee.* L'officier de quart fit stopper le mérou, le remit dans l'axe et le rentra. Tandis que le sous-marin continuait à pivoter lentement, l'officier de quart fit battre en arrière, juste assez pour se maintenir et éviter que le dôme sonar ne s'approche trop de la coque du *McKee.*

Puis il fit larguer les deux dernières aussières qui tombèrent à l'eau, aussitôt récupérées par les matelots de l'équipe de manœuvre du *McKee.* L'hélice libre de toute aussière, le *Cheyenne* put reculer en toute sécurité pour s'écarter du ravitailleur et de ses ancres.

La troisième patrouille commençait.

La première zone de patrouille du *Cheyenne* allait se dérouler approximativement sur une ligne droite joignant les îles Spratly à la baie de Cam Ranh, au Viêt Nam. Les services de renseignement soupçonnaient les Chinois d'utiliser cette route pour ravitailler les forces stationnées sur les Spratly et acheminer le matériel nécessaire à la construction d'une nouvelle piste d'atterrissage. Le *Cheyenne* n'avait pas la permission d'attaquer les transports et devait se contenter de collecter des renseignements. Washington pourrait ensuite utiliser ces preuves contre le gouvernement vietnamien pour le convaincre publiquement de collaboration avec la Chine.

Juste au nord de cette zone de patrouille, le fond descendait régulièrement de 1 500 à 4 500 mètres. Mack appréciait cet environnement favorable, qui faciliterait les opérations du *Cheyenne* et le fonctionnement de ses Mk 48. Il pourrait approcher ses buts en restant sous la couche, sans craindre la détection par l'Alfa dont il soupçonnait la présence à l'ouest de Cuarteron Reef.

Bien que la coque en titane de l'Alfa lui permît de plonger plus profondément que le *Cheyenne,* Mack pensait que ce sous-marin resterait de préférence à faible immersion. Les Russes, qui construisaient ce modèle, n'avaient pas l'habitude d'opérer profond et les Chinois avaient tiré d'eux toute leur expérience.

Mack espérait avoir raison. Le *Cheyenne* pourrait alors maintenir son avantage tactique pendant un certain temps. Sinon... Eh bien! Les choses pourraient devenir intéressantes...

Il était presque minuit. Le commandant avait passé la suppléance à son second. L'équipe de quart venait de prendre la relève lorsque l'antenne longue TB-23 détecta un contact. La signature ressemblait de très près à celle enregistrée par le *Cheyenne* lors de sa précédente rencontre avec l'Alfa chinois, juste avant de le perdre dans la zone des hauts-fonds.

Une évolution permit de résoudre l'ambiguïté

d'azimut de l'antenne linéaire remorquée et le *Cheyenne* enregistra dans un autre azimut de nouvelles fréquences qui ressemblaient aussi à celles de l'Alfa.

Le second n'y voyait qu'une explication possible : les Chinois possédaient deux Alfa. Après une dizaine de minutes, le CO confirma la présence de deux Alfa, l'un dans l'est, le plus proche, à distance stable, le deuxième dans l'ouest, en radiale en rapprochement. Seule la TB-23 tenait le contact, ce qui voulait sans doute dire que les deux sous-marins se trouvaient au-delà de 60 000 mètres.

Le second demanda au commandant de monter au CO.

Mack, selon son habitude, prit sa décision sans tarder. Au combat, il n'avait pas le temps d'hésiter.

Le *Cheyenne* allait commencer par se mesurer à l'Alfa dans l'ouest. Mack choisit cette option car il pensait que l'autre sous-marin avait peut-être enregistré la signature du *Cheyenne* lors de leur précédente rencontre. En se rapprochant de celui-là en premier, il placerait l'autre dans son baffle. Sans doute pas une position idéale, mais il n'avait pas vraiment le choix. De plus, cela présentait l'avantage de permettre au *Cheyenne* d'attaquer d'abord un Alfa qui ne le connaissait pas.

Mack rappela au poste de combat dès la prise de contact sur l'antenne de coque, à une distance de 36 000 mètres.

— Disposez les tubes 1 et 2 et ouvrez les portes avant.

Comme à son habitude, Mack ordonnait à son second de faire disposer les tubes avant de s'approcher trop pour éviter que l'Alfa ne détecte les transitoires de remplissage et d'ouverture des portes.

Le commandant en second avait pris en main le CO et il annonça :

— Tubes 1 et 2 parés, portes avant ouvertes.

— Très bien second, répondit Mack.

L'Alfa défilait droite et signait sur toutes les antennes. Lorsque l'opérateur du BSY-1 et l'opérateur de la DLA furent satisfaits de la solution sur le but 69, un Alfa chinois, le commandant ordonna l'attention pour lancer.

L'opérateur du BSY-1 annonça la solution, que Mack accepta.

— Recalez le but sur le dernier bien pointé et lancez, tubes 1 et 2.

— Recaler le but sur le dernier bien pointé et lancer, tubes 1 et 2... Feu tube 1 !... Feu tube 2 !... Tubes 1 et 2, torpilles parties, annonça l'officier ASM quelques secondes plus tard.

— *CO de sonar, j'ai les torpilles une et deux à l'écoute, lancement nominal,* dit l'opérateur sonar, tandis que les deux armes effectuaient leurs manœuvres d'espacement initial. Elles naviguaient maintenant à vitesse silencieuse.

Une fois qu'elles auraient acquis leur but, elles accéléreraient et remonteraient à leur immersion d'attaque.

— Très bien sonar, répondit Mack, combien de temps avant les perceptions ? demanda-t-il à l'officier ASM.

— Quinze minutes et vingt secondes, commandant.

Avec deux Alfa à proximité, chaque seconde augmentait les risques de contre-détection du *Cheyenne*. Pour Mack, ces quinze minutes comptèrent triple.

— Perceptions sur les deux torpilles, je les passe en autoguidage, entendit-il.

— *CO de sonar, le 69 vient vers nous et accélère, il cavite comme un fou.*

Mack n'eut pas le temps d'accuser réception de l'information. Avant qu'il ait pu prononcer un mot, le sonar annonça que l'Alfa avait lancé des leurres.

— Reprenez les Mk 48 en filoguidage, ordonna Mack accompagnant son ordre d'un geste en direction de l'officier ASM.

— C'est déjà fait, commandant, répondit ce dernier qui avait anticipé la demande de son pacha.

Ainsi, les Mk 48 ne pourraient pas accrocher sur les leurres, maintenant bien positionnés à la DLA. Il ordonna au *Cheyenne* de venir de 90 degrés à droite. Il voulait augmenter le défilement de l'Alfa pour mesurer une distance et séparer les azimuts des leurres et du but. Il entama un nouveau tronçon.

Compte tenu des vitesses relatives des deux bâtiments, la séparation en azimut ne prit que peu de temps. Mais Mack n'eut pas le loisir de se reposer. L'officier ASM lui rendit compte que les torpilles avaient repris le but 69 lorsque le *Cheyenne* récupéra le contact sur le second Alfa, qui sortait du baffle.

— Larguez les gaines, fermez les portes avant, rechargez les tubes 1 et 2. Disposez les tubes 3 et 4, ouvrez les portes avant.

Mack allait se trouver pris en tenaille si ses deux premières Mk 48 n'atteignaient pas leur cible.

— *CO de sonar, alerte torpille, quatre torpilles azimuts 2-8-5, 2-9-0, 1-1-0 et 1-0-5. Les deux Alfa viennent de lancer sur nous !*

— Recalez le but 70 sur le dernier bien pointé et lancez sitôt paré.

Il était temps pour le *Cheyenne* de se dégager de ce trou et de lancer ses propres leurres. Dès que les deux grenouilles des tubes 3 et 4 eurent été lancées, il fit fermer les portes avant et recharger. Les Mk 48 devraient se débrouiller seules.

— Zéro la barre, gouvernez comme ça, en avant toute, vitesse maximum, sans caviter. Immersion 300 mètres, assiette moins vingt.

Une fois à l'immersion ordonnée, il ajouta :

— Prendre les dispositions de grenadage.

Mack avait fait tout son possible pour le moment. Maintenant, il fallait attendre que les leurres accomplissent leur travail et espérer pouvoir dérober devant les armes ennemies.

Le *Cheyenne* atteignit sa vitesse maximum, en route au 0-1-5, à l'immersion de 300 mètres, tandis que les torpilles de fabrication russe lancées par les Chinois entraient dans le baffle. Les leurres avaient bien fonctionné et avaient retardé les SET 53, permettant au *Cheyenne* de gagner un peu de temps.

Là s'arrêtaient les bonnes nouvelles. Le sonar n'entendait plus aucune des quatre Mk 48 et ne pouvait connaître leur position par rapport aux buts 69 et 70. Sans filoguidage, la DLA ne recevait, elle non plus, aucune information.

Durant les minutes qui suivirent, un silence tendu s'installa au PCNO du *Cheyenne*. Enfin l'opérateur sonar intervint :

— *CO de sonar, deux explosions, l'une dans le 1-7-5, l'autre dans le baffle.*

Perturbé par la vitesse élevée, le sonar n'avait pas pu exploiter les trajets multiples et l'opérateur ne pouvait pas déterminer la distance des détonations. Le sonar ne pouvait pas non plus annoncer avec exactitude sur quel but avaient explosé les torpilles, l'un des Alfa ou les deux, avec un peu de chance — et, avec moins de chance, un des leurres chinois ou américains. Pour couronner le tout, Mack avait perdu le contact sur les deux Alfa dans le baffle.

En résumé, il n'avait aucun moyen de savoir si un ou deux des sous-marins avaient survécu, alors qu'il avait besoin au plus vite de cette information capitale pour l'avenir du *Cheyenne* et pour le succès de sa mission.

Mack abattit sur la droite de 40 degrés et, n'ayant rien entendu, se décida à ralentir. Après être remonté au-dessus de la couche, il effectua une abattée d'écoute sur bâbord. Il ne reprit aucun des deux sous-marins chinois, mais les échos des explosions, réfléchis sur le fond et la surface, se réverbéraient toujours comme un lointain grondement de tonnerre.

Pourtant, ces roulements provenaient de trois azimuts différents, deux relativement proches l'un de l'autre, et un troisième beaucoup plus à droite. Trois explosions se seraient donc produites et non deux.

Il n'y avait pas trente-six façons d'interpréter la situation. Soit les Alfa avaient fait surface, soit ils avaient coulé à pic, ce que Mack jugeait totalement improbable. Huit torpilles avaient été lancées dans la zone : quatre par le *Cheyenne,* deux par chacun des Alfa. Avec seulement trois explosions, on pouvait douter que les deux sous-marins chinois aient été envoyés par le fond.

Les informations dont disposait le *Cheyenne* ne permettaient pas à Mack de reconstituer les événements. Pas pour le moment du moins. Les enregistrements du sonar devraient être dépouillés, ce qui prendrait un certain temps. Ensuite, peut-être pourraient-ils se faire une meilleure idée de la situation.

Le *Cheyenne* décida de s'écarter de cet endroit trop mal fréquenté et poursuivit sa route vers sa deuxième zone de patrouille, à une immersion de 210 mètres, largement en dessous de la couche. Deux heures plus tard, Mack fit rompre du poste de combat ainsi que des dispositions de silence et de grenadage. Lorsque l'officier ASM rendit compte de la fin de l'analyse des enregistrements sonar, Mack convoqua les officiers au carré pour analyser l'engagement qu'ils venaient de conduire.

L'état-major chinois avait dû donner des ordres extrêmement stricts pour que les deux Alfa continuent à pleine vitesse en direction du *Cheyenne* malgré les Mk 48 lancées contre eux. Mack avait déjà eu l'occasion de détester les méthodes des Russes — en particulier la manœuvre dite d'Ivan le Fou — mais, cette fois-ci, les Chinois dépassaient l'entendement. Ils pratiquaient une politique digne des kamikazes japonais, ces pilotes du « Vent Divin » qui, durant la Seconde Guerre mondiale, sacrifiaient leur vie en crashant leur avion sur leur objectif.

Lorsque tous les officiers se trouvèrent rassemblés au carré, l'officier ASM et son maître sonar adjoint sortirent les graphiques et les mètres de papier crachés par l'imprimante lors du dépouillement des enregistrements. Ils avaient réussi à déterminer que deux des torpilles Mk 48 ADCAP PBXN-103 avaient explosé, l'une dans le baffle, l'autre dans l'azimut 1-7-5. La troisième explosion appartenait à une SET-53. Leur affirmation était basée sur la mesure de la forme de l'onde de choc produite, différente pour chacun des deux types d'armes.

D'après la reconstitution de la route des buts et des torpilles, les deux Alfa avaient dû être touchés. Les autres torpilles chinoises avaient vraisemblablement été détruites par l'explosion de la SET-53, à moins qu'elles ne se soient épuisées à tourner autour des leurres lancés par le *Cheyenne*.

Fidèle à ses habitudes, le commandant Mackey

utilisa la diffusion générale pour informer l'ensemble de l'équipage du résultat de leur dernier engagement. Cette fois-ci, annonça-t-il, les ordres stricts du chef d'état-major chinois avaient aidé le *Cheyenne*. Les Alfa s'étaient rués à l'attaque en négligeant leur propre sécurité.

A partir de maintenant, ajouta-t-il, le *Cheyenne* lancerait ses torpilles de plus loin, en utilisant en priorité les éléments des antennes linéaires remorquées. Pour gagner du temps, Mack envisageait aussi de lancer au quart par bordée au CO, sans même rappeler au poste de combat. Il ne désirait en aucune façon se faire éperonner par des commandants chinois animés d'un esprit de vengeance et n'ayant aucun respect pour la vie de leurs équipages. Étant donné son expérience de la culture chinoise, Mack pensait que ce genre de commandants préférait une gloire posthume à un peloton d'exécution, après un retour au port bredouille.

Après le discours du commandant, l'équipage resta silencieux. Chacun à bord réalisait qu'un conflit prolongé s'engageait, à moins que le *Cheyenne* ne pèse d'un poids décisif dans la balance et que les Chinois ne soient contraints de jeter l'éponge plus tôt que prévu. Malheureusement, personne à bord ne savait quand le *Columbia* et le *Bremerton* arriveraient enfin en renfort et le *Cheyenne* devrait sans doute supporter seul encore longtemps le poids de la guerre sur mer dans cette région.

La seconde zone de patrouille du *Cheyenne* se situait à 200 nautiques au sud sud-est du banc Macclesfield, un endroit où les fonds remontaient brutalement de 3 500 à moins de 12 mètres. Le transit fut rapide, discret et sans surprise.

En arrivant dans la partie sud-ouest de la zone,

le commandant ordonna au maître sonar adjoint d'effectuer un sondage bathy. La sonde SSXBT, un bathythermographe, était conçue pour remonter en surface puis pour descendre vers le fond de l'océan, mesurant la température de la mer en fonction de l'immersion. Le SSXBT transmettait ces données par l'intermédiaire d'un fil de cuivre très fin, semblable à celui utilisé pour filoguider les torpilles, jusqu'à un enregistreur placé au PCNO. L'information était ensuite entrée dans le calculateur du BSY-1, pour effectuer les calculs de portée de détection et de volume d'indiscrétion. Le *Cheyenne* pouvait en outre déterminer avec exactitude l'immersion de la couche, voire d'une seconde couche plus profonde, afin de tirer le meilleur parti des hétérogénéités du milieu pour, si nécessaire, se dissimuler.

En arrivant dans sa première zone de patrouille, Mack n'avait même pas eu le temps d'effectuer un sondage bathy. Le *Cheyenne* avait rencontré les deux Alfa trop vite. Mais ce ne serait pas le cas cette fois-ci. Mack envisageait des lancements d'armes à longue distance et les mesures d'environnement revêtaient dans ce cas un caractère vital. Le *Cheyenne* sonderait régulièrement, pour s'affranchir des variations du profil de célérité susceptibles d'apparaître dans la zone.

Trois des quatre sondages SSXBT prévus avaient été effectués lorsque l'officier de quart rendit compte au commandant. Et les nouvelles étaient préoccupantes : le sonar avait pris des contacts ressemblant à des Alfa, faibles mais en rapprochement lent, peut-être trois sous-marins différents.

Mack accusa réception de l'information. L'affaire se présentait mal. Ces contacts ne pouvaient pas être les mêmes que ceux qu'il avait perçus plus au sud, dans sa première zone de patrouille. Apparemment, les Russes bradaient leurs sous-marins nucléaires d'attaque à la Chine.

Quelques minutes plus tard, alors que Mack discutait avec son second devant la chambre de ce dernier, l'officier de quart le fit prévenir de l'arrivée d'un message FLASH en VLF sur l'antenne filaire. Le commandant et le second se rendirent ensemble au PC radio, à l'avant du PCNO.

« Mauvais timing », pensa Mack en lisant le message. Comme si les Alfa ne suffisaient pas, le *Cheyenne* recevait l'ordre de se préparer à lancer ses Tomahawk. Pour cela, il devait remonter à l'immersion périscopique pour chercher les données des dossiers d'objectifs assignés aux missiles.

Mack n'aimait pas cela. Dans le meilleur des cas, tout se passerait très vite : il remonterait à 20 mètres, prendrait ses messages, au minimum cinq à six minutes, et replongerait avant que les Alfa ne se soient trop rapprochés. Mais la situation n'était pas si simple. L'ordre de tir lui serait aussi envoyé en VLF par l'antenne filaire et Mack devrait remonter à l'immersion périscopique pour lancer ses douze missiles dès que les dossiers d'objectifs et les points de navigation vers l'île de Palawan auraient été entrés dans la console CCS Mk 2.

Mack n'avait pas le choix. Sans perdre de temps, il ordonna à l'officier de quart de remonter à l'immersion périscopique.

— Rappelez au poste de combat, demanda-t-il dès que le *Cheyenne* commença à recevoir les coordonnées des objectifs.

Puis il expliqua la situation à l'équipage. Le

Cheyenne devait lancer une salve de Tomahawk TLAM-C pour détruire les avions chinois au sol, afin qu'ils ne puissent être employés contre le groupe de l'*Independence*. Il devait aussi attaquer les nouvelles pistes récemment construites pour empêcher l'atterrissage des SU-27 Flanker qui auraient pu venir en renfort depuis les îles Paracels.

Mack allait tirer ses Tomahawk en une seule fois. Lorsque les engins atteindraient leurs cibles, il ferait nuit et les Chinois seraient moins sur leurs gardes. Pas plus que les ex-Soviétiques, ils n'aimaient voler de nuit et l'activité radar ou aérienne devait être très réduite à ce moment-là. De plus, la météo semblait favorable à une attaque immédiate mais une forte perturbation approchait, qui risquait d'empêcher la mission pendant les deux prochains jours. Le *Cheyenne* devrait attaquer avant l'aube.

Le commandant prévint l'équipage que l'intervention des Alfa restait probable. Les sous-marins chinois allaient fatalement entendre les lancements des Tomahawk. Pour couronner le tout, si ces sous-marins étaient accompagnés de bâtiments de surface, la lueur brillante des boosters d'accélération des missiles leur fournirait la position exacte du *Cheyenne*.

La mission était dangereuse, aucun doute n'était permis. Si, cette fois-ci, la chance leur faisait défaut, elle pouvait même se révéler fatale.

L'officier ASM, assis devant la CCS Mk 2, rendit compte que les douze missiles étaient parés, que les objectifs avaient été affectés et vérifiés et que les points de navigation étaient entrés. Il n'attendait plus que l'ordre du commandant pour initialiser la procédure de lancement automatique. Le temps de vol vers les bases aériennes chinoises excédait légèrement deux heures.

— Lancez les missiles TLAM-C et TLAM-D des tubes 5 à 16 du VLS, ordonna Mack.

En quelques secondes, l'officier ASM inséra la clef de lancement dans la serrure du pupitre et déverrouilla le commutateur de mise à feu. Il prévint le module sonar de l'imminence du lancement et tourna un interrupteur. Pendant six minutes, le BSY-1 allait rester sourd.

Mack s'inquiétait de la proximité des Alfa. Pendant ce laps de temps, ils allaient disposer d'un phare pour se diriger et ne manqueraient pas de se rapprocher du *Cheyenne,* sans que Mack puisse faire quoi que ce soit pour les en empêcher.

La porte hydraulique du tube VLS numéro 5 s'ouvrit, libérant la sécurité d'allumage de la cartouche pyrotechnique d'éjection. Le premier TLAM-C fonça vers le haut, traversant la fine membrane de caoutchouc qui avait permis de maintenir jusque-là le missile au sec.

Le TLAM-C parcourut rapidement les 10 mètres qui le séparaient de la surface. Juste avant de sortir de l'eau, le booster d'accélération à poudre s'enflamma et propulsa le missile presque à la verticale, sous une accélération constante de 4 G.

Une fois le propergol du booster épuisé, le missile devint absolument invisible et bascula vers une trajectoire horizontale avant de larguer sa section arrière, devenue inutile. Le séquentiel du TLAM-C ordonna l'ouverture des entrées d'air et le compresseur de son turboréacteur se mit à tourner, entraîné par le sillage. Lorsqu'un capteur détecta une vitesse de rotation suffisante, la vanne d'alimentation en carburant s'ouvrit et l'engin reprit son vol propulsé à plus de 400 nœuds vers le premier objectif.

A bord du *Cheyenne,* le tube 5 se remplit d'eau

afin de compenser le poids du missile puis, la porte se referma automatiquement. Ce qui libéra une sécurité pour démarrer la séquence de lancement du missile dans le tube VLS numéro 6.

« Un de parti. Plus que onze à lancer », pensa Mack.

La salve lui parut interminable, mais il s'obligea à rester calme, pensant que les Alfa ne pourraient obtenir un bon azimut sur lui qu'à moins de 4 nautiques. Enfin, avant que les Chinois aient pu se rapprocher suffisamment, le *Cheyenne* redescendit en immersion profonde, à l'abri sous la seconde couche thermique. Toujours au poste de combat, Mack ralentit et commença à chercher les trois Alfa qui disposaient déjà leurs tubes lance-torpilles.

Les sous-marins chinois s'étaient rapprochés trop vite pendant trop longtemps. Lorsqu'ils ralentirent pour reprendre l'écoute, le *Cheyenne* avait tout simplement disparu.

Mack avait lui aussi presque tout perdu. Sous la couche, le sonar ne détectait plus aucun contact bande large. Seule l'antenne linéaire remorquée lui permettait de pister les Alfa sur quelques fréquences en bande étroite. Les Alfa n'étaient pas équipés d'antennes linéaires remorquées et ne pouvaient donc pas prendre le contact sur le *Cheyenne*, extrêmement discret.

Mack n'avait plus qu'à faire preuve de patience. Les dés étaient jetés. Avec un entraînement un peu meilleur, sans doute les Alfa auraient-ils ralenti et effectué une recherche en immersion pour tenter de reprendre le contact sur le *Cheyenne*. Mais ils n'en avaient pas la possibilité. Bridés par leurs nouvelles règles d'engagement, Mack savait qu'ils continueraient à remonter le dernier azimut qu'ils avaient sur le sous-marin américain... ce qui les conduirait directement en portée des Mk 48.

Les trois Alfa se rapprochaient de front, séparés de 4 000 mètres, à l'immersion de 50 mètres. Mack les laissa venir encore un peu. Quatre torpilles attendaient patiemment dans leurs tubes, porte avant ouverte.

Le *Cheyenne* lança d'abord les armes des tubes 1 et 2, à une distance de 22 500 mètres. A 16 000 mètres, il donna l'ordre de tirer les torpilles des tubes 3 et 4. Enfin, à 9 000 mètres, le *Cheyenne* lança deux autres torpilles après avoir largué les gaines des deux premières. En jouant sur la vitesse d'approche et les trajectoires des Mk 48, Mack espérait que ses six armes attaqueraient presque simultanément le groupe des trois Alfa, depuis des azimuts différents et à des immersions de recherche distinctes.

Le sonar entendit les deux premières torpilles accélérer. Elles avaient trouvé leur but. Quelques minutes plus tard, trois autres Mk 48 transmirent par l'intermédiaire de leur fil qu'elles avaient aussi trouvé une cible.

A bord des Alfa, les Chinois médusés observaient l'océan, calme un instant auparavant, qui s'était transformé en quelques secondes en un chaudron de sorcière où grouillaient les torpilles. Même les changements d'immersion et de route qu'ils tentèrent pour échapper à leur sort n'avaient plus aucune utilité.

Les Mk 48 avaient traversé la couche et restaient opiniâtrement verrouillées sur leurs buts, refusant de se laisser tromper par la myriade de leurres largués par les sous-marins chinois.

En quelques minutes, tout fut consommé. Les trois Alfa, sévèrement touchés, entamèrent une remontée d'urgence. Deux d'entre eux n'y parvinrent pas : l'eau de mer envahit le compartiment machine du premier et le réacteur du second. Ces deux sous-marins coulèrent, l'arrière en premier, avant de percuter le fond de la mer, 3 600 mètres plus bas.

Le *Cheyenne* remonta à l'immersion périscopique pour rendre compte du lancement de ses Tomahawk et du succès de l'attaque contre les Alfa. Deux heures seulement s'étaient écoulées depuis le lancement des missiles. Pour Mack, elles avaient paru durer une éternité. Les Tomahawk volaient toujours l'un derrière l'autre. Peu de temps auparavant, ils avaient terminé leur dernier recalage par suivi de terrain et entretenaient maintenant leur position à l'aide du GPS, avant de piquer vers les bases aériennes chinoises.

Le *Cheyenne* et son équipage devraient attendre la confirmation de la réussite de leur bombardement, peut-être longtemps. Si l'importante couverture nuageuse continuait à empêcher les satellites de prendre des images pendant plusieurs jours, l'évaluation des dégâts ne pourrait pas leur être transmise durant les quatre jours de transit vers leur troisième zone de patrouille. Ils ne connaîtraient alors le résultat de leur mission que lorsqu'ils reviendraient à couple du *McKee*.

Mack prit la vacation sur le satellite de télécommunication. Le *Cheyenne* commença son transit vers la prochaine zone de patrouille, située au nord-est des zones de hauts-fonds et au sud-ouest de Subic Bay, en restant prudemment à l'abri dans la couche. Jusqu'en 1992, les sous-marins classiques américains et alliés s'étaient fait réparer sur des docks flottants dans cette région. Mack devait s'assurer que les sous-marins chinois ne tenteraient pas d'attaquer l'*Arco* durant son passage au large de Subic Bay.

Après la longue traversée de l'océan en remorque, l'*Arco* avait fait escale à Yokosuka. Il serait ensuite amené vers le sud, à l'ouest des Philippines, pour rencontrer le *McKee*. Il devrait traverser la mer de Sulu en évitant l'ennemi qui fourmillait entre les îles Spratly et dans les environs.

L'ouverture de pourparlers entre les États-Unis et les Philippines occupait toutes les conversations à bord du *Cheyenne* pendant les rares moments de répit dont disposait l'équipage. L'un des prétendants à la souveraineté sur les îles Spratly, le gouvernement philippin, venait d'apporter son soutien officiel aux opérations sous-marines menées par la marine des États-Unis et conduites par le *Cheyenne* dans cet archipel. Lors d'une rencontre au sommet tenue soigneusement secrète, les Philippins avaient en outre donné l'autorisation de survol de leur territoire par les missiles du *Cheyenne*.

Certains jeunes officiers s'affirmaient prêts à parier que les Philippines allaient bientôt proposer la réouverture de Subic Bay, au moins tant que durerait le conflit avec la Chine. Les États-Unis accepteraient sans doute le marché, à condition que cela ne leur coûte pas un dollar.

Mack écoutait ses officiers avec intérêt. Il savait que mouiller l'*Arco* à Subic Bay permettrait d'installer un vrai chantier d'entretien pour sous-marins nucléaires à proximité des zones d'opération. Mais il finit par hausser les épaules. « Payer maintenant ou plus tard », pensa-t-il. Dans le fond, cela n'avait pas vraiment d'importance. Avec ou sans l'*Arco,* avec ou sans les commandos, le *Cheyenne* irait là où on lui ordonnerait d'aller et remplirait la mission qui lui aurait été assignée.

9

BONS BAISERS DE RUSSIE

La troisième patrouille se déroula sans incident. Elle fut très courte et le *Cheyenne* ne détecta aucun sous-marin, ce qui ne fut pas pour déplaire à Mack. Il accorda à ses officiers et à son équipage le temps nécessaire pour rattraper le retard pris dans la rédaction des différents rapports et comptes rendus. Mieux encore, ce répit permit aux jeunes embarqués de passer leurs tests de qualification à la navigation sous-marine avec les experts du bord, sous la responsabilité du commandant en second.

Avant de passer les tests de qualification, chacun devait avoir acquis un certain nombre de connaissances, autant à quai qu'en mer, dans le service dont il dépendait : propulsion, armes ou autre.

Ces tableaux de connaissances étaient gérés par les chefs de service, assistés de leurs maîtres adjoints, responsables de la formation technique et de l'entraînement. Le patron du pont s'assurait de la tenue à jour de ces tableaux et attribuait à chacun un poste de quart et une fonction de service au mouillage selon ses compétences. L'officier chargé de la formation rendait compte au commandant en second, dont les fonctions incluaient tout ce qui avait trait au personnel.

Chaque service désignait une commission d'examen composée d'un officier, d'un officier marinier adjoint et d'un spécialiste d'installation, pour faire passer les qualifications successives aux membres de l'équipage. Les officiers devaient remplir le même type d'obligations, mais les commissions d'examen se tenaient à bord sous la présidence du commandant et, à terre, sous la responsabilité du chef d'escadrille et du commandant de l'école de navigation sous-marine.

Une fois les nouvelles qualifications acquises, le commandant en second organisait sans délai une cérémonie à la cafétéria. Il ressentait une satisfaction certaine à épingler les insignes argentés sur l'uniforme de chacun des lauréats, leur accordant ainsi le droit d'ajouter la mention « certifié Navigation Sous-Marine » à leur palmarès officiel.

Les officiers sous-mariniers étaient polyvalents et devaient savoir se débrouiller aussi bien à la machine qu'au CO. Ils passaient successivement les qualifications de chef PCP, avant de prendre leur poste de chef de service énergie, puis d'officier de quart, pour devenir ASM ou Trans. Ils devaient aussi remplir les fonctions d'officier de garde à quai, supervisant les problèmes liés à la propulsion, les travaux à bord, la sécurité générale et remplaçant le commandant en son absence. L'attribution de cette qualification appartenait au seul commandant, dont le jugement était souverain.

La qualification d'ingénieur de quart au PCP d'un sous-marin nucléaire requérait, de plus, un examen écrit à l'école de navigation sous-marine, puis un oral devant un jury d'officiers et d'ingénieurs appartenant aux services chargés de la propulsion nucléaire navale à Washington.

Durant les périodes tendues, l'attribution de cette qualification était en général suspendue car il était impossible aux candidats de quitter leurs bâtiments pour s'acquitter des formalités obligatoires.

Pour les qualifications du ressort du commandant, une commission d'examen se tenait au carré. Elle prenait obligatoirement l'avis du CGO et du commandant en second.

Les officiers reçus se voyaient alors remettre un macaron de sous-marinier doré, deux dauphins entourant la silhouette d'un kiosque, encore plus rare et plus convoité. Après les moments que venait de vivre le *Cheyenne,* Mack avait jugé que tout son équipage méritait l'honneur de porter le macaron et il s'était montré ravi que tous à bord aient saisi l'occasion de passer leur examen.

Mack avait confiance en ses officiers et en leurs qualités professionnelles. Il savait qu'ils avaient appris, au moins sur le plan théorique, à conduire leur sous-marin. Tous les officiers du *Cheyenne* avaient suivi les cours de l'École atomique d'Orlando, en Floride, et avaient eu l'occasion de mettre leurs connaissances en pratique sur l'un des réacteurs à terre, soit à West Milton, dans l'État de New York, soit à Arco, dans l'Idaho, ou encore à Windsor, dans le Connecticut. Cette formation avait duré un an, durant lequel ils avaient dû ingurgiter le contenu d'une quantité phénoménale de documents qui, posés les uns sur les autres, auraient constitué une pile de près de deux mètres de haut ! Et ce n'était pas tout : le cursus se terminait par un stage pratique à l'école de navigation sous-marine de Groton, dans le Connecticut.

Ils embarquaient ensuite sur leur premier sous-marin. Une fois à bord, ils devaient encore étudier de nouveaux documents décrivant les particularités de leur réacteur nucléaire et des installations propulsion, des notices, des guides et, enfin, au moins une bonne vingtaine de documents concernant les opérations du moment.

Mack n'avait donc aucun doute concernant leur formation théorique. Mais la pratique et l'expérience restaient indispensables pour compléter leurs connaissances. Comme toujours, les jeunes chefs de quart devaient apprendre à sentir physiquement leur sous-marin, afin d'être capables de faire surface ou de plonger même durant leur sommeil. Ils devaient pouvoir réagir de façon instinctive, ce qui leur permettrait de faire face aux situations exceptionnelles qui ne figuraient dans aucun manuel.

Les jeunes officiers du *Cheyenne* n'étaient pas les seuls à potasser leurs examens. Le second cherchait à décrocher son certificat d'aptitude au commandement. Il ne pouvait pas savoir que Mack l'avait déjà spécialement recommandé à CTF 74, juste avant le dernier appareillage. La présence à bord de l'*Arco* du chef de la Onzième Escadrille de sous-marins, basée à San Diego et dont dépendait le *Cheyenne,* lui donnerait l'occasion de tenter sa chance lors du prochain passage sur le dock flottant.

Le second avait tout d'abord imaginé que son jury d'examen serait formé de CTF 74, du chef d'escadrille et du commandant du *McKee.* Cet espoir fut déçu lorsque le *Cheyenne* reçut l'ordre de faire route vers Subic Bay au lieu de rester comme prévu au large de Brunei, où il devait retrouver le *McKee* et l'*Arco.* Vu la nouvelle tournure prise par les événements, le second se demandait s'il disposerait d'assez de temps pour passer cette épreuve.

Un message de renseignement indiquait que

l'IUSS (Integrated Undersea Surveillance System) avait détecté plusieurs SNA russes, des Akula II, en route depuis la mer d'Okhotsk vers la mer de Chine méridionale. Et leur nombre ne correspondait pas à ce qu'attendaient les services de renseignement. Les images satellites montraient que trois sous-marins manquaient à Vladivostok et un autre à Petropavlosk, alors que l'IUSS avait détecté sept Akula différents.

De nouvelles informations complétèrent le tableau en annonçant trois autres sous-marins manquants à la Flotte du Nord, dans une base proche de Mourmansk, en péninsule de Kola. Les renseignements avaient focalisé leur attention sur le théâtre du Pacifique et l'appareillage des Akula de la Flotte du Nord, la semaine précédente, leur avait échappé. Ces sous-marins avaient transité sous la banquise avant d'être détectés en mer de Béring. Ils avaient ensuite rejoint les Akula de la Flotte du Pacifique à l'est des îles Kouriles.

D'après les messages, l'*Arco* avait été dérouté vers Subic Bay par mesure de sécurité. S'il avait respecté ses ordres initiaux, il aurait dû effectuer un long transit sous l'unique protection du *Cheyenne* et le risque se révélait beaucoup trop important.

Les mêmes consignes avaient été données au *McKee* afin d'éviter de répéter l'attaque des Kilo chinois, attaque qui avait nécessité l'intervention musclée du *Cheyenne* au retour de sa première patrouille. Le ravitailleur faisait à présent route vers l'abri de Subic Bay, en passant par la mer des Philippines. Il était prévu qu'il arrive là-bas vingt-quatre heures avant le sous-marin.

De toute évidence, les relations sino-russes restaient au beau fixe. Le commandant Mackey le comprit en lisant les messages. Le Président russe, Guennadi Ziouganov, autorisait le transfert de plusieurs Akula II à la marine chinoise, ce qui se révélait plus que préjudiciable pour l'avenir du *Cheyenne*. Encore plus grave, ces ventes se déroulaient si rapidement que les Chinois n'avaient pas le temps de former le personnel de leurs nouveaux sous-marins. Et la Russie ne demandait pas mieux que de fournir des « observateurs », lesquels avaient fini par constituer la majeure partie de l'équipage. Seuls restaient quelques officiers et les interprètes chinois indispensables pour traduire les messages.

Le Président russe avait bien entendu commencé par nier l'existence de cet accord. Toutefois, lorsque les listes des membres de ces équipages fantômes parvinrent à la CIA, il dut cependant reconnaître le « détachement à titre amical » de quelques « instructeurs ». Les États-Unis n'étaient pas dupes. Ce montage politico-militaire évitait aux Russes d'affronter les Américains en face et Mack ne pouvait s'empêcher de réfléchir à la manière dont son gouvernement ne manquerait pas de réagir.

Mais pour le moment, il ne lui appartenait pas de décider.

Quelques jours plus tard, alors que le *Cheyenne* passait au large de Grande Island en direction du complexe de Subic Bay, Mack fut consterné en voyant l'état déplorable dans lequel se trouvait la base qui avait fait la fierté de ses occupants pendant tant d'années. Les bâtiments et les bungalows avaient été détruits et pillés, pas un mur intact ne subsistait après le passage de bandes de vandales.

La base de Grande Island n'avait bien sûr fait l'objet d'aucun entretien depuis le départ des Américains, cinq ans auparavant. Mack s'attendait à ce que le terrain d'aviation de l'ancienne base aéronavale de Cubi Point se trouve dans le même état de délabrement. Cette grande base avait ravitaillé tous les aéronefs en route vers ou depuis les porte-avions déployés en Extrême-Orient.

Lorsque le *Cheyenne* contourna l'île et se dirigea vers les portes de l'*Arco* maintenant grandes ouvertes, Mack put constater qu'il ne s'était pas trompé. A la vue de la végétation qui avait envahi le carré des officiers de Cubi Point, Mack se sentit submergé par une vague de nostalgie et de regret. Il était content que l'escale du *Cheyenne* aux Philippines ne dure que deux jours, juste assez pour ravitailler en armes et en vivres.

Le personnel du chantier attendait à bord du *McKee* et le commandant du *Cheyenne* avait informé son équipage qu'il serait consigné à bord jusqu'à l'arrivée du ravitailleur. En constatant l'état des installations à terre, Mack se trouva conforté dans sa décision, malgré les grognements de l'équipage qui aurait préféré retrouver le plancher des vaches.

Mack avait en outre informé l'ingénieur et son adjoint, responsables de la sécurité classique et nucléaire à bord, que le *Cheyenne* profiterait de l'occasion pour passer quelques-unes des visites de matériels de coque imposées par le règlement des forces sous-marines. Le conflit contre les Chinois ayant l'air de vouloir se prolonger, ces vérifications, qui ne pouvaient se faire qu'au bassin, risquaient de prendre du retard. Les effectuer maintenant, en profitant de l'*Arco,* permettrait au *Cheyenne* de préserver l'intégralité de ses capacités opérationnelles, sans limitation d'immersion ou de vitesse pour ses futures missions.

Observer cette procédure en temps de guerre constituait plus qu'une simple tracasserie administrative. Il était extrêmement important de garantir l'étanchéité et la sécurité-plongée du sous-marin, ainsi que son aptitude à répondre au mieux aux exigences de ses missions.

La garantie de l'étanchéité, qui commençait dès la période de construction du bâtiment, faisait l'objet de contrôles constants durant toute la vie du sous-marin. Les essais effectués incluaient aussi la vérification de la capacité de divers éléments importants à résister au choc d'une explosion proche. L'intégrité de ces composants restait essentielle pour que l'équipage puisse survivre à une attaque ennemie et regagner la surface sain et sauf.

Bien entendu, Mack espérait éviter ce genre de situation. Mais, averti de la présence de sept Akula en route vers la mer de Chine méridionale, il savait que le *Cheyenne* allait devoir se mesurer à forte partie. L'équipage, informé des développements de l'actualité, s'efforça de mener à bien le programme de visite de coque dès que le sous-marin fut à sec dans le dock flottant.

Le *McKee* était en retard. Cela signifiait que le *Cheyenne* ne disposerait que de vingt-quatre heures pour recharger le système de lancement vertical et les rances du poste torpilles. L'*Arco* ne pouvait pas assurer l'embarquement des armes du *Cheyenne,* sauf des munitions pour les armes d'infanterie. Jusqu'à présent, Mack n'avait pas eu besoin d'armes de cette nature et il n'avait de toute façon pas l'intention de s'en servir dans le futur.

L'*Arco,* comme tous les docks flottants, n'avait pas de commandant désigné. Ces chantiers mobiles n'étaient pas officiellement admis au service actif comme bâtiments de la marine américaine et le qualificatif « USS » (United States Ship) ne leur était pas attribué. Un officier en assumait la responsabilité.

En discutant avec l'officier en charge de l'*Arco,* Mack apprit que celui-ci avait réussi à débarquer un régiment du génie et un petit contingent de Seabees sur le *slipway* d'un port de plaisance, à proximité du terrain d'aviation de Cubi, avec pour mission la remise en état des pistes. Étant donné la situation, la réouverture de la base aérienne interviendrait sans doute trop tard pour que le *Cheyenne* puisse compter sur un quelconque soutien lors de ses prochaines opérations. D'un autre côté, pensait Mack, même si les Seabees réussissaient à réparer les pistes, cela ne servirait pas à grand-chose. Les matériels autrefois implantés sur la base ainsi que les radars avaient été dispersés un peu partout dans le monde.

Cela convenait plutôt bien à Mack. Cette guerre avait avant tout pour cadre l'univers sous-marin. Le *Cheyenne* la conduisait presque seul. L'*Arco* apportait un important stock de pièces de rechange sorties des magasins de San Diego. Il transportait en particulier une nouvelle hélice, dont le *Cheyenne* n'avait pas besoin à l'heure actuelle mais qui se révélerait fort utile si une torpille ennemie explosait trop près. Une hélice endommagée limiterait la vitesse du sous-marin et, pire encore, créerait de fortes indiscrétions acoustiques qui risquaient, à terme, de compromettre la survie du bâtiment en temps de guerre (mais même en temps de paix, on ne pouvait tolérer qu'une hélice « chante »).

Le *McKee* arriva à Subic Bay le matin suivant, alors qu'il faisait encore sombre. Il ne s'amarra pas à quai mais se mit à couple de l'*Arco,* au chantier de réparation, juste en bas de la rue qui descendait de l'ancien bâtiment de l'état-major des forces navales. Mack savait que le commandant du *McKee* envisagerait de déplacer son bâtiment après l'appareillage du *Cheyenne*, lorsque ses hommes auraient vérifié qu'il pouvait accoster en toute sécurité. Les quais n'avaient pas été entretenus depuis environ cinq ans et il voulait s'assurer de l'état de la maçonnerie et des bollards avant de s'installer en toute quiétude jusqu'à la fin du conflit.

Une autre bonne raison justifiait ce choix : le quai se trouvait situé dans un chenal étroit, en face du mouillage autrefois réservé aux porte-avions à Cubi Point, et l'entretien d'un sous-marin n'avait jamais été entrepris à cet endroit. Dans le passé, lorsque les États-Unis faisaient fonctionner cette base, les réparations des sous-marins avaient toujours été réalisées dans un chantier spécialement aménagé, pour des raisons de sécurité et de proximité avec les ateliers et les dépôts d'armes.

Lorsque le jour se leva, le *McKee* donna du mou dans les aussières qui le retenaient à l'*Arco*. Le dock flottant purgea ses ballasts afin de s'enfoncer assez dans la mer pour permettre la sortie du *Cheyenne*, qui vint s'amarrer à couple du *McKee*. Pour ne pas prendre de risques inutiles, les deux commandants avaient décidé de ne pas embarquer les armes tant que le sous-marin serait emprisonné à l'intérieur de l'*Arco*.

Lorsque le *Cheyenne* se retrouva dans ses lignes d'eau, l'équipage procéda au remplissage des circuits d'eau de mer et s'assura d'avoir correctement éventé tous les points hauts, pour ne pas emprisonner d'air dans les tuyaux. Lorsque tous les compartiments annoncèrent avoir terminé cette opération, le second fit lancer les diesels et larguer les câbles de terre qui alimentaient le sous-marin en électricité depuis l'*Arco*. Les deux diesels fournissaient l'énergie nécessaire à la surveillance du réacteur, à l'éclairage ainsi qu'à quelques appareils vitaux pour manœuvrer le sous-marin au port. Mack appareilla alors avec, pour seule propulsion, le moteur électrique de secours et le mérou. Sans courant contre lequel lutter, l'opération se déroula lentement mais sans difficulté.

A San Diego, réacteur nucléaire à l'arrêt, le *Cheyenne* aurait demandé l'intervention d'au moins un remorqueur, peut-être de deux si le changement de poste avait eu lieu en dehors d'une période d'étale de la marée.

Quand le *Cheyenne* fut solidement amarré à couple du *McKee,* le second fit rompre du poste de manœuvre et prendre les câbles de terre tandis que l'officier ASM, l'ingénieur et leurs adjoints commençaient l'embarquement des armes et les vérifications préparatoires à la divergence du réacteur. Le commandant Mackey, son second et le CGO se rendirent dans la salle de réunion du *McKee* pour le briefing de préparation de patrouille.

Un nouveau membre participait à cette réunion : le capitaine de vaisseau chef de la Onzième Escadrille de sous-marins basée à San Diego, CSS 11, dont la présence, comme le savait parfaitement Mack, pouvait laissait présager de grands changements ou... ne rien signifier du tout. De toute façon, il en aurait assez tôt le cœur net.

Une fois remplies les formalités d'usage, l'officier chargé du briefing commença son exposé. Il annonça à Mack et à ses hommes que, le *McKee* n'ayant plus besoin de la protection aérienne du groupe aéronaval, CINCPACFLT avait décidé de déplacer l'*Independence* vers une zone située à l'ouest des îles Spratly. Le lieu de la prochaine patrouille du *Cheyenne* allait donc devoir être modifié. Mack devrait maintenant transiter vers une zone située au nord de l'archipel, dans les eaux profondes à présent familières. Cependant, poursuivit le conférencier, si les Akula devaient continuer à faire route vers les Paracels, le *Cheyenne* serait une fois de plus dérouté pour intercepter les trois sous-marins de la Flotte du Nord avant qu'ils aient eu le temps de faire escale pour ravitailler.

Le commandant Mackey, le second et le CGO comprirent que leur prochaine mission allait présenter un caractère éminemment évolutif, en fonction des circonstances et des intentions des Russes. De plus, dans cette zone fréquentée, Mack savait qu'il allait rencontrer beaucoup de bâtiments de surface notamment, en grande partie des navires de commerce appartenant à des puissances non belligérantes. Enfin, de nombreuses plates-formes pétrolières situées au large de Macclesfield Bank limiteraient la liberté de manœuvre du sous-marin. Mack avait pu éviter ce genre de problème durant la dernière patrouille en restant au sud des îles mais, aujourd'hui, ce n'était plus possible.

L'officier rappela ensuite la situation renseignement dans la zone, insistant sur l'information contenue dans le dernier message reçu par le *Cheyenne*. Il appuya en particulier sur le fait que les Akula n'étaient pas armés par des équipages chinois inexpérimentés, mais qu'ils avaient été « prêtés » à la Chine avec un équipage russe entraîné. Il ajouta que la Russie faisait la sourde oreille aux protestations officielles de Washington. Le *Cheyenne* allait donc, pour couronner le tout, jouer le rôle d'un instrument de pression diplomatique : s'il coulait quelques Akula, la Russie cesserait sans doute de fournir du matériel, des armes et du personnel aux Chinois.

Mack prit la parole. Le faible stock de torpilles

restant à bord du *McKee* ne lui permettait pas de partir au plein complet. Le *Cheyenne* ne recevrait que vingt Mk 48 — un peu juste pour affronter sept Akula...

CTF 74 exprima son accord avec l'analyse de Mack mais exigea quand même qu'un stock minimal de torpilles soit conservé à bord du *McKee,* pour ravitailler le *Bremerton* et le *Columbia* lorsqu'ils arriveraient à Subic Bay. Il ajouta que si le *Cheyenne* coulait ne serait-ce que quatre sous-marins ennemis sur sept, le succès remporté serait probablement suffisant pour faire plier la volonté de la Russie. La perte de quatre sous-marins neufs et d'environ quatre cents des meilleurs sous-mariniers russes servirait mieux que toute tractation diplomatique les intérêts de Washington.

Mack était déçu. Il espérait obtenir gain de cause. Après tout, les Seabees étaient déjà au travail. Une fois le revêtement des pistes d'atterrissage de Cubi Point refait, le problème du stock d'armes du *McKee* serait réglé et il ne serait plus nécessaire de rationner.

Avant la fin de la réunion, le second demanda si des interprètes du russe avaient été prévus. CTF 74 lui répondit que deux officiers mariniers russophones de la base navale de Yokosuka avaient été détachés, en plus des deux interprètes de chinois déjà embarqués sur le *Cheyenne.* Ils étaient arrivés à Subic Bay avec l'*Arco* et pratiqueraient la « bannette chaude » avec leurs collègues.

Au terme de la réunion, alors que le second s'apprêtait à rentrer à bord du *Cheyenne,* le chef d'escadrille l'arrêta d'un geste et lui annonça qu'il comptait lui faire passer son test d'aptitude au commandement.

Le second s'était préparé et se sentait au point.

Mais avec le *Cheyenne* déjà au poste de manœuvre, le temps manquait cruellement pour un tel examen.

Le test s'avéra on ne peut plus court puisqu'il se réduisit à l'envoi d'un simple message au directeur du personnel militaire de la marine rendant compte du succès de l'examen et déclarant le second « apte au commandement ». En fait, la recommandation appuyée de Mack et les récents succès du *Cheyenne,* qui démontraient à l'évidence la valeur de son équipage, avaient épargné au second le passage devant un jury. CSS 11 n'avait pas hésité à prendre quelques libertés avec la procédure.

Pour autant, cette promotion à venir n'allait pas le faire débarquer immédiatement du *Cheyenne.* Il fallait d'abord en finir avec cette guerre contre les Chinois. Puis il suivrait le stage de commandement, étape impossible à sécher.

Le *Cheyenne* appareilla au milieu d'un grain violent. Le radar du sous-marin venait d'être réglé par les techniciens du *McKee* et Mack se sentait capable de rejoindre son point de plongée en sécurité, en s'aidant juste de cet instrument, à condition qu'aucun bâtiment chinois n'ait la mauvaise idée de le surprendre et de l'attaquer pendant le transit.

Conscient du danger, Mack décida de passer le radar de navigation en puissance réduite, ne conservant que l'énergie nécessaire à la détection des côtes proches. Le *Cheyenne* devrait arrêter son émetteur de temps en temps et repasser en ESM pour intercepter les radars des bâtiments de surface ennemis éventuellement présents dans la zone.

— Une fois de plus, nous avons de quoi nous occuper, dit Mack à ses officiers tandis que ceux-ci se dépêchaient d'avaler leur dîner.

Compte tenu du nombre d'Akula qui nous arrive dessus, nous allons devoir faire preuve d'imagination dans nos engagements. Nous pourrions même devoir fuir devant eux et je crois que nous n'allons pas beaucoup dormir dans les jours qui viennent.

Il avait raison. Deux heures après la plongée, cette nuit-là, le sonar prit un contact faible sur un Akula dans le nord. Lorsque Mack arriva au PCNO après le dîner, la DLA lui annonça une première estimation de la distance, évaluée à 63 000 mètres. Mack collationna l'information et ordonna à l'officier de quart de rappeler au poste de combat, au CO et au poste torpilles.

Pour l'instant aucun indice ne trahissait la présence d'autres sous-marins russes. Juste une série de raies basses fréquences, identifiées comme celles d'un Akula qui présentait une anomalie acoustique grave, un pont sonore reliant la coque épaisse aux turboalternateurs.

— Disposez les tubes 1 et 2, ouvrez les portes avant, ordonna Mack.

Le *Cheyenne* avait l'habitude de se préparer à lancer aussi tôt que possible et le plus loin possible de l'ennemi. Mais cela revêtait encore plus d'importance en présence d'un SNA généralement silencieux et performant comme l'Akula.

Les Akula remorquaient aussi une antenne. Les services de renseignement n'avaient pas réussi à obtenir grand-chose sur les caractéristiques techniques de ces équipements. Mack avait donc ses propres hypothèses. Il avait décidé de jouer la sécurité et de considérer que l'antenne russe présentait des capacités au moins équivalentes à leur TB-16. De la même façon, il supposait que leur sonar de coque correspondait à peu près à un BQQ-5A, le plus performant des sonars digitaux américains.

— Commandant, les tubes 1 et 2 sont parés, portes avant ouvertes, annonça le second quelques instants plus tard.

— Bien, répondit Mack d'une voix neutre.

Le *Cheyenne* avait déjà affronté de nombreux ennemis et il avait été servi par la chance dans certains engagements. Cette fois-ci, la situation paraissait bien plus périlleuse.

L'Akula faisait route à l'ouest, ce qui, étant donné les remontées de fond, le plaçait dans une position de détection plus favorable que le *Cheyenne.* Mack poursuivait sa progression, avec l'intention de déterminer une solution et d'attaquer avant que l'Akula n'arrive à proximité des côtes, le long desquelles il aurait disparu. Mack estimait que les autres sous-marins russes ne devaient pas se trouver bien loin, mais il n'avait aucun contact. L'océan restait bel et bien vide.

L'Akula défilait lentement droite tandis que le *Cheyenne* s'en approchait. Il n'apparaissait toujours que sur l'antenne linéaire remorquée, sans donner aucun contact sur le sonar de coque ou les antennes de flanc. Mais cela suffisait.

En quelques tronçons, les azimuts et les fréquences obtenus par la TB-23 et traités par les trois consoles du BSY-1 permirent de déterminer une bonne solution. Lorsque les opérateurs furent satisfaits des éléments adoptés sur ce qui était devenu le but 74, le commandant ordonna l'attention pour lancer.

L'officier ASM annonça une route du but au 2-7-0, à la vitesse de 8 nœuds et à une distance de 20 000 mètres.

— Recalez le 74 sur le dernier bien pointé sonar et lancez, tubes 1 et 2.

— Recaler sur le dernier bien pointé et lancer, tubes 1 et 2, collationna l'officier ASM... Tubes 1 et 2, feu !... Tubes 1 et 2, torpilles parties, ajouta-t-il quelques secondes plus tard.

— *CO de sonar, deux torpilles à l'écoute, lancement nominal,* rendit compte l'opérateur tandis que les torpilles exécutaient leurs manœuvres d'espacement et entamaient leur long transit à petite vitesse.

— Sonar de CO, bien reçu, répondit Mack.

Au cours du dîner précédent, il avait demandé à ses officiers de faire preuve d'un peu d'imagination. Il ne l'avait pas oublié.

— ASM, appela-t-il. Faites venir la torpille 1 de 30 degrés à droite, 30 degrés à gauche pour la 2.

Les opérateurs DLA comprirent aussitôt les intentions de Mack et apprécièrent l'idée. Lorsque les torpilles se trouveraient assez proches du but pour le prendre en passif, Mack les ferait à nouveau évoluer. Elles sembleraient alors provenir de deux sous-marins différents, l'un dans l'est et l'autre dans l'ouest, au lieu du seul et unique *Cheyenne* dans le sud.

— Quand faudra-t-il faire évoluer les Mk 48 ? demanda Mack.

— Dans un peu plus de vingt-trois minutes si les éléments du but ne changent pas, commandant, répondit l'officier ASM.

A l'heure dite, Mack modifia la trajectoire de ses armes qui mirent le cap vers le sous-marin ennemi.

— Combien de temps avant les perceptions ? demanda Mack.

— Neuf minutes, commandant.

L'officier ASM avait annoncé sa meilleure estimation. Il avait tort. A peine quatre minutes plus tard, il rendit compte de perceptions sur la torpille numéro 2 puis, après quelques instants, également sur la torpille 1.

— Perceptions torpille 1, mais le but contre lequel l'arme se dirige n'est pas le 74.

Cela ne pouvait signifier qu'une seule chose : chacune des Mk 48 avait détecté un Akula différent, le 74 et un bonus. Mack n'avait pas le temps de célébrer l'événement.

— Larguez les gaines, fermez les portes avant et rechargez les tubes 1 et 2, ordonna-t-il.

L'océan ne resta pas longtemps silencieux.

— *CO de sonar,* annonça le chef de module d'une voix tendue. *Alerte torpille ! Deux torpilles, azimuts 3-5-0 et 0-1-0.*

En entendant les relèvements des deux armes ennemies, Mack sourit intérieurement. L'un au moins des deux Akula avait lancé dans les azimuts des torpilles qu'il avait détectées. Mais la ruse de Mack avait fonctionné. Les torpilles russes ne se dirigeaient pas vers le *Cheyenne.*

— *CO de sonar, on dirait un vrai nid de frelons, à l'écoute. Il y en a partout.*

Six nouveaux contacts sur l'antenne sphérique, en plus du 74, traduisaient que les Akula avaient accéléré. Mais, en même temps, ils amorçaient une manœuvre vers le sud afin d'éviter les Mk 48. La variation de site des bruiteurs qui parvenaient à l'antenne sphérique indiquaient en outre que les Akula descendaient en immersion et allaient bientôt se trouver dans la même tranche d'eau que le *Cheyenne.*

— En avant, vitesse maximum. Cavitation interdite. Immersion 300 mètres, ordonna Mack.

Le *Cheyenne* se trouvait déjà à grande immersion et sous la seconde couche thermique. Il lui fallut donc moins d'une minute pour atteindre la vitesse maximum, route au nord, à l'immersion de 300 mètres. En relèvement constant sur les Russes, Mack allait jouer les kamikazes, tout comme les Chinois quelques jours plus tôt. A la différence de ces derniers, Mack ne pensait pas avoir été détecté, même à sa vitesse actuelle. La distance était trop grande et les Akula fonçaient pour échapper aux Mk 48. Leurs opérateurs sonar suivaient en priorité les torpilles et n'accordaient au secteur avant qu'une attention limitée.

— *CO de sonar, deux explosions, azimuts 3-5-9 et 0-0-2, distance difficile à déterminer, quelque part entre 16 000 et 18 000 mètres.*

Mack saisit le téléphone autogénérateur de l'officier de quart et s'adressa aux officiers et à l'équipage du *Cheyenne.*

— *Ici le commandant. Messieurs, nous venons encore de gagner une bataille. Excellent travail. Il reste encore un certain nombre de SNA russes dans les parages, et je suis prêt à parier que nos exploits ne les remplissent pas de joie.*

Malgré ces victoires, Mack ne voulait pas faire rompre du poste de combat avant d'avoir la certitude de l'éloignement des autres Akula qui, pour l'instant, continuaient toujours leur route au sud en rapprochement rapide.

— *CO de sonar, nous interceptons de multiples émissions de téléphone sous-marin dans des azimuts compris entre le 3-5-5 et le 0-0-5.*

Les Akula avaient ralenti et cherchaient à s'identifier les uns les autres. Les interprètes de russe traduisirent les communications et permirent d'entrer de nouvelles données dans le BSY-1 en interceptant les distances transmises par les cinq derniers Akula.

Le commandant Mackey fit rentrer l'antenne linéaire remorquée. Le sous-marin n'en aurait pas besoin pendant le combat au corps à corps dans lequel il se lançait.

— Disposer les tubes 3 et 4, ouvrir les portes avant.

— Disposer les tubes 3 et 4, ouvrir les portes avant, bien reçu.

Malgré l'euphorie du succès, les officiers et l'équipage du *Cheyenne* conservaient rigueur, efficacité et professionnalisme. Dès qu'il reçut la confirmation de l'exécution des ordres de la part du poste torpilles, le second rendit compte au commandant Mackey.

— Commandant, les tubes 3 et 4 sont parés, portes avant ouvertes.

— Bien.

La DLA entretenait une solution sur deux des cinq Akula seulement, les trois autres restant invisibles, mais le *Cheyenne* tenait à présent le contact sur toutes ses antennes sonar. Lorsque l'opérateur du BSY-1 et le coordinateur DLA furent satisfaits des solutions adoptées sur les buts 76 et 80, Mack ordonna :

— Attention pour lancer, tube 3 sur le but 76, tube 4 sur le 80.

L'officier ASM annonça la solution adoptée sur les deux buts et rendit compte qu'il était prêt à lancer.

— Recalez sur le dernier bien pointé et lancez, tubes 3 et 4.

— Tubes 3 et 4, feu !... Tubes 3 et 4, torpilles parties !

— *CO de sonar, lancement nominal, j'ai les deux torpilles à l'écoute.*

Comme les Mk 48 que le *Cheyenne* avait lancées contre les deux premiers Akula, celles-ci étaient programmées pour naviguer à petite vitesse jusqu'à obtenir des perceptions. Alors, elles accéléreraient et quitteraient leur immersion de recherche. Quand elles franchiraient la couche, les torpilles passeraient en actif et accéléreraient jusqu'à leur vitesse d'attaque.

— Sonar de CO, bien reçu, répondit le commandant.

— Perceptions estimées dans quatorze minutes, commandant, annonça l'officier ASM, précédant la question habituelle de Mack.

Au CO, tous retenaient leur souffle en attendant que les Mk 48 approchent de leurs buts.

— Perceptions continues sur les deux torpilles, je les lâche en autoguidage.

— *CO de sonar, les 76 et 80 accélèrent et cavitent fortement.*

Le sonar annonça le lancement de leurres par les deux Akula. Mack répondit en ordonnant de reprendre les deux torpilles en manuel. Pour obtenir une séparation en azimut entre les leurres stationnaires et les Akula à grande vitesse, Mack fit évoluer le *Cheyenne* de 90 degrés vers la gauche.

Dès l'arrivée au nouveau cap, le sonar détecta les trois autres Akula. Ils se trouvaient au nord-ouest de ceux que le sous-marin attaquait et faisaient route vers les Paracels.

Lorsqu'une séparation en azimut suffisante fut obtenue, l'officier ASM ramena ses torpilles sur les buts. Elles obtinrent tout de suite des perceptions et furent à nouveau lâchées en autoguidage.

— Larguez les gaines, fermez les portes avant et rechargez les tubes 3 et 4, ordonna le commandant. Disposez les tubes 1 et 2 et ouvrez les portes avant.

Il ne pensait pas avoir à relancer mais préférait se tenir prêt à réagir rapidement plutôt que d'avoir à le regretter ensuite.

— *CO de sonar, alerte torpille ! Quatre torpilles, azimuts 3-5-8, 3-5-9, 0-0-6 et 0-0-8. Les deux Akula ont lancé.*

— Relancez sur les 76 et 80 dès que les tubes 1 et 2 seront parés.

Mack savait que l'heure était venue pour le *Cheyenne* de dérober, avec tous les moyens dont il était capable. Dès le lancement des tubes 1 et 2, il fit fermer les portes avant, larguer deux leurres et prendre les dispositions de grenadage.

— Ouvrez les purges des ballasts 3 et 4. Chassez dix secondes aux ballasts 3 et 4.

Dans un grondement de tonnerre, une énorme bulle d'air se forma au milieu de la masse d'eau et commença sa lente ascension vers la surface. Pendant quelques minutes, cette bulle offrirait un excellent écho aux autodirecteurs des torpilles russes.

Les Akula s'éloignaient. Mack comptait sur les contre-mesures et la bulle pour attirer les torpilles ennemies. Il aurait pu profiter de cette situation favorable pour tenter de s'échapper mais cela n'entrait pas dans ses intentions. Il allait poursuivre les Akula, qui ne s'y attendraient certainement pas.

Le *Cheyenne* fonçait à vitesse maximum, en route au 2-7-5, à l'immersion de 300 mètres, alors que les torpilles russes entraient dans le baffle, accrochées sur les leurres. Le sonar n'entendit pas les deux dernières Mk 48 accélérer à vitesse d'attaque.

— *CO de sonar, deux explosions secteur nord...* commença l'opérateur sonar. Il s'interrompit au milieu de sa phrase... *Deux explosions supplémentaires, également dans le nord, on ne voit qu'elles sur les consoles, commandant.*

Il ne pouvait cependant pas donner de précisions complémentaires quant à la distance de ces deux explosions. La réverbération trop importante interdisait de déterminer les trajets directs et réfléchis. Cependant, après ces quatre explosions, Mack était à peu près certain que ses torpilles avaient trouvé leurs buts. Quelques instants plus tard, le sonar confirma les suppositions du commandant. Des bruits caractéristiques d'implosion et d'envahissement par l'eau provenaient de l'azimut des SNA russes qui avaient commencé leur dernière descente vers le fond de la mer de Chine méridionale. En surface, quatre taches huileuses s'agrandissaient lentement, au centre desquelles remontaient quelques débris, seuls restes visibles du drame qui venait de se jouer.

« Quatre sur sept, pensa Mack. J'ai rempli la mission fixée par CTF 74. Mais je devrais pouvoir en accrocher encore un ou deux à mon palmarès. » Le *Cheyenne* s'attaquerait aux trois autres s'il réussissait à les rattraper avant qu'ils ne pénètrent dans les petits fonds entourant les Paracels.

Tout d'abord, il devait s'assurer que les Russes ne disposaient d'aucun soutien extérieur, avion, bâtiment de surface ou sous-marin. Il effectua une abattée d'écoute au-dessus de la couche et ne reprit que les trois Akula.

Satisfait, Mack ramena le *Cheyenne* sous la couche. Il en profita pour rompre du poste de combat et se lancer à la poursuite des Russes, en direction des Paracels. Il fit sortir la TB-16 pour garder le contact même à vitesse forte. Il comptait bien la laisser ainsi jusqu'à l'approche des hauts-fonds.

Le *Cheyenne* poursuivit sa route à l'immersion de 210 mètres et fit rompre des dispositions de grenadage.

Mack réunit son état-major après l'analyse de l'attaque par le second et le CGO. Le *Cheyenne* s'était remarquablement comporté mais quelque chose gênait Mack. De toute évidence, le chef d'état-major chinois avait maintenu les ordres stricts donnés quelques jours plus tôt. Que des Chinois obéissent aussi aveuglément à ces consignes, Mack pouvait le concevoir, mais des

Russes ? Pourquoi eux aussi avaient-ils choisi de se suicider en continuant vers les torpilles ? Ils n'étaient pas en guerre contre les États-Unis et ils n'avaient aucune raison majeure de se sacrifier au combat. Pourtant, ils l'avaient bel et bien fait.

Cela n'avait pas de sens. Pas avec des équipages russes à bord de ces Akula.

Les officiers échangèrent leurs réflexions, mais aucun d'entre eux ne trouva une explication acceptable pour Mack. Celui-ci classa momentanément le sujet mais se promit de le garder à l'esprit. Il prendrait cet élément en compte la prochaine fois qu'il se trouverait engagé dans un face-à-face contre un Akula.

Alors que le *Cheyenne* ralentissait en approchant des hauts-fonds des Paracels, le sonar reprit le contact sur de nombreux bâtiments de commerce ainsi sur les trois Akula.

Des bruits biologiques perturbaient la détection sonar et servaient les intérêts russes. Se cacher à proximité d'un grand nombre de bâtiments de commerce était une vieille ruse, à laquelle Mack ne se laisserait pas prendre. Il ordonna au sonar une exploration minutieuse de tous les contacts et des biologiques. Un vieil adage affirmait que derrière chaque biologique se cachait un sous-marin. Mack allait s'employer à le vérifier.

La recherche se révéla longue et laborieuse mais, en fin de compte, fructueuse. Le sonar détecta un Akula au moment où il allait franchir le talus et entrer dans les petits fonds. Il était temps. Le *Cheyenne* rentra une partie de son antenne linéaire remorquée afin de ne pas l'endommager. C'était un risque que Mack ne voulait pas prendre, surtout que ni l'*Arco* ni le *McKee* ne disposaient d'antennes de rechange. Si les Seabees remettaient en état les pistes de la base de Cubi Point avant la fin du conflit, les pièces arriveraient rapidement par voie aérienne. D'ici là, le temps de transit par bateau restait prohibitif et le *Cheyenne* devrait prendre soin de son antenne.

Mack la fit rentrer au moment où le *Cheyenne* franchissait la ligne de sonde des 200 mètres. Dans peu de temps, les Akula arriveraient tranquillement à quai. Malgré ses intentions premières, il allait donc devoir attaquer à courte distance.

Mack rappela au poste de combat lorsque la distance de l'Akula approcha des 13 500 mètres. Presque au même moment, le sonar détecta des bruits de chasse de deux sous-marins faisant surface dans le 3-4-5 et le 3-5-0. Le *Cheyenne* était paré : deux portes avant étaient déjà ouvertes.

— Lancement d'urgence, tubes 1 et 2, respectivement azimut 3-4-5 et 3-5-0, ordonna Mack.

Il n'avait aucune idée des numéros attribués à ces buts, mais cela ne lui importait guère. Lancer d'abord, discuter ensuite.

Comme à chaque lancement d'urgence, les Mk 48 devraient se débrouiller seules pour détecter, poursuivre et couler les Akula. Mack avait confiance. Les Russes allaient accélérer dès qu'ils auraient fait surface et, cavitant fortement, ils n'entendraient pas les torpilles qui arrivaient dans leur baffle.

Il avait raison. Les deux torpilles, correctement réglées pour fonctionner en petits fonds, prirent comme prévu les Akula en chasse. Elles explosèrent juste sous leurs buts, déchirant leur coque et envoyant les SNA russes reposer sur le récif de corail.

— CO de sonar, explosions dans l'azimut des torpilles. On dirait des boules de sapin de Noël qui se brisent sur le sol !

Deux des Akula s'échouèrent volontairement après l'impact des Mk 48, espérant sauver leurs équipages. Mack les laissa faire. Il ne cherchait pas à tuer des marins russes mais plutôt à détruire leur sous-marin.

Le *Cheyenne* remonta à l'immersion périscopique dans trente mètres d'eau, juste à temps pour voir le troisième Akula disparaître sans encombre à l'horizon. Mack regrettait de ne pouvoir s'approcher des Akula à quai. Il aurait aimé montrer ce soir-là à l'équipage un film très spécial : les marins russes sautant à l'eau après l'impact d'une Mk 48 sur le dernier Akula, amarré au port.

Il sourit en lui-même tout en donnant des ordres pour que le *Cheyenne* reprenne le chemin des grands fonds. Il devrait se contenter de *La Mélodie du bonheur,* l'un de ses films préférés. A moins, pensa-t-il en souriant, qu'il se fasse projeter *Bons baisers de Russie...*

10

SAUVETAGE

Un message VLF reçu par l'intermédiaire de l'antenne filaire fixa de nouveaux ordres au *Cheyenne.* Mack ne cessait de s'interroger sur la livraison des Akula aux Chinois et se demandait à quelles autres mauvaises surprises il allait devoir faire face avant la fin de ce conflit.

Une de plus, au moins, comprit-il en lisant le dernier message.

Mack demanda au second de rassembler les officiers au carré pour un briefing qui commencerait une demi-heure plus tard. Puis il se rendit dans sa chambre et relut une nouvelle fois la planchette message. Il aurait pu réunir ses hommes immédiatement, mais il souhaitait étudier le texte en détail.

Trente minutes plus tard, le commandant s'assit à sa place, au bout de la table du carré, devant ses officiers. Mack coupa court aux salutations et aux plaisanteries d'usage. Il commença à parler dès que le silence se fit, en désignant d'un signe de tête le message posé sur la table devant lui.

— Comme vous vous en doutez, je vous ai convoqué pour vous présenter les nouveaux ordres de mission que nous venons de recevoir. Vous vous souvenez tous, j'en suis certain, du

Benthic Adventure, le bâtiment de prospection de la United Fuels Corporation. Il a été arraisonné par les Chinois en février dernier, ce qui a fourni le prétexte au déclenchement du conflit dans lequel nous sommes actuellement engagés. Jusqu'à présent, les Chinois utilisaient ce bâtiment pour des forages, afin de délimiter les champs pétrolifères des îles Spratly.

Il s'arrêta un instant pour jeter un coup d'œil circulaire à ses officiers.

— Et si je dis « utilisaient », c'est parce qu'à 23 heures hier soir, une équipe de fusiliers marins commandos a quitté l'*Independence* en hélicoptère, s'est infiltrée à bord du *Benthic Adventure* et en a repris possession. Ce qui signifie, entre autres, que nous n'avons plus de souci à nous faire concernant l'installation éventuelle de l'ASDS. Les Chinois devront comprendre que ce bâtiment est de nouveau sous le contrôle de son propriétaire légitime.

Mack ne put s'empêcher de sourire en pensant à la réaction de l'état-major chinois lorsqu'il apprendrait l'affaire. Puis il soupira et poursuivit.

— Bien entendu, plus tard les Chinois seront mis au courant, mieux nous nous porterons. Le *Benthic Adventure* est en train de s'éloigner des îles Spratly sous la protection du *Gettysburg* et du *Princeton,* deux croiseurs antiaériens de type Ticonderoga. Nous devons rejoindre et escorter ce convoi dès qu'il aura quitté les petits fonds autour des Spratly. J'ai déjà donné des consignes au CGO pour tracer la route la plus rapide jusqu'au nouveau point de rendez-vous.

Le commandant leva la séance après avoir répondu à quelques questions puis se rendit au CO pour examiner la carte avec le CGO.

A quelques centaines de nautiques de là, d'autres commandos avaient également été infiltrés sur quelques-unes des îles Spratly pour commencer à fortifier leurs positions et à installer des batteries de missiles antiaériens Stinger. Durant les quelques jours à venir, leurs camarades embarqués sur le *Benthic Adventure* feraient le maximum pour protéger ce bâtiment des attaques chinoises.

Mais la véritable protection du *Benthic Adventure* reposait sur des croiseurs Aegis, le *Princeton* (CG 59) et le *Gettysburg* (CG 64), deux des bâtiments de surface les plus puissants de toute la marine américaine.

Les bâtiments Aegis avaient été conçus pour protéger les porte-avions américains des attaques aériennes massives des Soviétiques. Ces bâtiments avaient aussi reçu les équipements les plus récents en matière de lutte anti-sous-marine et anti-surface. Tous deux avaient appareillé de Pearl Harbor avec le groupe aéronaval de l'*Independence* et avaient navigué auprès du porte-avions jusqu'à la reprise du bâtiment de prospection de la United Fuels par les commandos. L'amiral commandant le groupe aéronaval détacha alors le *Princeton* et le *Gettysburg,* qui firent route à vitesse maximum vers la position du *Benthic.*

Tous se sentiraient rassurés lorsqu'ils auraient atteint des eaux plus profondes. Ils seraient alors rejoints par le *Cheyenne,* qui prendrait le relais pour assurer la défense anti-sous-marine. Les deux hélicoptères Seahawk de chacun des bâtiments n'avaient cessé de voler à la recherche d'une hypothétique menace sous-marine, mais ces SH-60 ne valaient pas le *Cheyenne* pour ce genre d'opération.

— A quelle heure atteindrons-nous notre point de rendez-vous ? demanda Mack.

Le CGO leva les yeux de la carte qu'il était en train d'étudier. Conformément aux ordres, le *Cheyenne* se trouvait à 120 mètres d'immersion, à la vitesse de 26 nœuds. Il approchait des Spratly par le nord et avait déjà dépassé les Paracels.

— Nous devrions y être dans sept heures, répondit-il.

— Faites une abattée d'écoute rapide et remontez à l'immersion périscopique si c'est clair, ordonna le commandant. Je veux envoyer un message au *Gettysburg* pour lui indiquer notre heure d'arrivée probable.

Le *Cheyenne* remonta à 20 mètres et hissa la multifonction pour transmettre son message au satellite SSIXS. Le sous-marin remorquait son antenne TB-23 depuis maintenant plusieurs heures mais il n'avait détecté aucun contact, à part un grand nombre de biologiques, particulièrement actifs dans cette partie de la mer de Chine méridionale.

Dès que le *Cheyenne* aurait rejoint les bâtiments de l'escorte, le commandant Mackey recevrait la responsabilité des opérations sous-marines. Le *Benthic Adventure* resterait au centre du groupe, encadré sur bâbord par le *Gettysburg* et sur tribord par le *Princeton*. Afin de surveiller leur secteur arrière, les Ticonderoga tireraient des bords en remorquant leur antenne linéaire SQR-19. Leurs hélicoptères SH-60B assureraient la couverture radar à longue distance, au-delà de l'horizon. Le *Cheyenne* recevrait la responsabilité du secteur avant. Le groupe formerait ainsi un cercle de défense pour assurer la protection du précieux bâtiment.

Le temps s'écoula rapidement. Cinq heures et demie plus tard, le chef du module sonar avertit le commandant qu'il avait détecté les croiseurs Ticonderoga dans le sud. Mack ordonna alors de remonter à l'immersion périscopique et de transmettre aux croiseurs la position du *Cheyenne*, la nouvelle heure estimée du rendez-vous et les fréquences que Mack avait fait afficher sur les deux bruiteurs.

Les opérateurs sonar du *Princeton* détectèrent peu de temps après les raies du *Cheyenne* et classifièrent le contact. Pour calculer sa route de chasse, Mack avait estimé la vitesse du groupe à 12 nœuds, la vitesse maximale du *Benthic Adventure*. Les trois bâtiments se trouvaient en effet à moins de 5 nautiques du point visé par Mack.

En réponse à son message, le *Cheyenne* reçut sur liaison 11 une mise à jour de la situation tactique. Le groupe faisait route au 2-7-0 à 11, 5 nœuds, en direction de l'USS *Independence*.

Les services de renseignement avaient décelé la présence de nombreux bâtiments de surface chinois entre les Spratly et le groupe aéronaval. Cependant, Mack restait confiant. Le *Cheyenne* assurerait la protection contre les sous-marins chinois et les croiseurs Aegis se joueraient sans peine des menaces de surface ou aériennes.

Dès que les trois bâtiments eurent quitté les petits fonds proches des Spratly, le *Cheyenne* se retrouva dans son élément. Mack ordonna à l'officier de quart de descendre à 120 mètres et de patrouiller dans une boîte à l'avant du groupe.

En pratiquant la tactique du *sprint and drift*, comme précédemment, Mack tenait un poste à une dizaine de nautiques en avant de la force. Moins d'une heure plus tard, le *Cheyenne* prit son premier contact. La TB-23 recevait un spectre de raies puissantes, de toute évidence émises à une distance importante. Le bruiteur ne devait faire aucun effort pour rester discret. Il fallut attendre un peu plus d'une heure avant que le module sonar ne rassemble assez d'éléments pour proposer une classification et obtenir une bonne approximation de la distance.

— *CO de sonar, deux contacts classifiés sous-marins certains, azimut 3-1-0, probablement en deuxième zone de convergence. Le nombre de tours ligne d'arbre donne une vitesse de 13 nœuds, en rapprochement.*

A ce moment, le *Cheyenne* se trouvait à 13 000 mètres sur l'avant du *Benthic Adventure* et les sous-marins ennemis à environ 60 nautiques.

Mack ne se faisait aucune illusion quant aux ordres reçus par les deux Chinois. Ils faisaient route dans leur direction, dans le but d'intercepter le convoi et de détruire le maximum de bâtiments américains. Leur azimut nord-ouest indiquait qu'ils devaient venir de la base navale de Zhanjiang.

Mack ne savait pas si la nouvelle de la libération du *Benthic Adventure* était parvenue jusqu'en Chine. Il était cependant certain que, dès que les dirigeants chinois en auraient eu vent, ils feraient tout leur possible pour envoyer ce bâtiment par le fond et contrarier les plans des États-Unis.

— *CO de sonar,* appela l'opérateur, *les deux contacts sous-marins ont été formellement identifiés comme des sous-marins diesels de type Romeo. Je les estime à 50 nautiques, distance entre eux d'environ 9 000 mètres. Leur vitesse est constante, stable à 13 nœuds si j'en crois le nombre de tours ligne d'arbre. Ils doivent être drôlement pressés pour tirer autant sur leurs vieilles bailles.*

Les Romeo étaient des sous-marins obsolètes, souvent hors d'âge, mais constituaient le gros de la flotte sous-marine chinoise. D'après la dernière mise à jour de l'ordre de bataille, Mack pensait que les Chinois pouvaient mettre en œuvre une quarantaine de ces bâtiments — avant le début du conflit, évidemment.

— Commandant, annonça l'officier Trans en se raclant la gorge afin d'attirer l'attention de Mack, le *Gettysburg* vient de nous envoyer un message. Leurs radars ont détecté trois contacts, qu'ils pensent être des bâtiments lance-missiles. Ils demandent si nous confirmons l'information et si nous avons détecté d'autres intrus dans les parages.

Mack analysa la situation en un clin d'œil et décida de revenir à l'immersion périscopique pour avertir les croiseurs de la présence des Romeo. Mais avant d'avoir eu le temps de commencer la remontée, le sonar annonça une nouvelle détection.

— *CO de sonar, nouveaux bruiteurs, un groupe de cinq patrouilleurs rapides en route vers nous, à peu près dans le même azimut que les Romeo, vitesse 12 nœuds. Ils naviguent en formation serrée.*

Mack se rendit au local sonar pour suivre en direct l'évolution de la situation.

— Commandant, il n'y a plus aucun doute, ce sont des Chinois. Sans doute des patrouilleurs de type Hainan.

Mack en savait assez. Il sortit et se précipita au CO. Il fallait avertir les bâtiments qu'il était chargé d'escorter, et sans tarder.

— Remontez à l'immersion périscopique au galop, on ne fera pas d'abattée d'écoute, ordonna-t-il avant même d'avoir franchi la porte du CO.

— Vingt mètres, bien commandant.

Dans des circonstances normales, le *Cheyenne* se serait arrêté à 40 mètres après avoir traversé la couche, mais Mack ordonna de remonter directement à l'immersion périscopique. Le temps manquait pour suivre la procédure habituelle et il était persuadé de détenir une situation tactique assez précise pour ne pas prendre de risques inconsidérés.

Aussitôt le message transmis, le *Cheyenne* redescendit à 75 mètres sans attendre de réponse. Il recevrait l'accusé de réception un peu plus tard, en plongée profonde, sur le TRAM VLF de la force navale.

A bord du *Gettysburg*, le commandant du convoi prit immédiatement conscience de la gravité de la situation. Il ne devait pas trop s'inquiéter des sous-marins, ceux-ci étaient du ressort du *Cheyenne*. Le commandant Mackey et son équipage jouissaient d'une confiance absolue de sa part. L'affaire des bâtiments de surface se présentait en revanche beaucoup moins bien. Le problème lui appartenait, mais l'entraînement de ses forces devrait lui permettre de faire face sans trop de difficulté.

Le *Princeton* fit décoller de toute urgence un de ses hélicoptères Seahawk dans la direction du groupe de combat chinois. Afin d'augmenter son autonomie, le SH-60 n'avait pas été armé pour cette mission. Il devait prendre le temps de quadriller la zone et recueillir des informations précises sur les bâtiments chinois en route vers les Ticonderoga et le *Benthic Adventure*. Les SH-60 du *Gettysburg*, équipés chacun d'un sonar trempé et de deux torpilles, se tiendraient parés à décoller au cas où le *Cheyenne* demanderait assistance.

Trois cents mètres au-dessus de la mer de Chine méridionale, le Seahawk 309 de l'USS *Princeton* balayait la mer à l'aide de son puissant radar. Une fois à l'altitude de 4 000 mètres, il ne lui fallut pas longtemps pour détecter les assaillants.

Le sonar du *Cheyenne* avait perçu le décollage du SH-60.

— *CO de sonar, contact sur un hélicoptère proche défilant rapidement*, annonça l'opérateur, *un Américain.*

Mack n'avait pas de temps à perdre avec ce contact sans signification particulière pour lui. Le *Cheyenne* devait se débarrasser en priorité de ces deux Romeo, les buts 83 et 84, et Mack avait l'intention de s'en occuper avant qu'ils ne puissent exercer la moindre menace sur le convoi.

— Réglez la vitesse à 32 nœuds, ordonna-t-il.

Les Romeo arriveraient en portée des Mk 48 du *Cheyenne* dans une heure, un peu moins s'ils continuaient à leur vitesse actuelle. Mack rappela au poste de combat.

Le *Cheyenne* accéléra à 32 nœuds. Mack garda son antenne remorquée sortie pour tenter de suivre la situation tactique malgré la vitesse élevée.

Les patrouilleurs chinois avançaient en toute confiance. Les cinq Hainan avaient appareillé de la base navale de Zhanjiang quelques heures auparavant, peu après le départ des Romeo. Les Chinois avaient décidé de déployer massivement leur marine. Dès qu'il avait appris la reprise du *Benthic Adventure,* le commandant de la Flotte de la mer de Chine, le vice-amiral Wang Yongguo, avait donné l'ordre de le couler à n'importe quel prix. Il ordonna à tout bâtiment non engagé dans une mission offensive de se ruer à l'attaque de la maigre force qui escortait ce bâtiment.

Il s'agissait plus d'une question de fierté nationale que d'une réelle nécessité militaire, mais cette décision avait été prise par Yongguo lui-même. Le bâtiment américain se trouvait encore dans les eaux territoriales chinoises, contestées sans doute, mais chinoises tout de même, après l'invasion des Spratly.

Les Hainan étaient en général considérés comme des patrouilleurs ordinaires, sans qualités ni défauts particuliers. Armés de quatre canons de 57 mm, ils étaient affectés à des tâches de servitude ou de minage. Les canons arrière de ces cinq bâtiments avaient été remplacés par deux missiles anti-navires HY-2, d'une portée supérieure à 50 nautiques. Le vice-amiral Wang Yongguo leur avait ordonné de foncer vers les Américains, espérant que l'un des cinq pourrait s'approcher d'assez près pour lancer.

Les équipages des patrouilleurs chinois se sentaient fiers de leur mission. Ils emportaient des missiles à longue portée et disposaient du soutien de deux sous-marins d'attaque, tapis sous la surface de l'océan. Et ils tenaient enfin une chance de frapper un très grand coup pour la cause de leur pays.

Ils se sentaient en totale confiance jusqu'au moment où ils aperçurent un hélicoptère foncer vers eux depuis le sud.

Conformément aux consignes, le SH-60 américain effectua un grand cercle autour des patrouilleurs chinois. Le copilote, muni de jumelles, aperçut deux gros tubes sur l'arrière de chacun des bâtiments, probablement des lance-missiles capables de tirer des engins plus gros que ceux embarqués d'habitude sur ce type de bâtiment. Il aurait aimé s'approcher encore, mais un patrouilleur ouvrit le feu au canon anti-aérien de 25 mm.

Le SH-60 fit demi-tour et contacta le *Princeton.*

— Princeton, *ici Seahawk 309, nous venons d'essuyer quelques obus antiaériens tirés par le bâtiment de tête. Ce sont bien des Hainan, mais un détail me choque. On dirait qu'ils ont été modifiés pour emporter deux gros missiles à la place des canons arrière.*

— Bien, reçu, 309. Êtes-vous en sécurité?

L'hélicoptère avait repris de l'altitude et se tenait hors de danger.

— *Pas de problème, répondit le pilote, vous pouvez lancer vos Harpoon quand vous voulez.*

Le *Princeton* accusa réception et le Seahawk passa en stationnaire, hors de portée des patrouilleurs chinois. A présent, il allait transmettre les coordonnées des buts au *Princeton* et au *Gettysburg*. Il pourrait aussi recaler les missiles en vol s'ils n'accrochaient pas leurs objectifs.

Les Romeo chinois, comme la plupart de leurs congénères de fabrication soviétique, étaient équipés d'un sonar complètement obsolète. Appelé « Feniks », ce système, qui datait des années 50, n'avait aucune chance de détecter un adversaire comme le *Cheyenne* et, contrairement à l'animal dont il portait le nom, ne renaîtrait sans doute pas de ses cendres avant longtemps.

— A quelle distance se trouvent nos Romeo? demanda Mack.

Après une chasse de treize minutes à 32 nœuds, le *Cheyenne* venait juste de ralentir pour reprendre une bonne image de la situation tactique. Les Romeo continuaient leur route à 13 nœuds dans leur direction, ignorant manifestement la présence du *Cheyenne*.

— Le premier Romeo, le 83, est estimé par le BSY-1 en première zone de convergence à 61 000 mètres, azimut 0-3-0. Le second Romeo, le 84, estimé à 62 000 mètres dans le 3-2-0.

Mack ordonna de reprendre la chasse à vitesse maximum et fit rompre du poste de combat en attendant de se rapprocher encore de ses proies.

A bord du USS *Princeton,* cinq jets de flammes jaunes marquèrent l'éjection des missiles Harpoon hors de leurs containers de lancement, implantés tout à l'arrière du bâtiment. Les missiles fonçaient à 900 km/h au ras des vagues pour échapper à la détection par les radars chinois. Les calculateurs de vol des engins avaient reçu la position approximative de leurs objectifs mais, comme les patrouilleurs se déplaçaient à grande vitesse et qu'ils naviguaient très près les uns des autres, un recalage en vol par l'hélicoptère s'avérerait probablement nécessaire.

Peu de temps après le lancement des Harpoon, l'un des patrouilleurs chinois tira à son tour deux missiles plus petits et plus fins. En quelques secondes, les deux engins air-surface SA-14 filoguidés atteignirent leur vitesse maximale et s'approchèrent du SH-60 américain.

L'hélicoptère les détecta dès leur lancement, mais c'était malheureusement déjà beaucoup trop tard : le Seahawk se tenait trop près de la force, à vitesse presque nulle, et manquait de temps pour fuir. Quelques instants plus tard, les deux missiles explosèrent sous l'hélicoptère, le transformant en une boule de feu orange qui s'abîma lentement dans la mer.

Le *Princeton* sut aussitôt que quelque chose s'était passé.

— Commandant, nous avons perdu le contact radar avec le Seahawk.

Il n'y avait qu'une explication possible. Le commandant comprit que l'hélicoptère avait été descendu. Sa première réaction fut de faire décoller l'hélicoptère de secours pour aller récupérer d'éventuels survivants. Ensuite, il se demanda comment se venger.

Les cinq Harpoon poursuivaient leur trajectoire en direction des patrouilleurs chinois.

Chaque engin devait s'attaquer à un bâtiment différent. Mais, à cette distance, il aurait fallu l'aide du Seahawk pour s'assurer que deux missiles n'avaient pas choisi le même objectif. Sans guidage terminal, à l'approche de la zone prévue, les Harpoon démarrèrent leurs autodirecteurs radar et se mirent à la recherche de tous les buts.

Les deux premiers Harpoon frappèrent le Hainan de tête juste sous la ligne de flottaison. Le bâtiment entier, qui déplaçait moins de 500 tonnes, fut projeté hors de l'eau et retourné. Il avait déjà disparu de la surface de la mer lorsque le geyser provoqué par l'explosion finit de retomber.

Le troisième Harpoon toucha le bâtiment de queue. Le missile explosa dans la passerelle, tuant plus de la moitié des soixante-dix-huit hommes d'équipage. Les autres périrent intoxiqués par la fumée des incendies de gazole, de munitions et d'aluminium.

Deux autres Harpoon s'attaquèrent au patrouilleur qui avait lancé les SA-14. L'un des missiles toucha l'avant, l'autre l'arrière. Entre les deux, la fine coque de métal se déchira comme une simple boîte de conserve.

Trois bâtiments coulés, une performance remarquable — en d'autres circonstances. Aujourd'hui, le commandant du *Princeton* devait prendre en compte la menace représentée par les deux patrouilleurs qui avaient survécu, avec leurs missiles intacts. Ils restaient toujours dangereux et pourraient encore s'attaquer au *Benthic Adventure*.

Les deux Hainan survivants manquaient de données fiables sur la position du groupe de surface américain. Ils savaient aussi qu'ils ne disposaient pas de beaucoup de temps. Ils ignoraient quand une nouvelle salve de Harpoon allait apparaître à l'horizon. Jouant la sécurité, les deux commandants ordonnèrent le lancement de leurs missiles HY-2 dans l'azimut approximatif du *Benthic Adventure*. Puis ils firent demi-tour et mirent le cap vers la Chine, accélérant de toute la puissance de leurs diesels. Leur groupe avait perdu plus de la moitié de ses effectifs, mais leur mission resterait un succès s'ils réussissaient à détruire un bâtiment américain ou, encore mieux, le *Benthic Adventure* lui-même.

Mack découvrit les derniers développements de l'actualité lorsque le radio de quart lui apporta la planchette des messages dans sa chambre.

— Commandant, commença le radio, nous venons de recevoir un message du *Gettysburg*. Ils annoncent que les Chinois ont descendu l'un de leurs Seahawk. Ils ajoutent que trois patrouilleurs chinois ont été détruits, mais les deux bâtiments restants ont lancé quatre missiles avant de fuir. Ils ont demandé notre assistance, commandant. Si c'est possible, ils souhaitent que nous engagions ces patrouilleurs tandis que le *Princeton* et le *Gettysburg* concentreront leurs efforts sur les missiles anti-surface. Si nous n'avons pas le contact sur les patrouilleurs, le *Gettysburg* nous demande de le prévenir par message. Les croiseurs descendront alors les deux derniers chinois avec des Tomahawk.

La pensée de la charge militaire de 500 kilos d'un Tomahawk pulvérisant un petit patrouilleur chinois amena un sourire à Mack. Puis il se souvint de l'équipage du Seahawk et, tout à coup, la situation lui parut moins plaisante.

Il saisit un crayon et un papier et rédigea un message court :

Patrouilleurs chinois estimés azimuts 2-7-9 et 2-8-3 du Cheyenne *pour 60 000 mètres. Je lance Harpoon dès que possible.*

— Envoyez ceci au *Gettysburg*, dit-il, et ensuite demandez au CGO de nous rapprocher des deux patrouilleurs.

Il n'ajouta rien. Cela n'était pas nécessaire. Le *Cheyenne* traiterait le cas des deux Romeo plus tard.

Les torpilleurs chargèrent les tubes 1 et 2 avec des missiles Harpoon et le CGO vérifia les calculs de route de chasse effectués par le timonier de quart. Dès que le *Cheyenne* se trouva dans la position de lancement optimum, il remonta à l'immersion de 30 mètres. Mack tira ses missiles en mode « sans distance ». Les deux engins devraient se débrouiller pour acquérir leur but. Une fois sortis des tubes du *Cheyenne,* rien ne pourrait les arrêter.

Les Harpoon trouvèrent leurs buts en moins de quatre minutes. Les azimuts mesurés par le BSY-1 du *Cheyenne* se révélèrent extrêmement précis et le comportement des Chinois, en route rectiligne vers Zhanjiang, facilitait la désignation d'objectifs. D'ailleurs, même si les patrouilleurs avaient tenté de zigzaguer, ils ne s'en seraient pas sortis sans dommages. Les équipages, confiants dans le fait que les quatre HY-2 allaient occuper les Américains pendant un bon bout de temps, se sentaient déjà hors de danger.

Le premier indice de leur erreur fut aussi le dernier. Les deux Harpoon s'approchèrent dans un sifflement d'apocalypse, frappant les coques en plein centre, juste en dessous de la ligne de flottaison. Chaque Hainan reçut son missile.

Quelques minutes plus tard, la mer avait retrouvé son calme. Les restes des deux patrouilleurs flottaient entre deux eaux.

— A présent, dit calmement Mack, revenons à nos deux Romeo...

L'officier ASM fit recharger les tubes 1 et 2 avec des Mk 48.

Une atmosphère tendue régnait au CO des croiseurs *Princeton* et *Gettysburg*. Les radars multifonction SPY-1B remplissaient à merveille la tâche pour laquelle ils avaient été conçus : déterminer la position des missiles assaillants et calculer la zone d'interception optimum pour les missiles surface-air Standart Block 2. Les quatre engins chinois volaient juste en dessous de la vitesse du son, ce qui laissait heureusement un peu de temps pour réagir.

Moins de trente secondes après le lancement des quatre HY-2, les radars avaient acquis suffisamment de données pour les poursuivre et les attaquer. En mode entièrement automatique, le système Aegis autorisa le lancement des Standart. Le *Gettysburg* fut le premier à tirer six missiles sur les soixante et un que contenait son système de lancement vertical avant. Le *Princeton* lança aussi une salve de six engins, qui se dirigèrent droit sur les HY-2 chinois.

En quelques secondes, les illuminateurs radar SPG-62 des croiseurs acquirent puis pilotèrent les missiles Standart sur leur route d'interception.

A environ 90 mètres au-dessus du niveau de la mer, à 30 nautiques du *Benthic Adventure* et de son escorte, les premiers SM-2 explosèrent à proximité des HY-2 qui approchaient.

En moins de trois minutes, les tirs croisés du *Gettysburg* et du *Princeton* éliminèrent la salve des quatre HY-2 chinois. Quelques débris incandescents et du carburant enflammé flottèrent à la surface de la mer, avant de se disperser définitivement.

A bord du *Cheyenne,* Mack ne pouvait suivre le déroulement des derniers événements. Bien que supérieur techniquement et armé par du personnel beaucoup plus compétent, le *Cheyenne* ne pouvait se permettre de négliger deux Romeo, qui représentaient toujours une menace.

Mack ordonna de préparer le lancement d'une Mk 48 sur chacun des Romeo. Avec leurs vieux sonars Feniks, il doutait que les Romeo soient même capables de détecter les torpilles avant qu'elles n'aient acquis leur but. Cependant, si l'une d'entre elles venait à faillir à sa mission, il savait que le *Cheyenne* se trouverait encore hors de portée des armes chinoises et qu'il pourrait réattaquer s'il le voulait.

Après avoir réglé les paramètres des armes, Mack ordonna le lancement de la Mk 48 du tube 1 contre le but 83, et celle du tube 2 contre le 84. Ces derniers temps, les officiers et l'équipage avaient eu l'occasion de se livrer souvent à ce genre d'opération et ils firent preuve, dans l'exécution de leur tâche, du même professionnalisme que d'habitude.

Les Mk 48 s'approchèrent de leur cible et explosèrent à l'impact contre les coques des Romeo qui n'avaient rien soupçonné. Les deux sous-marins éventrés sombrèrent au fond de la mer de Chine, avec tout leur équipage.

La satisfaction de Mack ne dura pas longtemps.

Le *Cheyenne* venait de rompre du poste de combat et allait reprendre sa position dans l'écran autour du *Benthic Adventure* lorsqu'il perçut deux contacts inquiétants :

— *CO de sonar, deux nouveaux bruiteurs, classés contacts sous-marins possibles, sur l'antenne linéaire remorquée.*

Cinq minutes plus tard, le chef de module annonça des éléments complémentaires au commandant, qui avait pris un siège vide devant une console.

— Commandant, l'un des contacts est classifié

comme un SNA de type Akula II, si j'en crois son spectre de raies, assez pauvre pour le moment. L'autre est un sous-marin classique, un Kilo, classifié sur son hélice à six pales qui a le bon goût de chanter un peu. Tous deux font route en direction du *Benthic Adventure*. Le Kilo tourne pour 3 nœuds. L'Akula ne défile pas. Je suis pratiquement certain qu'ils nous ont entendus, commandant.

Mack accusa réception d'un signe de tête. Il partageait l'avis de son chef de module. Le lancement puis l'explosion de deux Mk 48 ne pouvait qu'attirer l'attention. La décision à prendre était difficile : le *Cheyenne* pouvait traiter lui-même le cas de ces deux nouveaux sous-marins avec une bonne chance de survie ; pourtant, une meilleure solution s'offrait à lui. Certes, un sous-marin comme le Los Angeles est d'ordinaire plus à l'aise lors d'opérations en solo mais, même si Mack répugnait à le reconnaître, le *Cheyenne* avait à présent besoin d'une assistance extérieure. Et les deux croiseurs Ticonderoga lui apporteraient un soutien des plus efficaces.

— Appelez le *Gettysburg*, ordonna Mack à l'officier Trans et donnez-leur la dernière position du Kilo et de l'Akula. Dites-leur que nous nous chargeons de l'Akula et demandez-leur de traiter le Kilo avec leurs Seahawk. Et rappelez au poste de combat, ajouta-t-il à l'intention de l'officier de quart.

— Bien commandant.

Pour établir une liaison radio avec le *Gettysburg*, le *Cheyenne* devait remonter à l'immersion périscopique, ce qui le rendait plus vulnérable à la détection par les Chinois. Mais Mack savait qu'il devait prendre ce risque.

Dès que le message parvint au *Princeton* et au *Gettysburg*, deux SH-60 décollèrent en direction du Kilo. Ils mouillèrent un pattern de bouées acoustiques à la position indiquée par le *Cheyenne*. L'une d'entre elles tomba juste à la verticale du sous-marin chinois. Mack n'avait pas le temps de s'intéresser au combat des Seahawk contre le Kilo. Il devait se concentrer sur l'Akula, un adversaire puissant et silencieux.

Mack se demandait pourquoi celui-ci n'avait pas encore lancé. Il était pourtant persuadé que le commandant du sous-marin chinois devait avoir une bonne idée de la position du *Cheyenne*, surtout après le lancement des Mk 48 et la remontée à l'immersion périscopique.

Le commandant de l'Akula devait attendre le moment idéal, selon son appréciation de la situation tactique. Mais Mack ne pouvait pas deviner que l'Akula ne le chassait en aucune façon. La réputation du *Cheyenne* était telle parmi les forces sous-marines chinoises que le commandant de l'Akula avait décidé de chercher à éviter le contact à tout prix. Il voulait attaquer le *Benthic Adventure*.

Mauvais calcul : son manque d'audace allait lui coûter la réussite de sa mission, son commandement, sa vie et celle de son équipage.

— Commandant, annonça le second, j'ai une bonne solution sur le 90, notre ami l'Akula.

Mack déroula aussitôt la séquence de lancement et deux nouvelles Mk 48 fendirent les profondeurs de la mer. Le commandant de l'Akula ne tarda pas à comprendre qu'il avait été découvert et que sa tentative d'infiltration discrète dans l'écran avait échoué. En entendant le démarrage des torpilles américaines, il choisit la seule option possible : fuir en larguant des leurres.

L'Akula était rapide. Il accéléra à plus de 35 nœuds tandis que la Mk 48 se rapprochait de lui.

Mais ni la vitesse du sous-marin, ni l'expérience de son commandant, ni les trois leurres placés à différentes immersions ne suffirent. La première Mk 48 se laissa distraire par les leurres mais la seconde poursuivit sa course jusqu'à l'impact.

Une énorme explosion déchira la coque de l'Akula. L'écho roula si longtemps qu'il masqua pratiquement les deux détonations, plus faibles, des deux Mk 50 larguées par hélicoptère, lorsqu'elles éventrèrent le Kilo.

Dès que les deux naufrages furent confirmés, le *Cheyenne* et le *Princeton* échangèrent des messages radio de félicitations. Un hélicoptère partit peu après reconnaître la position du SH-60 abattu. Les restes du Seahawk apparaissaient à la surface de l'eau, au milieu d'une nappe irisée nettement visible depuis le ciel. Aucun membre d'équipage n'avait survécu.

Tout danger éliminé, le *Cheyenne* reprit sa place dans l'écran, à l'avant du groupe composé du *Benthic Adventure* et des deux Ticonderoga.

Avec un peu de chance, se dit Mack, les Chinois adopteraient un profil bas pendant quelque temps et la situation serait peut-être un peu plus calme d'ici à la prochaine mission. Malheureusement, ainsi que s'en était rendu compte l'équipage du SH-60 disparu, la chance se montrait parfois capricieuse.

11

BATAILLE AU SOMMET

Quelque chose n'allait pas. A Cubi Point, le *Cheyenne* n'avait pu garnir toutes ses rances. Le *McKee* ne disposait toujours pas du stock de torpilles suffisant et Mack avait dû appareiller dans des conditions qu'il jugeait peu satisfaisantes.

Plusieurs jours après les faits, Mack pensait encore à l'attaque des patrouilleurs chinois et des quatre sous-marins qui avaient été envoyés à la poursuite du *Benthic Adventure.*

Les Américains avaient eu de la chance. Mack le savait et le reconnaissait volontiers. Depuis l'extermination de la Task Force chinoise chargée de s'attaquer au *Benthic Adventure,* aucun des bâtiments américains n'avait pris le moindre contact, tant surface que sous-marin.

S'il appréciait ce répit, Mack le trouvait cependant trop beau pour ne pas cacher quelque chose. D'ordinaire, la marine chinoise disposait d'une foule de bâtiments qu'elle engageait toujours en grand nombre dans ses missions, le facteur « quantité » compensant ainsi la qualité plus faible de ses unités. Or, cinq navires de surface et quatre sous-marins seulement avaient été engagés contre un but considéré comme prioritaire.

Mack ne comprenait pas. Quelque chose clochait. Le *Cheyenne* aurait dû intercepter plusieurs autres bâtiments chinois chargés de s'attaquer au *Benthic Adventure.* Où s'était réfugié le gros de la marine chinoise ?

Mack n'allait pas tarder à le savoir. Et, comme au reste de la marine américaine, la réponse risquait de lui déplaire...

Une force de plus de soixante bâtiments de surface et de sous-marins se rassemblait à ce moment précis à la base navale de Zhanjiang. L'état-major leur avait assigné une mission des plus simples : couler le porte-avions *Independence* et toute son escorte.

Le groupe aéronaval de l'*Independence* se composait d'un nombre assez important de bâtiments : trois croiseurs Ticonderoga équipés de l'Aegis, le *Bunker Hill* (CG-52), le *Mobile Bay* (CG-53) et le *Port Royal* (CG-73), deux destroyers Arleigh Burke, eux aussi Aegis, le *John Paul Jones* (DDG-53) et le *Paul Hamilton* (DDG-60), trois frégates anti-sous-marin Spruance, le *Hewitt* (DD-966), le *O'Brien* (DD-975) et le *Fletcher* (DD-992), trois frégates de type O.H. Perry, le *Rodney M. Davis* (FFG-60), le *Thach* (FFG-43) et le *McClusky* (FFG-41). En dessous d'eux, patrouillait le *Columbia* (SSN-771), un sous-marin de type Los Angeles identique au *Cheyenne.*

Pendant les jours de préparatifs intenses, les satellites américains avaient détecté un changement radical dans le rythme de travail à la base navale chinoise. Et, bien que les services de renseignement n'eussent aucune certitude quant à la nature de la mission, ils savaient que des manœuvres décisives étaient en train de se tramer.

Dès que les premiers bâtiments Chinois appareillèrent, les services de renseignement avertirent l'*Independence.* Une opération de cette ampleur ne pouvait avoir qu'une seule cible : le porte-avions américain et son escorte.

Lorsque l'*Independence* reçut ce message, le groupe passa au stade d'alerte maximum. En même temps, la marine américaine s'efforça de fournir au porte-avions tout le soutien dont il pourrait avoir besoin. Il fut aussitôt décidé que Le *Cheyenne* serait envoyé en renfort.

Le sous-marin était au même moment en train de naviguer en immersion profonde. Le seul moyen de le joindre d'urgence restait l'ELF, dont l'émetteur à fréquence extrêmement basse était implanté au milieu du territoire des États-Unis. La bande passante d'une émission ELF ne permettait pas un grand débit d'informations et les messages de ce type se résumaient toujours à des groupes de quelques lettres.

— Commandant, annonça le radio, nous venons de recevoir un message ELF immédiat, nous demandant de remonter à l'immersion périscopique pour prendre le trafic radio.

Mack se précipita au CO et annonça :

— Je prends la manœuvre. Attention CO, nous allons remonter d'urgence à l'immersion périscopique. Annoncez les bruiteurs. Central, 20 mètres.

Durant la remontée, le sonar ne détecta aucun bruiteur proche et le périscope émergea bientôt.

— *CO de radio, synchro SSIXS, réception en cours, trois messages immédiats « réservé commandant » à la liste de trafic.*

Quelques minutes plus tard, Mack redescendit à 120 mètres. Il attendait avec impatience la planchette lorsque l'officier Trans entra au CO. Mack lui arracha presque les messages des mains et lui demanda de convoquer une réunion au carré dans dix minutes. Il quitta le CO et alla s'allonger sur sa couchette, dans sa chambre.

Dix minutes plus tard, il entra au carré où les officiers l'attendaient. Mack ne perdit pas de temps.

— Nous venons de recevoir une modification urgente de nos ordres de mission, expliqua-t-il. Les services de renseignement pensent que l'*Independence* va subir une attaque massive de la part de nos copains chinois. Il y a quelques heures, soixante bâtiments de surface et sous-marins ont appareillé de la base navale de Zhanjiang et font route vers le sud.

Un grand silence tomba sur le carré. Mack n'avait pas été le seul à remarquer que les Chinois n'avaient pas jeté toutes leurs forces dans la bataille contre le *Benthic Adventure*. A présent, les soupçons des officiers se trouvaient confirmés.

— L'*Independence* évolue actuellement dans le sud-ouest de la mer de Chine méridionale, poursuivit Mack. Il a reçu pour consigne de s'écarter un peu vers l'est, là où les eaux sont plus profondes, pour que sa défense soit plus facile. Nous avons reçu l'ordre d'abandonner le *Benthic Adventure* à ses anges gardiens de surface et de mettre le cap au sud-ouest. Nous rencontrerons le groupe aéronaval au sud du Viêt Nam. Nous devons défendre l'*Independence* à n'importe quel prix.

Mack observa son auditoire. De toute évidence, certains des officiers s'attendaient à cette offensive massive contre le groupe aéronaval, qui constituait de toute évidence un objectif très attirant pour les Chinois.

— L'*Independence* ne va pas attendre tranquillement notre arrivée. Il a reçu l'ordre de se rapprocher de la force navale chinoise et de lancer une attaque préventive. Notre rôle est d'assurer la protection ASM du groupe, en liaison avec les Viking et les hélicos.

— Disposerons-nous du soutien d'autres sous-marins ? interrompit le second.

— Affirmatif, répondit Mack, le USS *Columbia* (SSN 771) et le *Bremerton* (SSN 698) participeront à l'opération. Le *Columbia* fait partie intégrante du groupe aéronaval depuis longtemps et le *Bremerton* nous rejoindra à vitesse maximum depuis sa zone de patrouille dans l'océan Indien, où il était chargé d'investiguer un contact sous-marin signalé par les Australiens.

Sans autre question, Mack leva la séance. Tous avaient beaucoup à faire avant l'arrivée du *Cheyenne* dans sa nouvelle zone de pêche.

Ce n'était pas la première fois que les Chinois tentaient de s'en prendre à l'*Independence* : quelques semaines auparavant, il avait subi une attaque aérienne massive. Mais le porte-avions se tenait alors hors de portée de la plupart des chasseurs bombardiers basés à terre et s'était échappé sans dommages. Cette fois-ci, les Chinois avaient retenu la leçon et Mack sentait que cette nouvelle menace était à prendre très au sérieux.

Le *Cheyenne* mit le cap à vitesse maximum sur l'*Independence*. Quelques heures plus tard, le *Cheyenne* remonta à l'immersion périscopique pour recevoir les derniers renseignements. La force chinoise faisait toujours route au sud en direction des îles Spratly. Des analyses, qui provenaient directement d'interceptions radio et de photos réalisées par l'*Independence,* laissaient entendre que les bâtiments ennemis avaient du mal à conserver la formation imposée par l'état-major et que l'ensemble manquait sérieusement de structure et d'entraînement.

L'organisation du groupe laissait en effet à désirer. Chaque vaisseau naviguait à la vitesse que son commandant estimait la meilleure pour lui-même, sans tenir compte de l'ordre ou de la formation de la force. La flotte se composait de presque tous les types de bâtiments dont disposait la marine chinoise, des patrouilleurs jusqu'aux frégates et des vieux sous-marins diesels Romeo jusqu'aux récents Akula.

La bataille à venir ressemblait à un baroud désespéré de la part des Chinois. Selon leur plan d'opération et compte tenu des importantes différences de vitesse observées depuis l'appareillage, chaque bâtiment avait reçu l'ordre de rejoindre les Spratly indépendamment, de refaire le plein de carburant et de se diriger aussitôt vers l'*Independence*. Une fois en portée, il devait attaquer.

De toute évidence, les Chinois s'attendaient à des pertes terribles et à une réaction violente de la part des Nations unies, qui condamnaient leur action depuis le début des hostilités. Les États-Unis avaient commencé à rallier les membres de l'OTAN en faveur d'une offensive conjointe contre les troupes déployées dans l'archipel des Spratly. En cas d'échec de l'opération contre l'*Independence,* les Chinois devraient faire face à une humiliation internationale lorsque l'OTAN ou les forces des Nations unies s'empareraient des îles. Mais, s'ils réussissaient à couler le porte-avions, le jeu en valait la chandelle.

Ainsi que l'avait pressenti Mack, les Chinois avaient tiré les leçons de leur précédente attaque contre le groupe aéronaval. Soixante bombardiers H-6, version chinoise du Badger TU-16, avaient participé au raid mais les Tomcat américains avaient pu disperser les H-6 bien avant qu'ils aient pu lancer leurs missiles. Les Chinois avaient perdu environ cinquante avions, les Américains ne déploraient aucune perte. Cette opération n'avait coûté à l'*Independence* que quelques missiles AMRAAM et Phœnix.

Cette fois cependant, les choses se présentaient différemment. Depuis l'échec de l'attaque précédente, la Chine avait déployé de nombreux avions sur les plus importantes des îles Spratly. Alors qu'un certain nombre de terrains avaient été détruits par des missiles de croisière Tomahawk, d'autres n'avaient pas été endommagés et seraient utilisés au maximum de leurs capacités lorsque l'attaque commencerait.

Le *Cheyenne* poursuivait sa route à 32 nœuds quand Mack demanda l'heure d'arrivée au point de rendez-vous avec l'*Independence*.

— Dans les conditions actuelles, commandant, nous devrions arriver dans six heures et demie, répondit l'officier de quart.

— Très bien. Continuez comme ça.

L'atmosphère se tendit à bord pendant le transit. Mack avait informé l'équipage des nouveaux développements de l'actualité. Tous sentaient, sans pouvoir dire exactement pourquoi, que le rôle du *Cheyenne* serait encore une fois essentiel dans l'opération à venir.

Au contraire des Chinois, les Américains savaient gérer l'action simultanée de plusieurs bâtiments. Depuis de nombreuses années, l'US Navy mettait un accent particulier sur l'entraînement aux opérations conjointes.

— Contact sonar sur le *Mobile Bay*, azimut 2-8-6, annonça l'un des opérateurs à son chef de module.

Le second maître se mit aussitôt au travail pour déterminer la distance qui séparait le *Cheyenne* du croiseur.

— Se disposer à reprendre la vue, ordonna Mack.

— Se disposer à reprendre la vue, oui commandant.

Quatre minutes plus tard, le commandant

regardait à travers son périscope et demandait à hisser l'antenne multifonction. Il transmit un message de ralliement à l'*Independence,* indiquant que le *Cheyenne* était arrivé au rendez-vous et se plaçait sous ses ordres.

Quelques minutes plus tard, la réponse parvint au sous-marin.

Le *Cheyenne* devait rejoindre un secteur à environ 100 nautiques sur l'avant du groupe aéronaval. Cela le dégagerait de tout bruiteur parasite et lui permettrait de remplir sa mission dans les meilleures conditions : chasser et détruire tout sous-marin ennemi présent dans les parages.

Mack fit redescendre le *Cheyenne* en dessous de 120 mètres. En temps normal, il aurait convoqué une fois de plus son état-major pour une réunion au carré. Mais ces derniers ordres ne constituaient pas vraiment une surprise et ne nécessitaient pas de commentaires particuliers. Il se plongea dans la rédaction d'une page d'explications destinée à ses officiers.

Pour : tous les officiers à bord du Cheyenne.
De : capitaine de vaisseau Mackey.
Sujet : ordres de mission.

*Nous venons de recevoir nos nouveaux ordres. Comme nous le savions déjà, le groupe aéronaval de l'*Independence *va entreprendre une attaque préventive contre la force chinoise en route vers les Spratly.*

Le Cheyenne *a reçu pour mission de précéder le groupe en route moyenne au 0-9-0. Une fois que nous serons en position, à l'ouest des Spratly, nous devrons attendre que les sous-marins chinois montrent le bout de leur nez. Nous avons l'autorisation de nous séparer du groupe pour pister tout contact sous-marin classifié hostile.*

*Nous bénéficierons de tous les soutiens possibles de la part des S-3 et des SH-60 de l'*Independence, *ou même de l'assistance d'un autre sous-marin.*

Le Bremerton *et le* Columbia *resteront près de l'*Independence *pour garder ses flancs bâbord et tribord. Étant donné nos précédents succès dans cette zone, une grande autonomie nous a été accordée par rapport au porte-avions. Restons vigilants et prudents, rien n'est jamais gagné d'avance.*

Mack parapha le document et demanda au radio d'en distribuer des copies.

A bord de l'*Independence*, les opérations aériennes s'organisaient aussi dans une certaine tension. Atterrir et décoller d'un porte-avions n'était jamais une opération de routine, surtout en temps de guerre. Une heure plus tôt, un avion de guerre électronique ES-3 détaché du porte-avions avait détecté une intense activité radio en provenance des îles Spratly. Depuis l'invasion de ces territoires, le trafic avait souvent augmenté de façon impromptue, sans que cela puisse être relié à un événement particulier. Cette fois-ci, les émissions radio provenaient d'unités à la mer, et non de bases à terre.

Comme d'habitude, deux des Hawkeye de l'*Independence* fournissaient une couverture radar large de plusieurs centaines de nautiques et surveillaient les approches du porte-avions. Deux F-14 en patrouille, équipés de missiles AMRAAM et Phœnix, assuraient l'intervention immédiate en cas d'attaque. Sur le pont attendaient deux autres paires de chasseurs armés, les pleins faits, en alerte à trois minutes. Pendant ce temps, vingt-quatre F-18 équipés de réservoirs de carburant supplémentaires et armés chacun de deux missiles anti-surface Harpoon et de deux missiles Sidewinder se préparaient à l'assaut.

Douze F-18 restaient en réserve pour appuyer les F-14 en cas de nécessité.

A bord des bâtiments de l'escorte, les équipages se préparaient au combat. Tous les radars, y compris les Aegis, étaient arrêtés. L'éclairage de la force reposait entièrement sur les deux APS-145 des Hawkeye. Le commandant du groupe aéronaval ne voulait pas donner aux Chinois la possibilité d'intercepter les émissions de ses bâtiments. Sans connaissance précise de la position des Américains, les Chinois ne pourraient pas lancer leurs missiles avant d'arriver en portée visuelle radar. Et il n'entrait pas dans les intentions du commandant de leur permettre de s'approcher autant.

En immersion à 20 nautiques de chaque côté du porte-avions, le *Bremerton* et le *Columbia* analysaient les bruits de la mer. Ces sous-marins avaient un rôle essentiellement défensif. Placés à distance du porte-avions pour ne pas être gênés par les bruiteurs du groupe aéronaval, ils restaient cependant suffisamment près pour pouvoir contre-attaquer, en particulier face aux vieux Romeo armés de torpilles à courte portée. Les deux sous-marins savaient aussi que les Akula embarquaient des torpilles à suivi de sillage, dont la portée pouvait atteindre 50 nautiques. Pour la sûreté du porte-avions, il était impératif que le *Cheyenne* ou les S-3 Viking ne laissent pas s'approcher un Akula armé d'une de ces torpilles.

A bord du *Cheyenne,* Mack avait accordé la priorité aux menaces sous-marines les plus dangereuses pour l'*Independence.* Les Akula seraient difficiles à détecter et pouvaient attaquer le porte-avions de loin. Il concentrerait son attention sur eux, même s'il devait pour cela laisser les Romeo au *Bremerton* et au *Columbia.*

Le bruit se répandit dans le groupe aéronaval que les forces chinoises étaient parvenues sans encombre jusqu'aux Spratly et qu'elles commençaient les pleins de carburant. Le combat approchait.

Le *Cheyenne* se trouvait dans la position idéale pour lancer ses Tomahawk contre les bâtiments qui ravitaillaient à quai. Mais douze missiles n'auraient évidemment pas suffi à détruire les soixante bâtiments et l'indiscrétion du lancement aurait trahi la position du sous-marin. Mack risquait alors d'attirer les Akula qui naviguaient dans les parages. Il aurait aimé pouvoir attaquer les Chinois tant qu'ils ne représentaient pas encore une menace pour le groupe aéronaval mais dut, à regret, observer les consignes du commandant du groupe : attendre en silence jusqu'à ce que l'ennemi apparaisse sur les écrans de son sonar.

D'autres bâtiments américains présents dans la zone étaient aussi équipés de Tomahawk. Le système de lancement vertical Mk 41 de l'USS *Hewitt* avait reçu soixante et un missiles de croisière dérivés du Tomahawk et, tandis que les Chinois ravitaillaient aux Spratly, le *Hewitt* reçut l'ordre de lancer. Quelques minutes lui suffirent pour tirer tous ses missiles, qui filaient maintenant au ras des flots en direction des Spratly.

USCINCPAC avait fourni des coordonnées d'objectifs extrêmement précises. Les missiles, guidés par GPS, atteignirent leurs buts avec une exactitude exceptionnelle, quarante-six minutes après leur lancement. L'un après l'autre, les bâtiments explosèrent. Pour la première fois, les Chinois prirent conscience qu'après tout, l'attaque de l'*Independence* n'était peut-être pas une si bonne idée.

Vingt-trois bâtiments et sous-marins furent

envoyés par le fond. Les explosions et les incendies se propagèrent à toute vitesse parmi les autres points de ravitaillement, entraînant la destruction de dix autres bâtiments et de quatre sous-marins.

Au bilan, les Tomahawk provoquèrent la mise hors d'état de nuire de trente-sept bâtiments sur les soixante-deux engagés par les Chinois. Seuls restaient opérationnels dix-huit bâtiments de surface et sept sous-marins, dont trois Romeo, deux Ming, un Kilo et un seul Akula. Sur les dix-huit navires, certains se trouvaient à court de carburant et ne pouvaient ravitailler. Mais le haut commandement ne voulait pas en entendre parler : il leur intima l'ordre de combattre, qu'ils disposent ou non de suffisamment de gazole.

Vainqueurs ou vaincus, nombreux étaient les marins chinois qui ne reviendraient pas de cette bataille.

Les antennes ultrasensibles du sonar du *Cheyenne* détectèrent les explosions provoquées par les Tomahawk. Peu de temps après, elles perçurent les bruits caractéristiques de l'appareillage des quelques bâtiments rescapés.

Mack remonta à l'immersion périscopique. Il envoya un message pour avertir l'*Independence* que le reste des bâtiments chinois se dirigeait vers lui. Puis Mack rappela au poste de combat et ramena le *Cheyenne* à une immersion plus sûre.

— *CO de sonar,* appela le chef de module, *nous avons plus d'une dizaine de contacts dans le même azimut.*

— Sonar de CO, bien reçu, répondit Mack. Disposez les tubes 1 et 2 et ouvrez les portes avant.

Les quatre tubes lance-torpilles contenaient

déjà des Mk 48 ADCAP et Mack s'apprêtait à les utiliser.

Le *Cheyenne* se trouvait à une centaine de nautiques dans l'ouest de Ladd Reef, l'un des points les plus occidentaux de l'archipel des Spratly. L'*Independence* naviguait 200 nautiques à l'ouest du *Cheyenne*.

La marine chinoise ne jouissait pas d'une excellente réputation. En écoutant son chef de module, Mack comprit pourquoi. Dans le cas d'un engagement à courte distance, un sonar actif pouvait donner d'excellents éléments. Bien utilisé, il pouvait fournir de bonnes détections sur un sous-marin, cartographier un champ de mines ou aider à naviguer dans une zone inconnue. Mal employé, cet appareil constituait en revanche un véritable phare, qui ne pouvait manquer d'attirer les prédateurs.

C'est ce que firent les Chinois en fonçant vers le groupe aéronaval. Un grand nombre de leurs bâtiments émettaient sonar, dont un en permanence, manifestement à la recherche de sous-marins américains.

Mack était ravi. Il eut du mal à y croire lorsque l'antenne linéaire remorquée du *Cheyenne* détecta l'écho d'un Akula. Les bâtiments chinois se trouvaient bien trop loin pour menacer le *Cheyenne,* mais leurs sonars illuminaient leurs propres sous-marins, fournissant à Mack des données précises sur la composition et la formation de leur dispositif.

— *Commandant,* appela l'opérateur, *le sonar le plus proche appartient bien à un Luhu. Distance estimée BSY-1, 80 000 mètres.*

Mack pensa que ce Luhu, le but 98, était sans doute le premier bâtiment à avoir appareillé de son mouillage des Spratly après l'attaque des Tomahawk. Il ne devait pas être seul.

La partie allait bientôt commencer. Lorsque le Luhu se rapprocherait, Mack savait qu'il risquait de se faire prendre au contact. Mack devrait se débarrasser du Luhu avant d'entrer dans son volume de détection. Mais il ne voulait pas agir trop tôt pour ne pas alerter prématurément les autres commandants chinois.

— *CO de sonar, nouveau contact, un sous-marin cette fois. Le sonar actif du Luhu illumine la coque du sous-marin. Nous ne pouvons pas encore dire à quel type il appartient.*

Ce sous-marin reçut le numéro de but 99.

— *CO de sonar, nouvelle interception d'un sonar actif! Un Luda, cette fois, distance fond 74 000 mètres, baptisé le 100.*

Mack aurait aimé remonter à l'immersion périscopique afin de pouvoir alerter l'*Independence.* Mais il craignait de commettre une indiscrétion trop importante.

Il ne risquait pourtant pas grand-chose. Mack ne s'en était pas rendu compte depuis son sous-marin mais, au même moment, les F/A-18 décollaient du pont de l'*Independence* par vagues successives. Les Tomcat attendaient déjà en vol pour escorter les avions d'assaut jusqu'à leurs objectifs, au cas où un chasseur chinois ferait son apparition.

Le premier raid parti de l'*Independence* se composait de vingt F/A-18 Hornet et de sept F-14 Tomcat en couverture. Ils étaient escortés par un avion de guerre électronique EA-6B Prowler, chargé de brouiller les radars chinois. Dès que les F/A-18 se trouvèrent à 100 nautiques de leur cible, ils démarrèrent leurs radars APG-73. Jusque-là, ils s'étaient basés sur les informations que leur fournissaient les Hawkeye et les senseurs infrarouge passifs embarqués à bord des F-14.

Mais les Chinois, bien qu'ébranlés par l'attaque des Tomahawk, n'avaient cependant pas dit leur dernier mot. Dès que l'ALQ-99 du Prowler commença à brouiller leurs propres radars, ils lâchèrent leur arme secrète : des intercepteurs décollèrent des minuscules terrains de fortune éparpillés sur les Spratly, seize SU-27 Flanker et plus de trente J-7, la version chinoise des Mig-21.

Les F-14 détectèrent les vagues de chasseurs chinois dès leur décollage. A environ 200 nautiques de l'*Independence* et à un peu plus de 150 nautiques des Spratly, les F/A-18 accélérèrent et descendirent à basse altitude pour tirer leurs missiles Harpoon contre la flotte chinoise avant que celle-ci n'arrive à son tour en portée.

Les F/A-18 se mirent en ligne de file et lancèrent l'un après l'autre leurs deux Harpoon. Puis ils firent demi-tour et revinrent vers l'*Independence* afin de se ravitailler en carburant et en armes.

Avant leur retour à bord, l'*Independence* fit décoller les chasseurs qu'il gardait normalement en réserve. Six F-14 supplémentaires et quatre F/A-18 furent catapultés pour se joindre au combat.

Les F-14 attaquèrent les chasseurs chinois. Chacun emportait quatre missiles air-air longue portée Phœnix, deux AMRAAM moyenne portée et deux Sidewinder en autodéfense. Les Tomcat lancèrent leurs Phœnix AIM-54C dès que les premiers SU-27 approchèrent à moins de 120 nautiques.

Paradoxalement, le succès de l'opération menée par l'*Independence* et son aviation rendait les manœuvres plus difficiles pour le *Cheyenne*. Ne disposant que de son sonar, il avait du mal à suivre l'affrontement qui se déroulait au-dessus de lui. En entendant les explosions successives,

Mack comprit que la chasse américaine avait engagé le combat. Mais il devrait attendre que ces explosions continuelles disparaissent pour reprendre une situation tactique cohérente.

Presque aussitôt, le sonar annonça l'interception d'un sonar actif qui ne pouvait appartenir qu'à un sous-marin, sans azimut ni distance à cause de l'incroyable cacophonie qui saturait le milieu.

— *CO de sonar, les caractéristiques de l'émission correspondent à un Akula.*

Cette information retint toute l'attention de Mack.

— Distance de l'Akula, le 105, 30 000 mètres environ, annonça le second, debout derrière la DLA. Il a dû nous repérer durant l'attaque aérienne.

Il avait sans doute raison, mais Mack ne se sentait pas rassuré pour autant. Laisser un Akula s'approcher aussi près était une erreur et Mack savait qu'il devait reprendre l'initiative.

Au-dessus d'eux, les explosions se succédaient : la formidable attaque du porte-avions n'était donc pas encore terminée.

Lentement, le *Cheyenne* accéléra à 6 nœuds et commença à venir dans l'azimut de l'Akula. Heureusement, le SNA chinois continuait à émettre. Dans l'environnement très perturbé du moment, son sonar passif ne lui était d'aucune utilité et il n'avait d'autre choix que de rester sourd ou d'utiliser son sonar actif.

— Distance du 105, 25 000 mètres, annonça à nouveau le second.

— Attention pour lancer, tubes 1 et 2, contre le but 105, ordonna Mack.

Les portes avant des tubes 1 et 2 étaient déjà ouvertes depuis longtemps. En continuant à émettre, l'Akula venait de signer son arrêt de mort.

— Recalez sur le dernier bien pointé et lancez, tubes 1 et 2.

Les deux Mk 48 filèrent dans l'azimut de l'Akula et Mack conserva le filoguidage aussi longtemps que possible. Il ne voulait pas que les torpilles manquent leur but. Le sonar et l'officier ASM annonçaient en permanence la position des armes.

— *CO de sonar, deux explosions, azimut 0-7-9.*

Mack accusa réception de l'information mais ne ressentit aucun enthousiasme. Il avait commis une erreur et, contre un adversaire plus affûté, elle aurait pu lui être fatale.

Il se demandait comment avait évolué la situation en surface et si d'autres commandants américains avaient commis des fautes similaires.

Ce n'était pas le cas. Pas un seul missile n'avait pénétré les défenses de l'*Independence*.

Dans le camp chinois, tous les bâtiments de surface étaient endommagés. Les quelques marins survivants avaient abandonné les bâtiments qui sombraient et s'étaient réfugiés dans des canots de sauvetage. Autour d'eux, dans une immense confusion, flottaient épars les restes des chasseurs chinois qui avaient tenté de stopper l'attaque américaine. Une fois de plus, leur opération avait échoué, et ce à double titre car les Américains n'avaient, eux, enregistré aucune perte. Trente-quatre avions chinois avaient été détruits, ainsi que dix-huit nouveaux bâtiments de surface. Les espoirs de la marine chinoise reposaient à présent uniquement sur les six sous-marins restants, trois Romeo, deux Ming et un Kilo.

Les explosions avaient cessé et les profondeurs de la mer de Chine méridionale avaient retrouvé leur calme. Lorsque les échos disparurent enfin, le *Cheyenne* fut de nouveau en mesure d'utiliser son sonar passif et d'élaborer une situation tactique.

— *CO de sonar, plusieurs contacts, probablement des sous-marins. Nous ne pouvons pas encore dire combien ils sont, mais sans doute plus de deux. Ils ont l'air d'opérer ensemble, à courte distance les uns des autres.*

— Bien reçu, de CO.

Mack s'était trompé une fois en faisant preuve d'un excès de confiance. Il ne recommencerait pas.

— Très bien, dit-il à l'officier Trans. Nous allons avoir besoin d'un peu d'aide, cette fois-ci. Envoyez un message au *Bremerton* et au SEC [1] à bord de l'*Independence*. Demandez-leur s'ils peuvent nous donner un coup de main pour éliminer tous ces contacts.

Quinze minutes plus tard, le SEC détacha le *Bremerton* qui accéléra pour rejoindre le *Cheyenne* le plus vite possible.

Les commandants des sous-marins diesels chinois avaient tout à fait conscience de l'ampleur du problème auquel ils étaient confrontés. Avec le naufrage de toute leur flotte et la destruction de leurs bases des Spratly, ils avaient perdu leur dernier espoir de frapper un coup décisif contre les Américains.

En se concertant, ils tombèrent d'accord sur le fait qu'ils ne pouvaient plus tenter qu'une seule manœuvre ; échapper au carnage. Peut-être un transit discret à faible vitesse leur permettrait-il de regagner leur port d'attache. Mais, comme Mack avait déjà eu l'occasion de s'en apercevoir, mieux valait s'abstenir de tabler sur la chance.

1. SEC (Submarine Element Commander) : contrôleur de l'élément sous-marin. *(N.d.T.)*

Lorsque le *Bremerton* arriva sur la zone qui lui avait été attribuée, il reprit la vue et établit un contact radio avec le *Cheyenne*. Mack lui signala un nombre important de contacts sous-marins qui retournaient vers la Chine, dans le 0-1-0.

Le *Bremerton* et le *Cheyenne* décidèrent de la tactique à adopter avant de se séparer. Le *Bremerton* mit le cap au 3-0-0 et le *Cheyenne* au 0-4-0. La tenaille allait bientôt se refermer.

Les deux Los Angeles dénichèrent les sous-marins diesels en fuite les uns après les autres. Le niveau de la batterie de ces derniers était de toute façon si bas qu'il leur était impossible de combattre. Mack eut presque l'impression de tirer sur des bâtiments au mouillage. Tout au plus les Chinois se défendirent-ils avec quelques leurres. Ceux-ci n'empêchèrent pas les Mk 48 de trouver leurs buts.

Le dernier sous-marin attaqué par le *Cheyenne* fut un vénérable Romeo dont le commandant tenta le tout pour le tout. Au dernier moment, il tenta de faire surface après que le *Cheyenne* eut lancé sa torpille.

Ces efforts étaient voués à l'échec. La Mk 48 prit le Romeo en chasse et explosa à l'arrière de celui-ci, l'envoyant à son tour par le fond.

Mack et son équipage n'avaient jamais vécu une telle mission. Trois sous-marins avaient été coulés par le *Bremerton* et quatre par le *Cheyenne* rien que lors de cette opération. L'*Independence* et son groupe aéronaval avaient coulé plus de soixante bâtiments de surface et sous-marins, détruit plus de trente avions et infligé des dommages irréparables aux installations militaires des îles Spratly.

Pourtant, Mack n'en tirait aucune satisfaction. Il savait que la gloire s'estompait aussi vite qu'elle était venue et que les courants s'inversaient au moment où on s'y attendait le moins.

12

CHAMP DE MINES

Le *Cheyenne* naviguait à l'immersion périscopique et venait de prendre la vacation SSIXS. Dès que les messages furent déchiffrés et imprimés, Mack les emporta dans sa chambre pour les lire sans être dérangé.

Lorsqu'il eut terminé, il convoqua le second, le CGO, les officiers ASM et Trans ainsi que le maître sonar adjoint pour un briefing au carré.

Quelques instants plus tard, tous attendaient, debout autour de la table. Lorsque Mack entra, toutes les conversations s'arrêtèrent.

— Asseyez-vous, messieurs, commença Mack, je viens de recevoir nos nouveaux ordres de mission. Nous sommes détachés du groupe aéronaval et devons faire route au nord, pour un long transit de plus de mille nautiques. Notre destination est le détroit de Formose qui, comme vous le savez, sépare la Chine de Taïwan. Je vais vous résumer la situation internationale telle qu'elle se présente actuellement. Tout se passe très bien pour les États-Unis. Jiang Zemin, le Président chinois destitué par le coup d'État de février, a miraculeusement refait surface à Taïwan, après une évacuation discrète du continent chinois conduite par le *Seawolf*.

Mack s'attendait à ce que ses officiers manifestent leur surprise mais ils restèrent de marbre.

— Le *Cheyenne* a été chargé du nettoyage du détroit de Formose afin que Jiang puisse être ramené en Chine par bateau lorsqu'il devra retourner à Pékin pour reprendre le pouvoir. Les services de renseignement ne connaissent pas bien les forces ennemies dans cette zone. Ils suspectent la présence d'un grand nombre de frégates Luda et peut-être de quelques sous-marins Akula ou Kilo, qui représentent un réel danger pour nous. Une large portion du détroit de Formose est minée. Nous devrons donc naviguer avec la plus grande prudence dans ces eaux doublement dangereuses.

Mack conclut la réunion sur cet avertissement et les officiers retournèrent à leurs postes.

Tandis que le *Cheyenne* s'éloignait du groupe aéronaval, Mack réfléchissait aux risques inhérents à sa nouvelle mission. Ni lui ni son équipage n'avaient l'expérience des champs de mines, qu'il savait être de redoutables armes passives. Même les plus grossières d'entre elles pouvaient causer des dommages irréparables. Mack se souvenait que, pendant la guerre du Golfe, les deux seules avaries qu'avaient eu à déplorer les Américains avaient été causées par des mines bon marché, de technologie peu avancée. Ainsi, dans une guerre moderne, une mine à quelques milliers de dollars pouvait couler un sous-marin comme le *Cheyenne,* qui en valait presque un milliard. En d'autres circonstances, l'ironie de la situation aurait fait sourire Mack.

Le *Cheyenne* continuait vers le nord. Le *Bremerton* allait quitter la mer de Chine méridionale et regagnerait bientôt l'océan Indien. Le *Columbia* resterait auprès de l'*Independence* afin d'en assurer la défense anti-sous-marine, reprenant le rôle de chien de garde qui avait été si souvent attribué au *Cheyenne.*

— 120 mètres, réglez la vitesse à 12 nœuds, ordonna Mack.

— 120 mètres, 12 nœuds, bien commandant, répéta l'officier de quart.

Il n'y avait pas d'urgence à rejoindre le détroit de Formose. Mack se préoccupait avant tout de la sécurité de son navire pendant son transit. Il préférait arriver tranquillement à destination plutôt que de devoir s'ouvrir la voie à coups de torpilles.

De plus, Mack ne voulait pas trahir sa position. Le détroit qui séparait la Chine de Taïwan faisait partie intégrante des eaux territoriales chinoises et de nombreux bâtiments de guerre y croisaient. Mack devrait passer à courte distance de quatre bases navales chinoises. Connaissant la position du *Cheyenne,* chacune pouvait envoyer des sous-marins, des escorteurs ou des avions de patrouille maritime à la recherche de l'Américain. La plus grande discrétion s'imposait donc.

Mack estimait la durée du transit à un peu plus de quatre jours. Au bout du troisième jour, le *Cheyenne* avait dépassé la base de Zhanjiang, au sud de la Chine, et approchait de Hong Kong conformément à ses prévisions. Jusqu'à présent, il n'avait pas détecté un seul bâtiment de guerre chinois, sans doute parce que la marine devait toujours panser ses plaies après l'humiliante défaite subie dans l'archipel des Spratly.

Le soir du troisième jour vit la fin de cette tranquillité.

— *CO de sonar,* annonça le chef de module, *nouveau bruiteur, azimut 2-0-0. Il semblerait que ce soit un bâtiment de surface, apparemment un bâtiment de guerre.*

Mack se trouvait au CO lorsque le chef de module ajouta :

— *CO de sonar, émissions sonar, au moins deux sonars actifs, haute fréquence, probablement deux patrouilleurs Hainan.*

En quelques minutes, le BSY-1 acquit assez de mesures pour déterminer une distance approximative des deux bâtiments.

— *CO de sonar, les Hainan sont loin, pas dangereux pour nous, sans doute en première zone de convergence. Ils émettent en continu depuis plus de 30 nautiques.*

— Bien reçu, répondit Mack à la place de l'officier de quart. Suivez bien ces contacts.

Mack n'avait pas l'intention de s'attaquer aux Hainan, à moins d'y être contraint. Il souhaitait rester invisible aussi longtemps que possible.

Il n'avait, pour l'instant du moins, aucune raison de s'inquiéter. Les patrouilleurs chinois ne savaient rien du transit du *Cheyenne* vers le nord. Ils avaient dû passer en actif pour tester leur équipement et non parce qu'ils soupçonnaient la présence d'un SNA américain. Ces Hainan, construits dans les années 60, avaient reçu depuis peu un nouveau sonar actif assez performant que les commandants aimaient bien utiliser durant les exercices. Pourtant, leur mission actuelle n'avait rien d'un exercice. Les deux Hainan chinois avaient emporté leur chargement maximum, douze mines qu'ils commenceraient à mouiller dès qu'ils atteindraient la zone prévue. Après avoir testé leur sonar et les autres systèmes de leurs bâtiments, les commandants chinois reprendraient le cours de leur mission.

Le *Cheyenne* perdit la trace des Hainan après quarante-cinq minutes d'émissions continues. Il les retrouva au moment de s'engager dans le détroit.

Mack était entré au local sonar. Après avoir informé l'officier de quart, l'opérateur sonar s'adressa au commandant :

— Commandant, nous venons de reprendre le contact sur les deux Hainan chinois. Ils ont dû remonter le long de la côte Est de la Chine. Azimut actuel 3-5-5.

Après quelques minutes passées à observer les consoles, Mack retourna au CO.

— Distance des Hainan ? demanda-t-il.

— Pas encore, commandant, mais cela ne devrait pas tarder, répondit l'officier de quart.

Moins d'une minute plus tard, la DLA fournissait une réponse à la question de Mack.

— Distance estimée 61 000 mètres, commandant.

— *CO de sonar, nos Chinois ont cessé d'émettre, commandant, commenta l'opérateur sonar. Je parierais qu'ils sont en train de mouiller des mines.*

Les deux bâtiments se trouvaient en effet à environ 40 nautiques au nord du *Cheyenne.* L'une après l'autre, leurs mines à orin MAG de fabrication russe furent poussées sur les rails de mouillage soudés sur la plage arrière de ce type de bâtiment et tombèrent à la mer. La conception de ces mines à orin datait de près d'un siècle, mais elles représentaient toujours une réelle menace.

— Portez cette zone sur la carte et hachurez-la en rouge. Je pense que nous avons affaire à un champ de mines, dit Mack au timonier de quart en traçant du doigt un contour sur la carte de navigation. Autant que possible, nous allons essayer de ne pas y pénétrer.

— Bien, commandant, répondit le timonier.

Mack ignorait quel type de mines infestait le détroit de Formose. Il savait cependant qu'une simple mine sous-marine à contact pourrait lui causer de graves avaries. Il ne put réprimer un rictus en songeant à ce qui se passerait si les Chinois se mettaient à utiliser des mines acoustiques ou à influence, comme celles employées par la marine américaine.

Mais, du moins pour le moment, les Chinois préféraient un grand nombre de mines bon marché plutôt que peu de mines sophistiquées. Les engins qu'ils utilisaient étaient peut-être même les moins chers sur le marché. Les Soviétiques avaient vendu leurs MAG aux Chinois au début des années 60. Ces mines pouvaient être mouillées jusqu'à 500 mètres de fond, ce qui rendait leur utilisation facile à proximité et au large des côtes. Et de fait, face aux Los Angeles américains, ils se révélaient des armes de choix.

Alors que le *Cheyenne* embouquait le détroit de Formose, le radio entra au carré avec la planchette.

— Commandant, nous venons de recevoir un message ELF nous demandant de reprendre la vue.

— Très bien. Dites à l'officier de quart de préparer une reprise de vue rapide, demanda-t-il au radio qui s'éclipsa aussitôt.

Tandis que le *Cheyenne* remontait lentement, Mack se prit à espérer que le message contenait de bonnes nouvelles. Il avait décidé de venir à l'immersion périscopique au cas où le message qu'il allait recevoir nécessiterait une réponse. Il ne pouvait pas utiliser l'antenne filaire pour émettre.

Une fois à 20 mètres, Mack hissa le périscope d'attaque. Il effectua un bref tour d'horizon sans rien déceler d'inquiétant puis, quelques instants plus tard, fit sortir la multifonction.

Au bout de deux minutes, le radio rendait

compte de la prise de synchro avec le satellite SSIXS puis de la bonne réception du trafic. L'officier Trans arriva au CO avec la planchette messages, qu'il tendit à Mack. Le commandant aperçut une feuille barrée d'un tampon rouge « réservé commandant » et lut le texte imprimé avant de passer la planchette au CGO.

— Jetez un coup d'œil là-dessus, dit Mack. Un message urgent en provenance du *Nimitz*. Plusieurs avions de son groupe aéronaval, qui opère dans le Pacifique, ont noté de nombreux mouvements de petits bâtiments de guerre chinois dans le détroit de Formose la semaine dernière. En d'autres termes, nous fonçons droit dans un vaste champ de mines.

Ce renseignement était capital. Mais ce n'était pas tout. Le *Nimitz* avait aussi déterminé deux routes fréquemment empruntées par les bâtiments chinois, qui paraissaient donc à peu près sûres. Aucune mine n'avait été détectée en surface et aucun bâtiment de surface chinois n'avait été aperçu en train de mouiller des mines dans ces zones.

Mack fit redescendre le *Cheyenne* à 120 mètres. Puis il se pencha sur la carte du détroit de Formose avec le CGO.

La zone dangereuse s'étendait sur une grande partie du détroit et en barrait tout le centre. La première route libre de mines se trouvait dans la partie ouest, le long de la côte chinoise. La seconde, à l'est, remontait la côte de Taïwan. Les deux officiers examinèrent les deux routes, essayant de choisir la plus favorable pour le *Cheyenne*.

— Commandant, commença le CGO, je serais d'avis de longer la côte taïwanaise. Je n'ai pas envie de me rapprocher de la Chine continentale, à cause de la proximité des bases navales et aériennes. La probabilité d'une mauvaise rencontre me semble plus forte de ce côté du détroit.

Mack approuva le raisonnement du CGO, qu'il s'était d'ailleurs déjà tenu lui-même.

— O.K. pour le passage par l'est, dit-il. Tracez une nouvelle route qui nous amène à l'est des îles Pescadores.

Le CGO commença son travail sur la carte tandis que Mack se dirigeait vers le local sonar pour prendre connaissance de la situation des bruiteurs. Une fois la route tracée sur le routier du détroit, le CGO demanda au timonier de quart de la reporter sur les cartes de détail.

Le *Cheyenne* avançait à 4 nœuds en direction des hauts-fonds du détroit de Formose. Fort de ses précédentes expériences en eaux peu profondes, Mack ordonna à l'officier de quart de venir à 35 mètres. Le détroit en lui-même s'étirait sur une longueur de 350 nautiques environ. A sa vitesse actuelle, le *Cheyenne* le traverserait en trois jours et demi. Mack avait décidé de remonter discrètement du côté de Taïwan, à vitesse d'écoute optimale pour ne pas risquer de mauvaise surprise.

La mission du *Cheyenne* ne se réduisait pas à la simple détection des bâtiments ennemis. Mack devait surtout détruire tous les sous-marins et les bâtiments de surface d'importance qu'il rencontrerait. Mack décida que, dès le détroit franchi, il irait chercher ses proies le long de la côte chinoise, certain d'y trouver un environnement riche en buts.

Ainsi que l'avait supposé Mack, aucun bâtiment chinois ne naviguait du côté taïwanais du détroit. Ce transit lui permit pourtant d'obtenir avec précision le contour ouest du champ de mines et de déterminer au moins une voie navigable sûre qui lui permettrait de repartir vers le sud en fin de mission.

Une fois de plus, Mack remercia le *Nimitz* pour son message. Sans lui, il aurait choisi l'autre côté du détroit et se serait jeté dans la gueule du loup.

Le *Cheyenne* franchit le vingt-cinquième parallèle nord, à la limite de la mer de Chine orientale. Deux heures plus tard, il ordonna de remonter à l'immersion périscopique pour prendre la vacation SSIXS. Pas de messages et pas l'ombre d'un bâtiment chinois. Mack y vit un signe favorable pour la poursuite de sa mission.

En arrivant en mer de Chine orientale, Mack ordonna à l'officier de quart de se rapprocher de la côte chinoise. Quelques heures plus tard, le *Cheyenne* commença sa descente vers le sud. Il prit son premier contact sous-marin 10 nautiques plus loin.

— *CO de sonar, nouveau bruiteur, azimut 2-4-2, une hélice, 6 pales, probablement un Kilo à vitesse élevée.*

Les opérateurs du BSY-1 se mirent au travail afin de déterminer la solution sur ce contact. Souvent, élaborer la route, la vitesse et la distance d'un bruiteur pouvait prendre du temps. Cette fois-ci, ce fut très rapide.

— C'est bon, annonça l'un des opérateurs, je l'ai ! Bon accord à 35 000 mètres, 6 nœuds, en route au 1-4-5.

— Réglez à 8 nœuds, ordonna Mack. Rappelez au poste de combat CO et poste torpilles.

Mack savait qu'il allait caviter en passant de 4 à 8 nœuds mais cela lui importait peu. Le Kilo cavitait aussi et, à vitesse maximum dans quarante-cinq mètres d'eau, il était probablement sourd.

Tandis que le *Cheyenne* se rapprochait, la solution sur le Kilo s'affinait. A 18 000 mètres, Mack fit disposer les tubes 1 et 2 et ouvrir les portes avant.

La distance qui le séparait du sous-marin chinois s'était très vite réduite. Une fois les portes avant ouvertes, la DLA annonça une évolution du but avec une radiale positive en augmentation. Le Kilo avait mis le cap en direction du *Cheyenne*. Moins d'une minute plus tard, le sonar annonçait de nouveaux éléments.

— *CO de sonar, le Kilo vient d'émettre avec son sonar de coque moyenne fréquence « Shark Teeth ».*

Mack n'avait plus le choix. Le *Cheyenne* était pris au contact.

— Recalez sur le dernier bien pointé et lancez, tubes 1 et 2, sur le but 112, ordonna-t-il.

— Recaler sur le dernier bien pointé et lancer, tubes 1 et 2, but 112, bien commandant.

Durant les semaines passées, le *Cheyenne* avait connu des situations similaires à de multiples reprises. Mais chaque nouvelle action apportait sa dose de tension. Fidèle à son habitude, l'équipage agit avec efficacité. Quelques instants plus tard, Mack sentit les deux torpilles quitter le sous-marin.

— *CO de sonar, deux torpilles parties, lancement nominal, j'ai les torpilles à l'écoute.*

A bord du Kilo, les torpilles parurent surgir du néant. Le sous-marin avait démarré son sonar actif pour tenter de détecter d'éventuels contacts. A proximité des eaux territoriales chinoises, le commandant avait cru pouvoir le faire en toute sécurité. Il venait juste de réaliser qu'il avait commis une erreur dramatique.

— Perceptions torpilles 1 et 2, je lâche les deux torpilles en autoguidage, annonça l'officier ASM à la DLA.

— Larguez les gaines et fermez les portes

avant, ordonna Mack. Je veux m'éloigner le plus possible du point d'explosion.

Mack savait qu'une charge militaire de 300 kilogrammes pouvait endommager n'importe quel sous-marin, chinois ou non, si celui-ci se trouvait trop près de la torpille lors de l'explosion. De plus, tous les bâtiments et autres sous-marins présents dans la zone allaient se précipiter dans le coin comme des mouches sur du sirop.

— Fermez les portes avant et rechargez les tubes 1 et 2 avec des Mk 48.

Lorsque le *Cheyenne* se fut suffisamment éloigné, Mack fit réduire la vitesse à 4 nœuds. Il se trouvait toujours à proximité des eaux territoriales chinoises et ne voulait pas risquer de se faire reprendre au contact. La disparition du Kilo conduirait bien assez tôt les Chinois à conclure à la présence d'un sous-marin ennemi.

Mack savait aussi que le Kilo ne pouvait pas s'échapper, pris en tenaille entre la côte, le champ de mines et les Mk 48.

— *CO de sonar,* annonça le chef de module, *le Kilo vire à nouveau à gauche, en direction du champ de mines. Les Mk 48 continuent leur poursuite.*

Mack accusa réception de l'information et dut malgré lui reconnaître le cran du commandant chinois. Désespéré, conscient qu'il n'avait aucune chance de survivre aux torpilles qui l'avaient pris en chasse, celui-ci avait choisi la seule voie qui s'ouvrait à lui.

— *CO de sonar, explosion dans le 1-1-0.*

Mack attendait la suite avec une certaine inquiétude.

— *Commandant, nous venons de perdre la torpille 1. Elle a touché une mine.*

Mack hocha la tête. Il éprouvait une certaine

admiration pour son adversaire. Jusque-là, le pari désespéré avait payé. Mais il restait une Mk 48 et elle était verrouillée sur le Kilo.

Les explosions conjuguées de la première torpille et de la mine avaient transmis une onde de choc à l'intérieur de tout le champ de mines. Par endroits, les Chinois avaient mouillé les engins trop proches les uns des autres et le pic de pression provoqué par les deux premières explosions provoquèrent la détonation de deux autres mines dans les secondes qui suivirent.

Quelques instants plus tard, le local sonar annonçait une troisième explosion. Le chef de module estima qu'il devait s'agir d'une nouvelle mine, car la seconde Mk 48 continuait à poursuivre sa proie.

— *CO de sonar, nouvelle explosion. Nous avons perdu la torpille 2 à l'écoute. Je pense qu'elle aussi a touché une mine.*

Le Kilo venait de gagner son coup de poker en évitant les deux torpilles. Pourtant, il avait toujours matière à s'inquiéter. Il se trouvait au beau milieu d'un champ de mines et savait que l'ennemi était tout près, à l'affût.

Moins de deux minutes après celle de la Mk 48, le sonar détecta deux nouvelles explosions.

— *CO de sonar, encore deux nouvelles explosions, azimut 1-1-2. Bruits de rupture de coque. Ça y est, le Kilo a dû embrasser une mine.*

Le métal qui craquait émettait un gémissement caractéristique. Pendant le naufrage du Kilo, Mack pensait aux événements qui venaient de se dérouler. Il savait que des situations désespérées appelaient des solutions du même ordre, qui ne fonctionnaient pas toujours.

L'ironie voulait que Mack fût parvenu à ses fins par des moyens détournés. Ce n'était pas une des Mk 48 qui avait coulé le Kilo, mais l'une des mines mouillées par son propre camp.

L'ensemble de l'équipage du *Cheyenne* s'était trouvé aux premières loges pour constater les dégâts provoqués par le contact d'une mine avec un sous-marin. Dans les conditions actuelles, Mack pourrait se trouver à son tour en position de tenter le même coup de poker que le Kilo, coup qui pourrait bien se terminer de la même façon. Mais il n'avait pas vraiment le choix. S'il voulait remplir sa mission, il devait poursuivre sa route vers le sud, le long de la côte. Il espérait simplement que la chance lui sourirait un peu plus qu'à l'infortuné commandant chinois.

Huit heures plus tard, le *Cheyenne* avançait toujours à 4 nœuds, l'antenne linéaire TB-16 déployée à mi-longueur.

— *CO de sonar, pendant l'abattée d'écoute nous avons pris deux nouveaux contacts dans l'arrière, azimut 0-0-4, probablement des bâtiments de surface, commandant.*

Mack manœuvra le *Cheyenne* pour acquérir deux tronçons afin de mesurer le défilement et la distance des deux contacts.

— *Nous avons classifié les bruiteurs, commandant, deux escorteurs Luda I, qui n'embarquent pas d'hélicoptères.*

Depuis le début du conflit avec la Chine, la bibliothèque de contacts sonar du *Cheyenne*, instrument indispensable pour identifier les signaux sonars reçus durant une mission, s'était considérablement enrichie. Sans ces signatures, les opérateurs sonar auraient eu bien du mal à classifier les différents contacts.

Mack fit remplacer les Mk 48 des tubes 1 et 2 par des Harpoon. Cela prit plusieurs minutes, mais ouvrait de nouvelles possibilités d'offensive.

Le BSY-1 mit un temps qui parut infini pour élaborer la solution sur les deux escorteurs.

— Distance du Luda le plus proche, le 121,

estimée à 20 000 mètres, annonça l'officier ASM à la DLA. Distance du second, le 122, 25 000 mètres. Ils progressent tous les deux à 16 nœuds.

— Très bien, répondit Mack.

Dans cette situation, employer des Harpoon permettait d'économiser ses Mk 48, polyvalentes, mais aussi d'attaquer de plus loin, laissant ainsi plus de chances au *Cheyenne* de s'échapper après le lancement. En outre, pour atteindre le maximum d'efficacité, Mack devait continuer à fournir des informations aux Mk 48 après leur lancement. En mode autonome, elles n'avaient que des capacités limitées et pouvaient manquer leur but. Avant de s'écarter franchement de la position de lancement, Mack devait donc attendre que les armes aient pris des perceptions, ce qui pouvait demander jusqu'à une quinzaine de minutes. Les Harpoon, par contre, étaient des missiles « *fire and forget* ». Une fois qu'ils avaient reçu leurs objectifs et les paramètres de lancement, ils n'avaient plus besoin d'un lien avec le lanceur, qui se trouvait alors libre de ses mouvements. De plus, les Harpoon étaient beaucoup plus rapides que les Mk 48, ce qui laissait moins de temps aux bâtiments de surface pour réagir.

Étape par étape, Mack prépara le lancement des deux Harpoon et fit feu. Les bruits de chasse se répercutèrent à travers tout le sous-marin.

— *Tubes 1 et 2, lancement nominal, commandant, allumage des boosters.*

Après leur éjection des tubes lance-torpilles du *Cheyenne*, les Harpoon filèrent vers la surface dans leur capsule étanche. Ils remontèrent et traversèrent la surface avec un angle de 45 degrés. Un détecteur de sortie d'eau mit à feu une charge d'éjection du nez de la capsule puis alluma le booster d'accélération du missile, qui se libéra de son conteneur.

Trois secondes plus tard, leur bloc de poudre totalement brûlé, les boosters se séparèrent des missiles qui démarrèrent leurs turboréacteurs et filèrent en direction des Luda qui ne se doutaient encore de rien.

Mack ne s'attarda pas à admirer leur vol à travers son périscope. Dès qu'il sentit le départ des missiles, il ordonna à l'officier de quart d'accélérer à 10 nœuds et de s'éloigner du point de lancement, espérant qu'aucun sous-marin ennemi ne se trouvait à proximité.

Les deux missiles UGM-84 couvrirent rapidement la distance qui les séparait des Luda. Lorsqu'ils ne furent plus qu'à 1 nautique, les Harpoon commencèrent leur ultime manœuvre. Au lieu de l'habituel piqué final, Mack avait réglé les engins pour une altitude d'attaque de 2 mètres.

La trajectoire finale au ras de l'eau se déroula à la perfection et les Luda chinois ne détectèrent même pas les missiles avant l'impact. A une altitude aussi basse, les radars « Eye Shield » et « Bean Sticks », dénomination OTAN des radars russes des Luda, ne pouvaient pas les apercevoir.

Le *Cheyenne* n'avait pas encore eu le temps de s'éloigner du point de lancement lorsque le module sonar rendit compte de l'opération.

— *CO de sonar, deux explosions, à 16 secondes d'intervalle, dans les azimuts 0-0-2 et 0-0-6...*

Le chef du module sonar se reprit aussitôt :

— *Correction, trois explosions. La dernière ressemble à une explosion secondaire, aussi dans l'azimut 0-0-2.*

Il s'arrêta et ajouta :

— *CO de sonar, bruits de rupture de coque sur le même but, azimut 0-0-2. Celui-là est fichu, commandant.*

L'enfer s'était abattu sur le premier Luda. L'équipage se composait de deux cent quatre-vingts marins et officiers. Quarante-cinq secondes après l'impact du Harpoon, cent quatre-vingts d'entre eux avaient péri, tués par l'incendie, le déluge de métal en fusion et les torrents de carburant enflammé. Plus de quarante corps surnageaient autour du bâtiment. Au milieu d'eux, quelques hommes vivaient encore, flottant sur le dos, incapables de comprendre ce qui avait bien pu se passer.

Seuls quinze hommes avaient réussi à quitter le Luda. Les autres restaient pris au piège à l'intérieur de la coque, sans aucune chance de s'échapper. Peu importait leur combat pour survivre, ils mourraient tous, asphyxiés par la fumée ou dans l'incendie de leur bâtiment.

Sans bruit, lentement, l'escorteur chinois s'enfonçait dans les eaux du détroit de Formose.

Le second Luda se trouvait dans une situation à peine plus enviable. La charge militaire de 260 kilos du Harpoon avait explosé dans la partie arrière du bâtiment, qui perdit aussitôt un bon quart de son équipage.

Lorsque l'état-major de la marine chinoise apprit les énormes dégâts infligés à ces deux puissants bâtiments, ils supposèrent un raid de F/A-18. Craignant que d'autres appareils américains n'opèrent dans la zone, les Chinois n'osèrent pas envoyer d'avions de patrouille maritime. Privés de leurs Akula, ils ne disposaient d'aucun bâtiment susceptible de détecter le *Cheyenne*.

Une heure plus tard, Mack fit rompre du poste de combat sans avoir détecté d'autres Chinois lancés à sa poursuite. A 4 nœuds, le *Cheyenne* s'éloigna discrètement.

Le lendemain, au carré, Mack s'étonnait devant ses officiers du faible nombre de bâtiments de guerre ennemis naviguant dans cette zone, pourtant si proche des côtes. Mack n'avait pas combattu depuis plusieurs heures, il contrôlait la situation et tout fonctionnait parfaitement à bord.

Tandis que le *Cheyenne* se rapprochait de la sortie sud du détroit de Formose, Mack réalisa que cette opération de nettoyage et de reconnaissance avait révélé la situation tragique dans laquelle se trouvait désormais la marine chinoise. Dès son retour en mer de Chine méridionale, Mack reprit la vue et hissa l'antenne multifonction pour transmettre son rapport de mission.

La nouvelle du succès du *Cheyenne* se répandit dans toute la marine américaine. La position du champ de mines avait aussitôt été transmise et portée sur toutes les cartes. Mack et son équipage avaient ajouté un Kilo et deux Luda à la longue liste de leurs victimes.

Après avoir pris la vacation, Mack fit redescendre le *Cheyenne* en immersion profonde et gagna sa chambre où il s'abattit sur la couchette, harassé de fatigue. Il avait passé la manœuvre à l'officier de quart et demandé au CGO de tracer une route en direction de la base navale de Tsoying, à Taïwan.

Cette mission se terminait sur une nouvelle victoire. Mack avait hâte de retrouver le *McKee*. Cette guerre était loin d'être terminée et il était certain d'avoir encore besoin d'autant d'armes qu'il pourrait en obtenir.

13

A LA POURSUITE DU TYPHOON

L'officier ASM, l'ingénieur et leurs adjoints restèrent à bord du *Cheyenne* pour s'occuper de l'embarquement des armes depuis le *McKee* et des préparatifs de divergence du réacteur. Accompagné de son second et du CGO, le commandant se rendit au quartier général de la base navale de Tsoying pour le briefing habituel avant appareillage. Mack se demandait pourquoi cette réunion n'avait pas lieu à bord du *McKee,* comme lors des précédentes missions. Malgré l'hospitalité débordante des Taïwanais, Mack n'était jamais vraiment certain de ne pas adresser la parole à l'un des sbires de Li Peng.

Au moment où il entrait dans la salle de conférence du premier étage, le commandant nota avec satisfaction que le personnel de CTF 74 chargé de la sécurité passait la pièce au détecteur électronique, à la recherche de micros cachés. Cette pratique, devenue indispensable à l'époque où l'Union soviétique recourait sans cesse aux systèmes d'écoute, avait survécu à l'effondrement du bloc de l'Est.

Avant que les officiers du *Cheyenne* n'aient eu le temps de prendre leur place, deux gardes du corps à l'allure impressionnante pénétrèrent dans la pièce, précédant un petit Chinois à l'air distingué que l'on introduisit comme le Président Jiang.

Sa présence surprit Mack, qui ne put s'empêcher de manifester un certain étonnement. Un briefing de patrouille, en temps de guerre, en présence de l'ennemi chinois ?

Le Président Jiang s'approcha lentement de Mack. Il avait demandé à rencontrer le célèbre commandant du *Cheyenne*, Bartholomew « Mack » Mackey, et voulait le remercier pour ses exploits au nom de tout son peuple resté sur le continent. En dépit du traître Li Peng, des chansons avaient été écrites dans presque toutes les provinces de son pays, les enfants se rendaient à l'école en chantant « *Cheyenne, Cheyenne* », et le Wyoming était devenu le sujet principal des leçons de géographie sur les États-Unis !

Après un échange de civilités entre un président enthousiaste et un commandant plutôt embarrassé, Jiang sortit aussi vite qu'il était entré, au grand soulagement de Mack. Car c'était ainsi : le commandant du *Cheyenne*, terreur de la mer de Chine, sentait la sueur perler dans son dos lorsqu'il se voyait contraint à des mondanités.

Sa guerre, c'était une autre histoire. Le *Cheyenne* suivait des ordres. Savoir qui était l'adversaire n'avait plus d'importance depuis que les Russes fournissaient des sous-marins à tous les pays du tiers-monde capables d'en payer le prix. Mack et ses officiers étaient maintenant devenus des intimes des Romeo, Kilo, Alfa et autres Akula.

La réunion débuta dès la sortie du Président Jiang. Les Chinois avaient bien sûr eu vent de la réapparition de Jiang à Taïwan et cela les avait incités à consacrer une bonne partie de leur budget à l'achat d'un Typhoon, un sous-marin lanceur d'engins (SNLE) de fabrication russe. Ils n'accordaient qu'une confiance limitée à leurs propres SNLE, les Xia. Les essais du missile balistique CSS-N-3 s'étaient soldés par de très nombreux échecs. La marine chinoise avait acheté un Typhoon de la Flotte du Nord qui avait déjà terminé son transit sous la glace et approchait de la mer de Chine méridionale. L'officier renseignement ajouta que le Typhoon était sans doute accompagné d'un ou plusieurs chiens de garde, des Akula de la même flotte.

« Rigoureusement inutile », se dit Mack en lui-même.

Le Typhoon possédait une double coque pour résister aux torpilles ennemies mais, surtout, pour lui permettre de casser une ouverture à travers la banquise et de tirer ses missiles stratégiques. Pour endommager ce SNLE avec des Mk 48, Mack savait qu'il devrait compter sur la chance. Le seul point réellement vulnérable d'un tel monstre restait les hélices. Mais le Typhoon, en plus de ses deux lignes d'arbres, était aussi équipé de deux propulseurs auxiliaires qui permettaient des manœuvres à vitesse réduite et la tenue de l'immersion de lancement dans les glaces.

La capacité du Typhoon à rester stoppé en plongée sous la glace pendant plusieurs mois d'affilée rendait sa chasse particulièrement difficile. L'absence de système fixe d'écoute sous-marine, les SOSUS, en mer de Chine méridionale n'allait pas non plus faciliter la tâche du *Cheyenne*. Mack pensa qu'il pourrait être contraint d'utiliser quelques Mk 48 lancées en autopropulsion comme senseurs avancés dans la zone de probabilité de présence du Typhoon.

Les services de renseignement estimaient que les missiles balistiques SS-N-20 des Typhoon n'étaient pas capables de trajectoires à courte portée, contrairement à d'autres systèmes antérieurs comme les Yankees. Les Typhoon pouvaient lancer sur Taïwan depuis l'océan Arctique et les États-Unis pourraient détecter et suivre la salve. Malheureusement, le temps de déterminer la trajectoire des missiles, il serait trop tard.

Mack décida qu'à compter de maintenant, le réacteur du *Cheyenne* resterait critique, même en escale, et ce tant que planerait la menace de missiles balistiques. Si le Typhoon lançait, Mack n'aurait pas le temps de diverger, d'allumer et d'appareiller avant que les charges nucléaires ne vaporisent la base navale de Tsoying.

A son retour à bord, l'officier ASM lui rendit compte de la fin de l'embarquement des armes. Deux missiles Harpoon complétaient les Mk 48, juste au cas où. Une torpille avaient été chargée dans chacun des quatre tubes et les missiles reposaient sur leurs rances.

Après s'être largué du *McKee,* peu de temps avant la tombée de la nuit, le *Cheyenne* appareilla et mit le cap au nord, en surface, au large de Kangshan. Les satellites radar russes RORSAT balayaient la zone au profit des Chinois. Mack voulait les leurrer en leur montrant une route nord. Dès le coucher du satellite, Mack évolua en direction de l'est de Taïwan, vers les grands fonds. Le sous-marin naviguait tous feux éteints. Mais le *Cheyenne* n'était pas le seul à chercher à masquer sa présence.

Soudain, le staccato de rafales d'armes automatiques rompit la quiétude de la nuit. Du petit calibre sur l'arrière bâbord, un calibre plus important sur l'arrière tribord. Des balles ricochèrent aussitôt sur les deux côtés du massif.

Les deux patrouilleurs rapides d'où provenaient les rafales dépassèrent le *Cheyenne* à grande vitesse, à peu près sur la même route que lui. Le personnel de quart à la passerelle, qui s'était abrité derrière l'acier à haute limite élastique du bordé, les entendit très distinctement.

— Passerelle du commandant au CO, appela Mack. Prendre la tenue de veille en passerelle. Nous plongerons le plus vite possible. Je prends la manœuvre en bas.

Jamais les dispositions pour plonger n'avaient été prises en si peu de temps. Le geyser provoqué par l'ouverture des purges des ballasts avant arrosa le dernier homme en passerelle qui fermait encore les volets de fosse de veille. Le *Cheyenne* se trouvait déjà à 15 mètres d'immersion lorsque le dernier homme annonça qu'il était descendu et que les panneaux du sas passerelle étaient fermés et verrouillés. Mack avait minuté la prise de plongée pour descendre au plus vite en s'assurant tout de même que le panneau d'accès passerelle serait fermé avant que la mer ne l'atteigne.

Lorsque le sous-marin se stabilisa à l'immersion de 30 mètres avec moins de 10 mètres d'eau sous la quille, le commandant prit la diffusion générale pour expliquer à l'équipage ce qui s'était passé. Un patrouilleur rapide chinois de classe Komar, de fabrication soviétique, avait engagé un patrouilleur taïwanais. Les projectiles des canons de 25 mm chinois et de 20 mm taïwanais avaient ricoché sur le massif du sous-marin. Le *Cheyenne* avait dû plonger rapidement avant que le Komar ne lance ses missiles surface-surface SS-N-2 et que le bâtiment taïwanais ne riposte avec ses Otomat. Mack ne voulait pas courir le risque que l'autodirecteur d'un de ces missiles anti-surface ne l'accroche. Un sous-marin avec un gros trou dans le massif ne pouvait plus servir à grand-chose. Le même genre d'incident s'était produit près de vingt ans auparavant, avec des patrouilleurs nord et sud-coréens. La mémoire collective des sous-mariniers ne les avait pas oubliés.

Quelques membres de l'équipage s'étaient légèrement blessés dans leur descente précipitée vers le CO. L'officier de quart, en regardant les quelques coupures qu'il avait aux mains, tenta de détendre l'atmosphère avec une plaisanterie :

— Avec mes blessures, commandant, me recommanderez-vous pour la médaille des mutilés de guerre ?

Avec un sourire, le second répondit que ce serait la première fois pour un sous-marinier depuis la Seconde Guerre mondiale, mais que cela valait le coup d'essayer.

Ce soir-là, à la cafétéria, au milieu des rires et des applaudissements, le patron du pont remit en grande pompe à chacun des membres de l'équipe de quart en passerelle une grosse médaille en carton que le secrétaire avait réalisée en scannant et en agrandissant une photo de la vraie médaille, trouvée dans un des nombreux manuels du bord.

Après la prise de plongée, Mack mit le cap au sud. Il avait décidé de ne pas s'aventurer dans le détroit de Formose. Une fois de plus, il allait devoir faire confiance aux sonars du *Cheyenne* et à ses opérateurs.

Mack ordonna de rester à l'immersion périscopique tant que le sous-marin se trouverait en eaux peu profondes.

— CO de sonar, le Komar chinois, azimut 3-5-5, sort de notre baffle tribord. Baptême le 123.

— CO de module ESM, le radar du Komar illumine notre périscope, niveau du signal : 3.

Mack ordonna à l'officier de quart de rappeler au poste de combat pour lancement d'un

Harpoon. Il fit remplacer la torpille du tube 1 par un missile. Lorsque l'ordre lui parvint, le patron torpilleur avait déjà commencé à prendre les dispositions pour la permutation des armes.

Mack avait choisi de ne pas risquer une Mk 48 contre le Komar. Le *Cheyenne* lancerait le Harpoon sur des azimuts ESM, tout en continuant sa route vers le sud, un lancement « par-dessus l'épaule », que Mack appréciait particulièrement en plate-forme.

Cinq minutes plus tard, le Harpoon du tube 1 attendait les coordonnées de son but. Mack ordonna un lancement en mode « sans distance » sur le dernier azimut ESM intercepté. Au périscope, il vit le missile sortir de l'eau et exécuter un virage lent vers la droite avant de se diriger vers le Komar. Le Harpoon atteignit tout juste sa vitesse maximum avant de trouver sa cible. Il s'écrasa sur le pont du bâtiment chinois qui se brisa en deux sous l'effet combiné de la vitesse et de la charge explosive du missile. Il coula instantanément. Un éclair dans la nuit, puis plus rien, comme si le Komar s'était désintégré.

Après une journée de transit sans incident, le *Cheyenne* arriva dans la première zone de patrouille. Située à 200 nautiques à l'est de Macclesfield Bank, Mack avait estimé que l'endroit devait être idéal pour un Typhoon en patrouille.

Dès l'arrivée dans le nord-est de la zone, Mack ordonna à l'officier de quart d'exécuter un sondage bathy. Les relevés de température en fonction de la profondeur seraient transmis au BSY-1 pour être traités puis envoyés au sonar. Mack en profiterait pour déterminer de nouvelles immersions refuges, en fonction du profil des couches thermiques.

Pendant le dîner au carré, que tous prirent au pas de charge. Mack s'adressa à ses officiers.

— Nous avons de nouveau du pain sur la planche. Avec les trois nouveaux Akula et le Typhoon qui nous attendent, nous devrons montrer encore plus d'imagination que dans nos précédentes attaques. Nous devrons nous débarrasser de tous ces bâtiments en même temps.

Le *Cheyenne* venait de prendre l'avantage. Le sonar avait perçu la signature faible d'un Akula dans le sud, identique à celle de l'unique survivant de l'engagement des Paracels. Apparemment à cours de moyens, les Chinois avaient dû affecter ce bâtiment à la protection du Typhoon.

Ce scénario convenait tout à fait à Mack. Il obtenait une seconde chance contre l'Akula et espérait que le Typhoon naviguait dans les parages. Dommage pour un SNLE de se faire détecter à cause du chien de garde supposé le protéger !

Le CO estimait la distance de prise de contact initial à environ 72 000 mètres, dans la troisième zone de convergence. Cette fois-ci, Mack allait encore attendre pour rappeler au poste de combat.

Pour le moment, le sonar ne percevait aucun signe des autres Akula ni du Typhoon, à part une seule série de raies basse fréquence qui provenaient d'un pont sonore au niveau des turboalternateurs de l'Akula.

Mack fit disposer les tubes 1 et 2 et ouvrir les portes avant, juste pour pouvoir réagir rapidement à une éventuelle situation de proximité. Quelques minutes plus tard, l'officier de quart rendit compte de l'exécution des ordres du commandant. L'équipage du *Cheyenne* était parvenu à une telle maîtrise que certaines procédures de mise en œuvre des tubes lance-torpilles avaient été allégées, par dérogation aux règlements de la marine.

L'Akula ne suivait pas une route constante, ce qui voulait dire qu'il évoluait autour du Typhoon, ainsi que l'espérait Mack. Ces mouvements erratiques permettaient à Mack d'entretenir de bonnes solutions sur l'Akula et de se rapprocher en toute discrétion. Par contre, il ne percevait toujours aucun signe des deux autres Akula ni du SNLE.

A part le pont sonore détecté plus tôt, l'Akula restait discret en bande large. Le *Cheyenne* ne le prenait ni sur son antenne sphérique ni sur ses antennes de flanc. Lorsque les opérateurs du BSY-1 et l'officier de quart furent satisfaits de la solution entretenue, Mack rappela au poste de combat. Cela faisait maintenant partie de la routine du *Cheyenne*.

— Attention pour lancer deux Mk 48 tubes 1 et 2 contre le but 124, ordonna le commandant Mackey.

L'officier ASM annonça la solution entretenue à la DLA, route aléatoire, vitesse trois nœuds, distance 14 000 mètres.

— Recalez sur le dernier bien pointé et lancez, tubes 1 et 2.

— Tubes 1 et 2, torpilles parties, lancement nominal, rendit compte l'officier ASM à la DLA.

— *CO de sonar, j'ai les deux torpilles à l'écoute, lancement correct,* annonça le chef du module sonar, tandis que les deux torpilles exécutaient leurs manœuvres d'écartement et accéléraient à vitesse moyenne pour leur phase d'approche.

— Reçu, sonar, répondit Mack.

Les événements se précipitèrent.

— *CO de sonar, les torpilles accélèrent.*

L'officier ASM confirma l'information et annonça que les deux Mk 48 avaient acquis leur cible. Le *Cheyenne* venait de détecter un second Akula, lorsque celui-ci avait accéléré pour s'éloigner des torpilles qui, pourtant, ne lui étaient pas destinées. Mais toujours aucun signe du Typhoon.

Le commandant du Typhoon, un bâtiment majeur de la marine de l'ex-Union soviétique, n'avait pas l'intention d'abandonner sa station. Il se maintenait entre deux eaux, à vitesse nulle. Il montait et descendait tranquillement, turbines principales réchauffées mais arrêtées, les deux réacteurs à eau pressurisée aux pression et température les plus basses pour générer un bruit d'écoulement le plus faible possible dans les circuits de vapeur. Il avait même arrêté les propulseurs auxiliaires, laissant son bâtiment dériver au gré du courant. Ce commandant russe avait l'intention de devenir amiral, comme son père avant lui.

Les deux Mk 48 poursuivirent leur course vers leurs buts, mais seule la torpille 1 chassait maintenant le premier Akula, l'ancien but 74. Mack avait reprogrammé la seconde torpille en direction du deuxième sous-marin dès que celui-ci avait trahi sa présence en accélérant.

— *CO de sonar, explosions dans le 1-9-5 et le 1-7-8.*

Mack espérait que la perte des deux Akula alarmerait le commandant du Typhoon et le forcerait à commettre une erreur, mais celui-ci maintint sa position, aussi discret qu'un courant d'air. Mack savait que le Typhoon se trouvait dans les parages mais n'était pas encore parvenu à le localiser précisément.

En revanche, Mack n'avait pas même conscience de la présence d'un autre Akula, dont le commandant avait plus l'expérience des 688 américains que son malheureux camarade de la Flotte du Nord. L'Akula, tout comme le Typhoon, refusait de réagir.

— *CO de sonar, toujours rien du Typhoon.*

Mack fit disposer une Mk 48 pour un lancement en autodémarrage, c'est-à-dire sans utilisation du système de chasse. La torpille quitterait le tube sous l'effet de sa propre propulsion, ce qui imposait un lancement à très faible vitesse. Mack comptait se servir de sa torpille comme d'un senseur avancé. La Mk 48 progresserait à vitesse réduite et, en restant discrète, écouterait là où le *Cheyenne* désirerait l'envoyer. Ce genre de tactique se révélait souvent très utile, particulièrement sous la glace où la torpille pouvait chercher et découvrir des SNLE qui se cachaient. Les données perçues par le sonar de la torpille étaient transmises à bord par l'intermédiaire du fil de guidage. Mais Mack aurait préféré pouvoir effectuer lui-même une recherche silencieuse à toute petite vitesse, en utilisant un sonar actif indétectable par l'adversaire.

Un tel système existait, mais le FORMIDABOD n'avait pas encore été installé à bord des bâtiments opérationnels. Ce sonar représentait le résultat des cogitations d'un ancien officier de COMSUBPAC, qui avait remarqué que le sonar BQS-15 des 688 ne pouvait pas « voir » les mines. Le FORMIDABOD n'était rien d'autre qu'un robot sous-marin téléopéré, mis à l'eau et récupéré par un tube lance-torpilles. Loin sur l'avant du sous-marin porteur, il effectuait une recherche en zone dangereuse alors que celui-ci pouvait rester tranquillement dans un environnement reconnu sûr. De plus, il fournissait une cadence d'information six fois plus élevée que le meilleur des sonars actuels, qu'il fût russe ou américain.

La Mk 48 mit quelque temps à renifler le Typhoon mais finit par prendre le contact. Le senseur avancé trouva le sous-marin ennemi qui, en même temps, détecta la torpille.

Le commandant du Typhoon, confiant dans son invulnérabilité, décida de ne pas bouger. Ses seules réactions furent de mettre en route ses propulseurs auxiliaires pour faire évoluer son énorme bâtiment et de préparer ses torpilles de 65 et de 53 cm, afin de les utiliser contre le sous-marin américain qui avait lancé la Mk 48. Le commandant russe ne pouvait pas savoir à qui il avait affaire, mais il présuma se trouver en présence du *Cheyenne*.

En même temps que se déroulaient ces préparatifs à bord du Typhoon, le commandant Mackey élaborait une nouvelle tactique. Le contexte opérationnel actuel ne relevait certes pas d'un cas d'école. Mais c'était pour cette raison que la marine formait ses commandants de sous-marins, pour qu'ils soient capables de réagir devant l'imprévu. Mack avait l'initiative.

— Attention pour lancer quatre Mk 48, tubes 1 à 4 contre le Typhoon, le but 126, ordonna Mack.

L'officier ASM et le second le regardèrent d'un air perplexe.

— La 1 pour les hélices. En l'entendant arriver, les Russes vont démarrer leurs propulseurs auxiliaires. Les 2 et 3 pour ces fameux propulseurs. A ce moment, nous devrions arriver en portée MIDAS et nous ferons exploser la torpille numéro 4 juste au-dessus de leur pont missile.

Le plan de Mack, pourtant audacieux, se déroula sans incident. La première Mk 48 percuta comme prévu les hélices du Typhoon. Lorsque le sonar rendit compte du démarrage des propulseurs auxiliaires, l'officier ASM amena les deux torpilles suivantes sous le but.

Le *Cheyenne* accéléra alors pour se rapprocher et arriver en portée MIDAS. Le commandant russe finit par se décider à contre-attaquer et ordonna de commencer la salve des missiles stratégiques contre Taïwan. Mais il était déjà trop tard. La quatrième torpille explosa au-dessus du pont missile avant l'ouverture de la première porte. Sous l'effet du choc, celle-ci se déforma et se coinça en position fermée. De plus, la surpression provoquée par les 325 kilos d'explosif de la dernière Mk 48 s'ajoutant à la pression de l'immersion à laquelle se trouvait le Typhoon provoqua la rupture des portes culasse des tubes lance-torpilles, sur le point de cracher leurs armes. Un gigantesque geyser d'eau de mer pénétra dans le poste torpilles par les tubes éventrés et le Typhoon commença à embarquer.

Une telle catastrophe aurait été mortelle pour n'importe quel autre sous-marin de n'importe quelle autre marine au monde. Pas pour le Typhoon. Sa double coque restait intacte. L'ambitieux commandant russe ordonna de vider toutes les capacités internes.

Allégé, le Typhoon remonta très vite. Mais, une fois en surface, les Russes se rendirent compte que la capsule de sauvetage, qui n'avait jamais été utilisée à la mer, refusait obstinément d'être larguée.

Fort des leçons apprises depuis la catastrophe du SNA *Mike* en mer du Nord, au large de la Norvège, le commandant du Typhoon décida de rester là où il pouvait attendre de l'aide. Mack comprit alors que son adversaire avait perdu son sang-froid : il se trouvait en mer de Chine méridionale, où aucun bâtiment russe ne pourrait venir à son secours. Pire encore, le *Cheyenne* venait enfin de trouver le dernier Akula, dont le commandant avait pris le parti de fuir afin de tenter à son tour sa chance un peu plus tard.

Lorsque le Typhoon fit surface, le *Cheyenne* se trouvait à proximité. Le sous-marin russe avait déjà été sévèrement endommagé ; Mack ordonna de l'achever de quatre autres torpilles. En temps de guerre, la pitié n'avait pas cours. Si Mack avait laissé la vie sauve au Typhoon, l'équipage russe aurait trouvé le moyen de décoincer les portes des tubes lance-missiles et aurait fini par lancer sur Taïwan.

L'explosion des quatre dernières torpilles contre la coque du Typhoon provoqua une importante voie d'eau. Le commandant russe décida enfin d'abandonner son bâtiment et les canots de sauvetage furent jetés à la mer — pour être aussitôt déchiquetés par les requins qui infestaient cette zone. Impuissant, l'équipage assistait à la scène depuis le pont missile. L'énorme sous-marin commença à s'enfoncer lentement.

Le commandant avait déjà envoyé un message au quartier général de la Flotte du Nord rendant compte du naufrage imminent de son bâtiment et du manque de soutien de la part de son escorte d'Akula, dont deux avaient été coulés. Le Russe ne disposait d'aucun moyen de communication direct avec l'état-major chinois, il ne pouvait donc qu'appeler les siens au secours. Il monta ensuite sur le pont, pour rester parmi ses hommes. Tous se tenaient les mains en une longue chaîne humaine. Les flots submergèrent enfin le pont. Les requins achevèrent le travail.

Le magnétoscope implanté dans le périscope de veille du *Cheyenne* avait enregistré la scène du naufrage, mais Mack n'avait pas l'intention de projeter ce film à l'équipage. Il avait confisqué la cassette pour qu'elle ne soit diffusée qu'en petit comité aux hautes autorités, au cours du débriefing de la patrouille.

Le dernier message du Typhoon atterra l'amiral commandant la Flotte du Nord. Non seulement il perdait l'un de ses sous-marins stratégiques, mais encore était-ce par la faute des commandants des Akula qui avaient été incapables de mener à bien leur mission.

L'amiral envoya aussitôt un message cinglant, « réservé commandant », à l'Akula qui avait survécu. Son contenu ne pouvait être plus clair et le destinataire en perçut parfaitement la signification. Il y était clairement fait allusion à sa femme et ses deux filles, qui venaient d'être placées sous la « protection rapprochée » des services secrets russes.

Mack se trouvait à côté de la plate-forme des périscopes lorsque le sonar annonça un nouveau contact sur l'antenne linéaire remorquée, un Akula, faible encore mais en rapprochement.

Le commandant de l'Akula, contraint et forcé par sa hiérarchie, avait décidé de s'attaquer au *Cheyenne*. Il n'avait pas le choix. Même sans la menace qui planait sur sa famille, rentrer dans son pays dans ces conditions équivalait à signer son arrêt de mort.

Il se disposa à lancer une salve de deux torpilles, au cas où il découvrirait le sous-marin américain à courte distance. Les opérateurs sonar russes restaient à l'affût, recherchant méticuleusement à l'aide de leur antenne linéaire remorquée tout indice de présence ennemie. Ils avaient tous entendu l'agonie de leurs camarades des Akula et du Typhoon et étaient déterminés à régler son compte au *Cheyenne*.

Mack ne se laisserait pas faire. Il ne voulait à aucun prix d'engagement à courte distance, trop dangereux.

L'Akula arrivait presque en portée torpille, à la fois américaine et russe, lorsque Mack rappela au poste de combat. Le *Cheyenne* avait déjà tiré onze torpilles, en comptant celle qui lui avait servi de senseur avancé. Il lui restait treize Mk 48 et un seul Harpoon, qui ne lui serait d'aucune utilité à moins de forcer l'Akula à faire surface. Le *Cheyenne* pourrait alors l'achever, ainsi qu'il l'avait fait auparavant avec le Romeo, au large de Midway.

Mais Mack ne souhaitait pas en arriver à cette extrémité. La mort du Typhoon lui suffisait. Des sous-mariniers, même ennemis, méritaient de périr avec leur bâtiment plutôt que de finir dévorés par les requins.

Une fois le poste de combat armé, le commandant Mackey fit disposer les tubes 1 et 2 et ouvrir les portes avant. Il avait aussi l'intention de lancer deux Mk 48 en auto-démarrage, pour des raisons de discrétion acoustique, comme il l'avait déjà fait précédemment.

L'Akula survivant, équipé de son antenne linéaire remorquée, avait montré qu'il savait être un adversaire discret. Les services de renseignement n'avaient pas encore obtenu de chiffres précis concernant les performances des nouveaux sonars russes. Mack décida de jouer la sécurité et de suivre la même tactique que celle qu'il avait déjà adoptée avec succès, en éloignant les torpilles de leur but avant de les faire à nouveau converger depuis des azimuts différents. Ainsi, elles ne trahiraient pas la position exacte du *Cheyenne*.

Le second rendit compte de la disposition des tubes 1 et 2.

— Bien, second, répondit le commandant.

L'Akula faisait route au sud-ouest. Le *Cheyenne* s'approchait lentement, cherchant à obtenir une bonne solution avant d'entrer lui-même dans le volume de détection de l'ennemi.

L'Akula défilait toujours gauche. Il restait discret en bande large et ne donnait aucun contact sur la sphère ou les antennes de flanc. Les opérateurs du BSY-1 ne disposaient que des éléments recueillis par la TB-23 pendant les différents tronçons pour élaborer une solution. Bientôt, le second annonça :

— Commandant, j'ai une bonne solution sur le 127, route 2-0-0, vitesse 4 nœuds, distance 20 000 mètres.

— Attention pour lancer deux Mk 48, tubes 1 et 2, sur le but 127.

L'officier ASM collationna.

— Recalez sur le dernier bien pointé et lancez, tubes 1 et 2.

— Recaler sur le dernier bien pointé et lancer, tubes 1 et 2... Tubes 1 et 2, feu !... Tubes 1 et 2, torpilles parties !

— *CO de sonar, j'ai les torpilles à l'écoute, lancement nominal,* rendit compte le chef du module sonar tandis que les deux torpilles accéléraient jusqu'à 20 nœuds pour leur transit d'approche.

— Reçu, sonar, répondit le commandant. DLA, prenez les torpilles en manuel et faites venir la une de 10 degrés sur la droite et la deux de 45 degrés sur la gauche.

Lorsque les torpilles seraient suffisamment proches de l'Akula pour espérer une acquisition passive, l'officier ASM les redirigerait vers le but.

— Combien de temps avant de faire évoluer les torpilles ? demanda le commandant.

— Vingt minutes pour la une, commandant, répondit l'officier de DLA, dix-sept minutes pour la deux.

— Combien de temps avant l'acquisition ? demanda Mack.

— Dix minutes pour l'unité 2, douze minutes pour l'unité 1.

A l'heure prévue, l'opérateur de la DLA annonça l'acquisition. Cette fois-ci, les deux torpilles avaient acquis le but sur lequel elles avaient été lancées. Il ne restait plus aucun autre sous-marin russe aux alentours.

— Larguez les gaines, fermez les portes avant et rechargez les tubes 1 et 2, ordonna le commandant.

— *CO de sonar, alerte torpilles, deux torpilles, azimut 2-0-5, qui défilent droite !* interrompit le chef du module sonar.

Le commandant russe avait lancé une salve, mais pas dans l'azimut des armes assaillantes. Plus malin que les autres, il avait lu le compte rendu de la précédente attaque du *Cheyenne*, probablement transmis par l'Akula qui s'était échappé et avait réussi à atteindre les Paracels. Présumant une nouvelle ruse du commandant américain, il avait lancé dans l'azimut milieu de celui des deux torpilles.

Pour une fois, le plan de Mack n'avait pas fonctionné. Les torpilles russes fonçaient droit sur le *Cheyenne*.

— A droite toute, vitesse maximum, ordonna Mack. Ne cavitez pas, immersion 300 mètres.

Mack doutait de s'être fait prendre au contact par l'Akula. Il ne pensait pas non plus que le Russe ait pu éventer sa petite finesse dans l'emploi des torpilles. Il devait donc s'agir d'un coup de bluff et Mack ne voulait pas trahir sa position en utilisant son sonar actif. Sous la couche thermique inférieure, le *Cheyenne* atteignit sa vitesse maximum en moins d'une minute, en route à l'est. Mack conservait les torpilles à la limite de son baffle bâbord afin de pouvoir continuer à les suivre.

Quelques instants plus tard, le chef du module sonar annonça que les Mk 48 accéléraient et défilaient plus vite droite. Au même moment, le WLR-9, l'intercepteur sonar du *Cheyenne*, commençait à grésiller à la fréquence de l'autodirecteur des torpilles assaillantes.

— *CO de sonar, explosions dans notre baffle !*

Les deux torpilles du *Cheyenne* avaient fait mouche. A forte vitesse, les opérateurs sonar ne purent déterminer avec certitude le sort de l'Akula.

Pour le moment, Mack n'avait pas le temps de s'en préoccuper. Les torpilles ennemies fonçaient toujours vers lui et il devait traiter cette menace en priorité.

Les coups de barre du *Cheyenne* à grande vitesse provoquèrent un sillage puissant attirant l'autodirecteur des torpilles russes, qui tournaient autour d'un but évanescent. Gênées par le bruit de fond, aveuglées par le sillage, elles ne purent acquérir le *Cheyenne* et s'épuisèrent avant de couler au fond de la mer.

Une fois les torpilles arrêtées, Mack évolua vers l'ouest et ralentit le *Cheyenne* pour reprendre un contact sur l'Akula. Il ne trouva plus rien.

L'Akula avait totalement disparu sans que Mack puisse savoir s'il avait été détruit ou s'il s'était à nouveau échappé. Mack remit le cap vers Taïwan, manœuvrant avec précaution. Il n'obtint jamais de nouveau contact sur ce troisième Akula.

Conformément aux procédures en vigueur, Mack rendrait compte, dans son rapport de patrouille, du naufrage de ce dernier sous-marin ennemi. Il espérait simplement avoir raison.

14

DANS LE NID DE FRELONS

Le *Cheyenne* rejoignit sans problème la base navale de Tsoying et vint s'amarrer une fois de plus à couple du *McKee*. Avant de se rendre au briefing pour la mission suivante, le commandant Mackey exigea cette fois-ci un chargement complet de Mk 48 ADCAP. Il demanda à l'officier ASM de débarquer le dernier Harpoon restant et de le remplacer par une torpille.

CTF 74 fit prévenir Mack que la réunion se tiendrait au quartier général de la base et non à bord. Le commandant du *Cheyenne* en conclut que ce briefing, comme le précédent, aurait une connotation politique. La politique lui importait peu. Il espérait seulement ne pas devoir à nouveau se mesurer avec un Typhoon.

Dès son entrée dans la salle de conférence du premier étage, Mack remarqua la présence des hommes de CTF 74 qui avaient procédé au nettoyage de la pièce lors du précédent briefing. Ils avaient terminé leur tâche et s'apprêtaient à sortir.

Rien ne pouvait laisser soupçonner la participation du dirigeant chinois mais le conférencier annonça que le Président Jiang se joindrait à eux avant la fin de la réunion. Sans l'attendre, il présenta le contexte de la prochaine mission du *Cheyenne*.

Ainsi que l'avait souligné le Président Jiang lors de la dernière réunion, la majorité chinoise exprimait bruyamment son enthousiasme à propos des exploits du *Cheyenne*. La majorité, oui, mais pas l'ensemble du pays. Ainsi, un groupe de pression appelé la Faction Pétrole affichait un mécontentement violent. Les ingénieurs de ce groupe avaient développé l'exploitation des champs de pétrole en Mandchourie et avaient des intérêts personnels dans cette guerre. Leur leader, le général Yu Quili, avait pris le commandement d'un groupe d'Akula II et s'était donné pour mission de régler son compte au *Cheyenne*.

— Qu'est-ce que ce général peut bien connaître en matière de sous-marins ? demanda Mack.

Là n'était pas la question, ainsi que le fit remarquer le conférencier. Les compétences du général Yu Quili n'avaient en effet aucune importance. Le dirigeant de la Faction Pétrole avait joué un rôle central dès le début du conflit. Non seulement il avait aidé le Premier ministre Li Peng dans son coup d'État, mais son groupe avait financé l'achat des sous-marins et de leurs équipages russes.

D'un autre côté, Mack réalisa soudain que le général Yu ne commanderait personnellement aucun des sous-marins. Mais par son charisme et son expérience, il exercerait une influence importante sur la motivation des officiers et des équipages.

Ni le général Yu, ni sa Faction Pétrole, ni même ses Akula n'intéressaient vraiment Mack. Il se demandait juste comment gagner cette guerre une bonne fois pour toutes.

— Revenons à l'affaire des sept Akula, dit-il.

J'avais cru comprendre que, si nous en détruisions au moins quatre, les Russes cesseraient de fournir des SNA aux Chinois. Le *Cheyenne* en a coulé six sur les sept et la Russie continue à fournir des sous-marins à la Chine. Pas seulement des Alfa, des Kilo et des Akula, mais un Typhoon, cette fois-ci. D'où viennent tous ces bâtiments ? Quand tout cela finira-t-il ?

L'officier renseignement répondit avec franchise — peut-être parce que l'amiral CTF 74 partageait en ce moment même le petit déjeuner du Président Jiang.

— Vous avez raison, commandant. Pour être tout à fait honnête, nous avons manqué d'efficacité, ces derniers temps. Cependant, la CIA et les services de renseignement de la marine ont établi que le chantier russe de Komsomolsk, sur le fleuve Amour, a repris une activité intense. Trois équipes se sont succédé chaque jour, 24 heures sur 24, pour construire des sous-marins destinés à l'exportation vers la Chine. Pékin a également réquisitionné les meilleurs hommes des sous-marins classiques puis a formé et entraîné ces nouveaux équipages avec l'aide des Russes dans la région de la péninsule de Kola.

Ces nouvelles ne présageaient rien de bon. Le *Cheyenne* devrait affronter un nombre toujours plus grand de sous-marins ennemis. En plus, le Président Li Peng se trouvait de toute évidence impliqué à titre personnel — et financier — dans cette guerre. En dépit des succès passés du *Cheyenne* et des autres bâtiments, il faudrait encore fournir un effort considérable pour obtenir la reddition de la Chine.

Mack n'eut pas le temps de méditer : le conférencier aborda très vite les détails de la prochaine mission du *Cheyenne*. En prévision du prochain transfert du Président Jiang vers le continent chinois, Mack devrait s'assurer que les eaux autour de Taïwan restaient débarrassées des SNA du général Yu. La majorité des Chinois, y compris une grande partie de la marine, se ralliait au Président Jiang. C'est pourquoi les services de renseignement estimaient que les Akula de Yu restaient les seuls sous-marins hostiles dans la zone. Mack n'avait donc plus l'autorisation d'attaquer sans restriction, sauf en cas de légitime défense.

Mack n'aimait pas du tout cela. Il se croyait revenu à l'épisode du transit de Ballast Point à Pearl Harbor, lorsque le *Cheyenne* avait rencontré son premier Han, qu'il n'avait pas l'autorisation d'engager. Mack s'apprêtait à protester lorsque l'amiral CTF 74 entra, accompagné du Président Jiang et de ses deux gardes du corps.

— Bonjour, Mack, dit l'amiral en lui serrant la main. Je présume que vous avez maintenant eu vent du problème présenté par notre nouvel ami, le général Yu.

Mack approuva d'un signe de tête mais ne dit rien.

— Commandant Mackey, intervint le Président chinois, nous avons quand même quelques bonnes nouvelles à vous annoncer. Yu et Li Peng viennent de se séparer sur un constat de désaccord profond, à cause des exactions commises par le général. Li Peng a démis Yu de toutes ses fonctions et a ordonné son arrestation. De plus, Li Peng et moi-même avons renoué des contacts, encore froids, je dois l'avouer, mais nous nous engageons sur la voie de la négociation.

Mack hocha de nouveau la tête, tout en conservant le silence.

— Vous êtes un héros, commandant, poursuivit le Président Jiang, mais faites bien attention à vous. Je dois vous laisser, maintenant, le devoir m'appelle. Je vous souhaite bon vent, bonne mer et bonne chasse !

En entendant cela, Mack fronça les sourcils, surpris d'entendre Jiang employer le jargon traditionnel des sous-mariniers. Le Président sourit, manifestement amusé par sa réaction, puis il lui serra la main et sortit de la salle de conférence, ses gardes du corps sur les talons.

Mack voulait appareiller avant la tombée de la nuit. CTF 74 demanda au conférencier d'accélérer la présentation des points qui n'avaient pas encore été abordés.

Selon les services de renseignement, le général Yu avait approvisionné en gazole plusieurs bases de sous-marins Romeo, Ming et Kilo. Mais pas gratuitement. Certains commandants s'étaient bien sûr ralliés à la cause de Yu. Mack ne pourrait pas négliger la présence éventuelle de sous-marins diesels dans les parages. Malgré cela, insista le conférencier, les ordres de CINCPACFLT étaient formels, le commandant Mackey ne devait attaquer que les Akula, hormis dans les cas de légitime défense.

Pour l'instant, Mack n'avait pas été convaincu par la nature de ce discours, ni par les informations qu'il contenait. Le pire restait à venir.

Alors que la présentation touchait à sa fin, le conférencier ajouta qu'en plus des Akula et des sous-marins diesels, un nouveau piège se présentait. Au moins un patrouilleur Hainan de la base navale de Zhanjiang avait travaillé en tandem avec un vieux Romeo en mer de Chine méridionale. Le bruit courait que ce Romeo, une version chinoise allongée de plus de deux mètres et équipé de huit tubes lance-torpilles, avait été armé de vingt-huit mines au lieu des quatorze torpilles habituelles. Pour compliquer encore les choses, un radar Pothead, probablement le Hainan, et un Snoop Plate, peut-être le Romeo, avaient été interceptés remontant le long de la côte de Mandarin Bay. Ils avaient viré à l'est près de Hong Kong avant que l'on perde leur trace, deux jours plus tôt.

Mack fut soulagé de quitter la salle à la fin du briefing. Il avait entendu assez de mauvaises nouvelles pour la journée.

Lorsqu'il revint à bord de son sous-marin, Mack apprit par l'officier ASM que, malgré ses instructions expresses, le *McKee* contingentait encore le nombre de torpilles. Que ces restrictions soient justifiées — le *Bremerton* et le *Columbia* devaient eux aussi être réarmés — ne rendait pas les choses plus faciles. L'arrivée du *Portsmouth* et du *Pasadena* dans deux semaines ne faisait qu'accentuer le rationnement.

« Encore et toujours la politique », pensa Mack. Le partage « 60/40 » traditionnel au sein des forces sous-marines — soixante pour cent pour COMSUBLANT et quarante pour cent pour COMSUBPAC — correspondait de toute évidence au nombre de torpilles attribuées à PACFLT. A présent, le *Cheyenne* n'avait reçu que vingt Mk 48 ADCAP et quelques-unes d'entre elles devraient être utilisées pour ébranler le champ de mines avant que Mack ne se décide à utiliser le MIDAS, le sonar à courte portée et haute définition monté sur le massif.

Bien que très hautes en fréquence, les émissions du MIDAS restaient interceptables par l'ennemi. Mack regrettait de ne pas disposer du nouveau système FORMIDABOD, en cours de mise au point. Pendant l'opération « Tempête du désert », les États-Unis avaient démontré que les essais des nouveaux systèmes d'armes sur le champ de bataille valaient mieux que toutes les simulations. Les émissions de cet appareil, d'une fréquence cinq fois plus élevée que celles du MIDAS, restaient absolument indétectables.

Ce qui voulait dire que le *Cheyenne* devrait faire face aux mines, aux sous-marins diesels discrets et aux puissants Akula sans même disposer d'un stock complet de torpilles.

En hochant la tête, Mack fit appareiller le *Cheyenne* avant de recevoir d'autres mauvaises nouvelles.

Le *Cheyenne* descendit à l'immersion périscopique sur la ligne de sonde des 70 mètres.

— Commandant, ici l'officier de quart. Le sonar détecte des bruits de chaîne droit devant nous. Au périscope, je ne distingue pas de bouée ni de coffre, mais avec une mer à 3, on peut facilement passer à côté.

Mack accusa réception de l'information, quitta sa chambre et fonça vers le local sonar où un haut-parleur diffusait le bruit suspect. Il ne s'agissait pas du cliquètement d'une chaîne de mouillage. Mack avait déjà entendu ce bruit caractéristique une fois auparavant, en Méditerranée, pendant sa première affectation comme officier ASM à bord d'un Sturgeon, lorsque des Romeo égyptiens avaient mouillé des mines dans le golfe de Sidra.

— CO, venez à l'ouest et faites monter le second et l'officier ASM au CO, ordonna Mack depuis le local sonar.

Quelques minutes plus tard, Mack expliquait aux officiers rassemblés au CO qu'ils se trouvaient en bordure d'un champ de mines. Sans la houle qui faisait cliqueter les chaînes, le *Cheyenne* aurait pu être transformé en un petit tas de cendres. Mack savait aussi qu'en utilisant son sonar HF MIDAS, le *Cheyenne* pourrait éviter le danger. Mais il laisserait un champ de mines intact, toujours dangereux pour les autres Los Angeles qui passeraient après lui. Il devait donc essayer de détruire le maximum de ces engins diaboliques.

Pour cela, Mack envisageait de commander la détonation de la charge militaire d'une ou plusieurs Mk 48 au milieu du champ de mines, à moins que ces engins n'explosent simplement en détectant le bruit des hélices de la torpille. Si tout fonctionnait comme prévu, un grand nombre de mines sauteraient aussi par sympathie.

Mack ne voulait pas lancer plus de deux Mk 48. Il lui en resterait dix-huit pour accomplir sa mission de nettoyage de la zone autour de Taïwan. Pour éliminer le champ de mines avec seulement deux torpilles, le *Cheyenne* devrait compter sur l'obtention d'une cartographie précise du mouillage à l'aide de l'autodirecteur des Mk 48, avant de choisir le bon endroit pour les faire exploser.

Mack n'avait pas besoin de rappeler au poste de combat pour cette opération. Les mines ne risquaient pas de riposter. De plus, il garderait le *Cheyenne* au moins à 5 000 mètres du champ de mines, hors d'atteinte de ces engins.

L'officier ASM prévint le torpilleur de quart que les tubes 3 et 4 allaient probablement lancer deux Mk 48 en autodémarrage. Au même moment, Mack informa l'équipage sur la diffusion générale. Il voulait aussi avertir les hommes qui dormaient au poste torpilles qu'ils allaient devoir se lever et démonter leurs bannettes amovibles pour permettre le rechargement des tubes.

— *CO de sonar, nouveau bruiteur azimut 2-8-5. On entend nettement un diesel. Pas de nombre de tours ligne d'arbre pour le moment, mais ce n'est pas un sous-marin. Ce moteur ressemble à un vieux douze cylindres de bâtiment de surface. Relèvement constant, en rapprochement.*

Le *Cheyenne* venait de détecter le Hainan, Mack en était persuadé. Selon toute vraisemblance, le Romeo devait aussi se trouver dans les parages.

Le commandant se prit à remarquer l'importance tactique des renseignements qu'on lui fournissait. Dans ce cas particulier, s'il pouvait se fier à l'information selon laquelle le Romeo n'avait embarqué que des mines et aucune torpille, il n'avait rien à craindre de ce sous-marin. D'un autre côté, il ne pouvait pas ignorer complètement ce bâtiment, qui pouvait devenir dangereux par la suite.

Mack décida qu'il était temps d'utiliser son sonar actif. En émettant, il voulait bien sûr se faire une bonne image de la situation mais aussi, et surtout, alerter le Romeo. Avec un peu de chance, le commandant chinois aurait la courtoisie « d'aller se faire voir ailleurs », selon l'expression consacrée.

Trois impulsions plus tard, le sonar prit l'écho d'un contact sous-marin, à 1 700 mètres dans le même azimut que le bruiteur au moteur diesel suivi par le BSY-1.

Mack fit disposer le tube 1 pour un lancement d'urgence, au cas où le Romeo attaquerait. Il aurait bien aimé l'envoyer par le fond mais ses ordres l'en empêchaient. Il ne pouvait attaquer que les Akula, pas les Romeo.

Mack réalisa qu'il n'allait même pas devoir lancer. Il le sut lorsque le sonar rendit compte que le sous-marin chassait partout et accélérait, avec une forte cavitation comprimée et deux hélices à quatre pales.

Le commandant du Romeo chinois avait décidé de s'éloigner du trop célèbre *Cheyenne*, mais il s'était affolé et avait oublié la présence du Hainan juste au-dessus de lui. Il ordonna de tenir bon chasser et d'ouvrir toutes les purges, trop tard, cependant, pour arrêter la remontée. Il mit la barre à fond à droite mais, malheureusement, le Hainan évoluait dans la même direction.

Quelques instants plus tard, le massif du Romeo déchirait la coque fragile du Hainan au niveau du compartiment machines. Les diesels du Hainan toussotèrent puis rendirent l'âme, complètement noyés. Le commandant ordonna à son équipage d'évacuer le bâtiment envahi par l'eau tandis que le patrouilleur s'enfonçait sous les vagues.

Le Romeo avait survécu, intact, mais sa mission était terminée. Il allait devoir porter secours aux survivants et les retirer de l'eau grasse couverte d'une épaisse nappe de gazole avant que celle-ci ne s'enflamme.

Mack grimaça et prit une décision. Il décida d'économiser ses torpilles et de ne pas les utiliser contre le champ de mines. Les éléments fournis par les émissions de son sonar lui avaient donné une bonne idée de la distribution du mouillage. Il demanda au CGO de rédiger un message avec ces éléments, qui serait transmis par une bouée SSIXS. La petite bouée remonterait en surface, déploierait son antenne satellite et émettrait quatre fois le même message avant de se saborder. Ainsi, Mack économisait ses Mk 48 et pouvait poursuivre sa mission dans de meilleures conditions.

Son plan présentait pourtant un inconvénient auquel il n'avait pas pensé. N'étant pas remonté à l'immersion périscopique, Mack ne put intercepter l'émission radio du Romeo, dans laquelle le commandant du sous-marin chinois rendait compte de la position du *Cheyenne*.

Cette information fut transmise à toutes les unités en mer de Chine méridionale et orientale. Quelques heures plus tard, sans que Mack pût s'en rendre compte, les sous-marins du général Yu se rapprochaient rapidement de la position donnée par le Romeo. Trois d'entre eux, des Akula, arrivaient du sud-ouest à la vitesse confortable de 25 nœuds, tandis que deux Kilo, plus lents, contournaient Taïwan par le nord-est. Ils naviguaient aux électriques, à 8 nœuds, ce qui leur permettrait de ne pas avoir à recharger avant d'atteindre l'est de l'île.

A l'heure du dîner, le *Cheyenne* arriva dans sa première zone de patrouille et ralentit à 5 nœuds pour effectuer un sondage bathy. Lorsque l'officier de quart annonça la détection faible d'un Akula dans le sud, Mack annula le lancement de la sonde SSXBT. La signature observée correspondait à celle du dernier Akula, supposé avoir coulé après la chasse au Typhoon. Une pale d'hélice légèrement chantante permit au sonar de déterminer aussi un nombre de tours. L'Akula filait 25 nœuds.

Mack comprit que cet Akula n'avait subi que des dommages légers. Tout en insistant auprès de ses officiers sur la prudence qu'il convenait de montrer, Mack rappela au poste de combat.

Cet Akula avait un équipage russe. Mack le savait et il était tout à fait conscient du danger. Il savait aussi que la situation qu'il avait connue lors de la mission précédente risquait de se reproduire. Il pouvait d'un instant à l'autre se retrouver au milieu d'un « nid de frelons » lorsque des Akula silencieux surgiraient de nulle part.

Alors que la distance de l'Akula avoisinait 22 000 mètres, le chant d'hélice s'arrêta. Il avait ralenti pour écouter. Les deux autres Akula, armés par des Chinois qui venaient de terminer leur entraînement dans la Flotte du Nord, perdirent le contact avec leur leader et ralentirent eux aussi.

Une des leçons retenues par les Chinois durant leur entraînement était de ne pas utiliser le téléphone sous-marin, beaucoup trop indiscret. Ils avaient mis au point une tactique qui leur permettait d'évaluer les distances entre eux sans employer ce téléphone. Aucun sous-marinier expérimenté n'aurait voulu jouer à ce jeu, mais ces deux commandants chinois ne se rendaient pas compte des risques encourus.

Le premier sous-marin émit une seule impulsion courte de son sonar actif en puissance réduite. Dès sa réception, le second sous-marin répondit par une impulsion identique. La différence de temps entre émission et réception traduisait la distance entre les deux sous-marins. De plus, ils pouvaient facilement déterminer leurs azimuts réciproques.

Le commandant russe était furieux de l'ineptie de ses camarades chinois. Il rompit le silence et utilisa son téléphone sous-marin pour leur intimer l'ordre d'arrêter ce jeu stupide, mais il était déjà trop tard.

Mack jubilait. Toutes ces émissions fournissaient au *Cheyenne* une excellente image de la situation tactique, juste ce dont il avait besoin pour reprendre l'initiative.

Les trois Akula se trouvaient encore à plus de 13 500 mètres. Mack fit disposer les tubes 1 et 2 et ouvrir les portes avant.

— Tubes 1 et 2 disposés, portes avant ouvertes.

— Attention pour lancer tube 1, but 131, tube 2, but 132, ordonna Mack.

Il allait commencer par s'attaquer aux deux Akula les plus silencieux, armés par les Chinois.

Le Russe à l'hélice abîmée trahirait sa position dès qu'il accélérerait.

L'officier ASM annonça les solutions adoptées sur les buts.

— Recalez sur le dernier bien pointé et lancez, tube 1, but 131 et tube 2, but 132.

— Recaler sur le dernier bien pointé et lancer, tube 1, but 131 et tube 2 but 132, bien reçu, commandant.

— Tubes 1 et 2, torpilles parties, rendit compte l'officier ASM à la DLA.

— *CO de sonar, deux torpilles à l'écoute, lancement nominal,* annonça le chef de module tandis que les torpilles exécutaient leurs manœuvres d'écartement et accéléraient à 30 nœuds pour leur phase d'approche.

— Reçu, sonar, répondit Mack.

— *CO de sonar, les torpilles accélèrent.*

Cette information fut confirmée par l'officier ASM, qui annonça que les Mk 48 avaient trouvé leurs buts.

Mack avait raison. Les deux Akula silencieux ne furent pas les seuls à accélérer. Mais, alors qu'ils faisaient demi-tour pour dérober devant les torpilles, l'autre Akula ne fuyait pas. Au lieu de cela, il faisait route droit sur le *Cheyenne.*

« Ce Russe n'a pas froid aux yeux », pensa Mack en ordonnant de larguer les gaines, de fermer les portes avant et de disposer les tubes 3 et 4.

Les deux Mk 48 poursuivaient leur route en direction de leurs buts. Le troisième Akula, le 130, s'approchait rapidement du *Cheyenne* et défilait suffisamment pour permettre d'établir une bonne solution.

— *CO de sonar, explosions dans les azimuts 2-0-5 et 1-9-8.*

Malgré la perte de ses deux équipiers, le

commandant russe maintenait ses options tactiques et fonçait toujours vers le *Cheyenne*. Il connaissait bien les 688 américains, mais il était difficile de se mesurer au commandant Mackey.

Lorsque le commandant de l'Akula entendit enfin les deux Mk 48 des tubes 3 et 4, il était trop tard pour lui. Toutes deux avaient entamé la phase finale de leur attaque. Avec une radiale en rapprochement de plus de 80 nœuds, le dénouement était proche.

— *CO de sonar, deux explosions dans l'azimut 2-5-0. Nous avons perdu le 130 à l'écoute.*

Quand les échos des explosions s'atténuèrent enfin, l'océan redevint silencieux. Trop silencieux, même. Les deux Kilo avaient ralenti à 3 nœuds lorsqu'ils avaient entendu la première détonation, au sud de leur position.

Mack s'éloignait vers le nord, sans savoir qu'il se rapprochait des Kilo. Ce n'était pas une erreur, il se contentait de poursuivre l'exécution de son plan de nettoyage de la zone de Taïwan.

Tandis que Mack remontait à l'immersion périscopique pour rendre compte de l'attaque contre les trois Akula, le radio annonça qu'ils avaient perdu la réception sur l'antenne filaire. Le câble avait souffert et il allait falloir le remplacer dans les meilleurs délais.

Les radios rentrèrent l'antenne abîmée à bord et démontèrent le touret de stockage, à droite du moteur d'entraînement. L'un des Kilo entendit la manœuvre de l'antenne et le choc d'un outil sur la coque. Ils n'avaient pas fini de mettre en place le touret de rechange que la diffusion générale hurla :

— *Alerte torpille, prendre les dispositions de grenadage, au poste de combat !*

Au même moment, Mack se précipitait au CO pour entendre :

— *CO de sonar, alerte torpille, deux ET-80, azimuts 3-5-5 et 0-0-8.*

— Lancement d'urgence, tubes 1 et 2, azimuts 3-5-5 et 0-0-8, ordonna le commandant.

Mack ne savait pas si les torpilles avaient été tirées par des Akula ou par des Kilo, mais cela n'avait aucune importance. Il était en état de légitime défense.

— *CO de sonar, nous avons les sous-marins. Ce sont des Kilo, commandant, une seule hélice à six pales, ils accélèrent. Nos torpilles vont droit dessus.*

Mack, tous ses officiers ainsi que les opérateurs sonar connaissaient par cœur les caractéristiques des hélices de chaque adversaire. Les Akula avaient sept pales, ce qui permettait de les différencier sans peine des Kilo. Avec un peu de témérité, on pouvait aussi s'approcher assez près pour écouter les pompes primaires, dont ne disposaient pas les diesels.

— En avant, vitesse maximum. Ne cavitez pas. 300 mètres, ordonna Mack.

Le *Cheyenne* se trouvait déjà en dessous de la première couche. En moins de trois minutes, le sous-marin atteignait sa vitesse maximale, en route au 1-7-5, à 300 mètres, plus bas que la seconde couche thermique.

— La torpille 3 a des perceptions... La 4 aussi. Deux torpilles accrochées, je les lâche en autoguidage.

— Larguez les gaines, fermez les portes avant et rechargez les tubes 3 et 4, demanda le commandant.

De toute façon, le filoguidage des Mk 48 s'était interrompu lorsque le *Cheyenne* avait accéléré, sans doute une rupture du fil, normale dans ces conditions.

Une fois hors de portée des torpilles ET-80, Mack ralentit et vint cap à l'ouest, pour écouter.

— CO de sonar, situation des bruiteurs, deux nouvelles torpilles, azimuts 2-7-5 et 2-0-9.

De toute évidence, d'autres Akula rôdaient dans les parages et avaient détecté le *Cheyenne* pendant son dérobement. Après avoir ralenti, Mack pouvait à son tour entendre les torpilles.

— CO, deux explosions dans le 3-5-9 et le 0-0-2, distance estimée 18 000 mètres.

Les deux Kilo venaient de vivre leur première et dernière rencontre avec le *Cheyenne*.

Mack accéléra de nouveau à vitesse maximum, lança deux leurres et s'écarta de la route des torpilles assaillantes. En faisant cela, il se demandait combien de frelons restaient encore au nid. Il fit aussi disposer les tubes 3 et 4. Lorsqu'il évoluerait pour affronter les nouveaux Akula, le *Cheyenne* serait paré à lancer. Il garda quand même les portes avant fermées, pour qu'elles ne vibrent pas à forte vitesse. Il les ouvrirait au moment où il ralentirait. Une fois de plus, Mack se trouvait en situation de légitime défense et ne se souciait pas de l'identité de ses agresseurs.

Ses ordres furent exécutés avec un sang-froid impressionnant.

— Commandant, les tubes 3 et 4 sont parés, portes avant fermées, rendit compte le commandant en second.

Le *Cheyenne* vint au sud-est à 12 nœuds et prit au même moment un contact sur deux Akula, sur toutes ses antennes sonar.

Les Akula avaient foncé à vitesse maximum en direction de la dernière position connue du *Cheyenne*, une erreur de plus à l'actif des équipages chinois qui se laissaient manifestement griser par les capacités de vitesse de leurs sous-marins. Mack allait en tirer avantage. Lorsque les opérateurs du BSY-1 et le coordinateur tactique furent satisfaits des solutions sur les buts 135 et 136, il ordonna :

— Ouvrez les portes avant des tubes 3 et 4. Attention pour lancer tube 3, but 135, tube 4, but 136.

— Recalez les buts sur les derniers bien pointés et lancez, tubes 3 et 4.

— *Recaler les buts et lancer, tubes 3 et 4.*

— Tubes 3 et 4, feu, annonça la DLA.

— *CO de sonar, torpilles parties, lancement nominal.*

— Très bien, sonar. DLA, combien de temps avant les perceptions ?

— Huit minutes à peu près, commandant, répondit l'officier ASM.

Quelques minutes plus tard, Mack entendit que les deux unités avaient acquis leurs buts.

— *CO de sonar, les buts 135 et 136 accélèrent, cavitation forte.*

Le sonar annonça que les Akula avaient largué des leurres.

— Reprendre les torpilles en manuel, ordonna Mack.

Le *Cheyenne* vint de 90 degrés à droite pour séparer les azimuts des Akula, mobiles, et ceux des bruiteurs, stationnaires. Lorsque les azimuts divergèrent suffisamment, l'officier ASM ramena les torpilles sur une route de chasse et elles reprirent le contact.

— Larguez les gaines, fermez les portes avant et rechargez les tubes 3 et 4, ordonna le commandant. Disposez les tubes 1 et 2, ouvrez les portes avant.

— *CO de sonar, alerte torpille, quatre nouvelles torpilles à l'écoute entre les azimuts 2-7-0 et 2-6-5. Les deux Akula ont de nouveau lancé.*

« Ils naviguent aussi presque côte à côte », pensa Mack. Il était temps de s'éloigner en se cachant derrière des leurres.

— En avant vitesse maximum. Ne cavitez pas.

Immersion 300 mètres. Prendre les dispositions de grenadage, ordonna Mack.

Il pensait laisser les leurres faire leur travail et s'éloigner sans faire trop de bruit pendant que les torpilles tourneraient autour.

Le *Cheyenne* accéléra à vitesse maximum, en route au 0-8-5, à 300 mètres, tandis que les torpilles russes entraient dans le baffle, masquées par les leurres. Le sonar ne perçut pas l'accélération des deux dernières Mk 48 lorsqu'elles entrèrent en phase d'attaque.

— *CO de sonar, deux explosions assez loin dans notre arrière, probablement nos Mk 48.*

Mais Mack ne pouvait ni ralentir tout de suite, ni évoluer pour tenter de savoir ce qu'il était advenu des Akula. De toute façon, la réverbération des explosions interdirait toute mesure précise de distance.

Quelques instants plus tard, Mack sut qu'il avait bien fait de ne pas évoluer. Il eut confirmation de la fin des deux Akula lorsque le sonar perçut deux séries d'implosions. La pression, de plus en plus forte au fur et à mesure de la descente des sous-marins vers le fond de la mer de Chine, écrasait leurs capacités résistantes les unes après les autres.

Mack sourit. Sept victoires de plus à l'actif du *Cheyenne.* Sans compter le Hainan. Les souhaits de CTF 74 et CINCPACFLT avaient été exaucés. Les Akula du général Yu ne rôderaient plus dans les parages. Et Mack leur apportait même un petit bonus, sous la forme de deux Kilo supplémentaires.

Lorsque Mack estima que les torpilles ennemies étaient arrivées au bout de leur potentiel, il ralentit et effectua une station d'écoute prolongée après être remonté au-dessus de la couche. Le sonar ne prit aucun contact. Mack fit rompre du poste de combat tandis que le *Cheyenne* prenait la direction des hauts-fonds de la mer de Chine orientale. Là-bas, le *Cheyenne* patrouillerait dans le dernier secteur qui lui avait été assigné, autour de Taïwan.

L'atmosphère était à la joie à bord du *Cheyenne*, mais l'euphorie de la victoire se mêlait d'épuisement. Tandis que chacun évacuait peu à peu le stress accumulé pendant les dernières heures, une incroyable fatigue s'installait parmi l'équipage et les officiers.

Ceux qui n'étaient pas de quart, commandant compris, s'effondrèrent sur leurs bannettes. Ils avaient le temps de récupérer un peu avant de passer près des îles Ryukyu. Ensuite, ils devraient rester prêts à réagir à toute éventualité.

Le jour suivant, alors que le *Cheyenne* approchait des hauts-fonds, le sonar prit de nombreux contacts sur des navires de commerce, reconnaissables aux caractéristiques acoustiques de leurs hélices. Tous cavitaient fortement, comme s'ils étaient vides de toute cargaison, et se tenaient haut sur l'eau.

Mack se préoccupait pourtant d'éviter toute collision avec ces bâtiments, même légères. Les super-pétroliers japonais calaient plus de 30 mètres à pleine charge et devaient bien atteindre les 20 mètres à vide, avec une partie des cuves remplie d'eau pour donner assez de stabilité au bâtiment. Le *Cheyenne* resterait prudent en remontant à l'immersion périscopique.

Les biologiques perturbaient une fois de plus la recherche sonar. Pendant l'un de ses fréquents passages au local sonar, Mack rappela aux opérateurs d'explorer avec soin les azimuts des bâtiments de commerce et des biologiques. Conseil inutile, puisque tous se souvenaient de l'épisode du sous-marin qu'ils avaient détecté au beau milieu des biologiques, en mer de Chine méridionale.

Mack rentra la TB-16 jusqu'à mi-longueur lorsque le *Cheyenne* franchit la ligne de sonde des 200 mètres, au sud-est de Taipei. A présent à l'immersion périscopique, Mack examinait un intéressant panache de fumée, au-dessus de l'horizon. Quatre sources différentes faisaient route vers le nord. Mack décida d'aller voir, en restant à proximité de l'immersion périscopique. Il descendit à 25 mètres et accéléra à 20 nœuds pendant six minutes, avant de ralentir et de reprendre la vue.

Plusieurs heures plus tard, le fond redescendit en dessous des 1 000 mètres et Mack continua sa chasse à 20 nœuds en immersion profonde. Bientôt, le sonar annonça un diesel qui venait de démarrer brutalement dans l'azimut des fumées, sans autre information acoustique. Mack se douta qu'il avait affaire à un sous-marin classique au schnorchel, mais bien sûr pas un Akula. Ce devait donc être un Kilo, mais Mack voulait savoir ce que ce sous-marin pouvait bien faire dans les parages.

Le fond remonta lorsque le *Cheyenne* se rapprocha et Mack dut reprendre la vue dans 30 mètres d'eau, à temps pour apercevoir les sources des quatre panaches de fumée noire. Quatre Kilo naviguaient en surface, en route vers la mer Jaune, le théâtre d'opérations habituel de la Flotte du Nord. En surface, fuyant de toute évidence la zone de combat de ces derniers jours, ils ne représentaient pas une menace pour le *Cheyenne*. Mack décida de ne pas les poursuivre.

Le *Cheyenne* avait rempli son contrat, pour le moment du moins.

Tout en se remémorant les batailles passées et en imaginant les combats à venir, Mack regardait les Kilo poursuivre leur route vers le nord. Lorsqu'ils eurent disparu à l'horizon, il mit le cap à l'ouest pour retourner dans sa zone de patrouille puis vers la base navale de Tsoying afin d'y prendre un repos bien mérité.

15

LIVRAISON À DOMICILE

Le *Cheyenne* fit surface au large de la base navale de Tsoying au lever du jour et commença un lent transit au milieu d'une multitude de jonques qui encombraient la mer jusqu'à l'horizon. Depuis qu'il avait repris la vue, Mack pensait en permanence aux histoires qu'il avait lues. De la Seconde Guerre mondiale à la guerre du Viêt Nam, des jonques identiques avaient été équipées de mitrailleuses de gros calibre. Mack essaya une fois de plus de chasser cette idée de son esprit. Les conflits modernes avaient pris une autre tour et Mack ne croyait pas qu'une de ces embarcations puisse le menacer sérieusement. Cependant, en tant que commandant du *Cheyenne*, il restait responsable de la sécurité de son bâtiment et de chacun des membres de son équipage. Il ne se sentirait définitivement libéré que lorsque son sous-marin aurait quitté le Pacifique Ouest.

Par précaution, il avait quand même fait monter des mitrailleuses M-14 à la passerelle et sur le pont. Le maître d'hôtel du carré avait été promu chef du détachement de protection. Avant d'entrer dans la marine, il avait exercé la profession de gardien de prison et avait été affecté à une institution pénitentiaire de haute sécurité comme tireur d'élite et responsable d'un des miradors de surveillance de l'enceinte. Lorsque le second avait appris cela, Mack lui avait accordé le poste envié de veilleur en passerelle au poste de manœuvre avant même qu'il obtienne son brevet de sous-marinier. Se retrouver dans le massif du *Cheyenne* avec sa mitrailleuse lui rappelait son mirador.

Mack attendait le prochain briefing avec impatience. Avant tout, il allait y rendre compte de sa dernière mission. Et il souhaitait des éclaircissements sur un certain nombre de points.

Il savait que le *Columbia* et le *Bremerton* se trouvaient disponibles pour renforcer la défense anti-sous-marine du groupe aéronaval de l'*Independence.* De plus, le *Portsmouth* et le *Pasadena* étaient parvenus sans encombre dans une zone au sud du détroit de Formose, après avoir transité par l'océan Indien et la mer de Chine méridionale sans rencontrer d'opposition. Mack restait persuadé que le général Yu avait focalisé ses efforts contre le *Cheyenne,* à l'est de Taïwan, et avait ainsi facilité le transit des deux 688. Par malchance, les deux SNA avaient été attaqués par un sous-marin non identifié juste avant de faire surface au niveau de la ligne de sonde des 200 mètres. La signature de l'agresseur, enregistrée à la fois par le *Portsmouth* et le *Pasadena*, ne correspondait à celle d'aucun sous-marin connu dans le monde. Mack attendait avec impatience d'en apprendre un peu plus à ce sujet.

L'officier de suppléance de CTF 74 avait déjà transmis à Mack l'état des dégâts infligés à chacun des deux sous-marins. L'agresseur inconnu avait sérieusement abîmé la charpente arrière, l'hélice et les barres de plongée des deux bâtiments. De plus, les treuils et gouttières des deux antennes linéaires remorquées TB-23 et TB-16 étaient détruits.

Mack prit connaissance de ces événements, partagé entre plusieurs sentiments. D'un côté, il était heureux que le *Pasadena* et le *Portsmouth* aient survécu, sans même un blessé à bord. D'un autre côté, les avaries graves des deux sous-marins le désolaient car elles ne manqueraient pas d'entraîner des modifications du programme du *Cheyenne.* Lui-même et son équipage avaient vécu des temps très durs et si son sous-marin restait encore intact et opérationnel après tant de combats, il le devait autant à ses hommes qu'à la Providence.

En approchant du *McKee,* il remarqua le *Pasadena* et le *Portsmouth* amarrés de chaque bord, au plus près des ateliers du bâtiment de soutien. Les grues du *McKee* s'affairaient déjà au-dessus de l'arrière des deux sous-marins.

Le remplacement d'une hélice sous l'eau était devenu une pratique courante depuis la quasi-disparition des docks flottants. De plus, ni le *Pasadena* ni le *Portsmouth* n'auraient pu atteindre l'*Arco* à Subic Bay. Il avait même fallu les remorquer jusqu'à Tsoying.

Les deux attaques avaient dû secouer les équipages, mais aucun signe d'agitation ou de malaise ne transparaissait au premier abord. En apparence, personne ne semblait démoralisé et tous travaillaient avec compétence et professionnalisme, comme si de rien n'était. Pour couronner le tout, les deux sous-marins arboraient leurs toiles de pudeur tréfilées sur les rambardes des coupées, affichant clairement leur identité.

L'officier de suppléance du *McKee* transmit par mégaphone l'ordre au *Cheyenne* de s'amarrer à couple du *Pasadena.* En se présentant, Mack put constater que l'hélice avait déjà été remplacée et que les nouvelles gouttières des antennes linéaires remorquées venaient d'être positionnées sur le pont. Lorsque les réparations de la TB-23 sur bâbord du *Pasadena* seraient terminées, le *Cheyenne* prendrait la place du *Portsmouth* afin que les grues du *McKee* puissent embarquer les armes.

A cause de ce changement de poste, le prochain appareillage du *Cheyenne* serait retardé de deux jours supplémentaires, mais Mack s'en accommodait. Ses officiers, son équipage et lui-même avaient besoin de repos. De plus, le commandant se faisait une petite idée de la nature de sa prochaine mission. S'il avait raison, le *Cheyenne* devrait de toute façon attendre au port que la situation politique intérieure chinoise se décante.

Il aurait aimé se promener un peu à travers la campagne taïwanaise et pousser jusqu'à Tai Chung. Lors d'une précédente escale, il y avait déniché un petit restaurant tenu par une Américaine expatriée qui servait d'excellents steaks de dix centimètres d'épaisseur. Mais pour l'instant, le programme du *Cheyenne* ne lui laissait pas ce loisir.

L'équipe de manœuvre du *Portsmouth* sortait les taquets et les chaumards sur l'arrière du massif. Trois hommes portaient des téléphones autogénérateurs autour du cou. En les regardant, Mack pouvait dire quels ordres avait donné l'officier de garde du *Portsmouth* : « Au poste de manœuvre sur le pont. Le *Cheyenne* accostera à couple sur tribord. »

Mack adressa un signe de la main au commandant du *Portsmouth* et à CTF 74, qui l'attendaient, et quitta la passerelle pour descendre sur le pont. Auparavant, il avait demandé à l'officier de quart de terminer l'amarrage et de faire rompre du poste de manœuvre avant de prendre les câbles de terre et de mettre bas les feux.

L'officier de quart termina la difficile manœuvre d'accostage le long du *Portsmouth*. Il s'appuya doucement sur les défenses qui séparaient les deux sous-marins. Le commandant Mackey accordait une confiance totale à son officier de quart du poste de manœuvre, le meilleur d'entre eux, très entraîné, au coup d'œil sûr et qui connaissait bien les réactions du *Cheyenne*.

— PCP, de passerelle, prendre les câbles de terre et mettre bas les feux. Vous avez l'autorisation de mettre le réacteur en alarme après la mise bas les feux, ordonna l'officier de quart en utilisant le réseau autogénérateur et la diffusion générale.

Après avoir fait rompre du poste de manœuvre, l'officier de quart descendit au CO pour passer la suite à l'ingénieur, qui prenait la garde à bord du *Cheyenne* pour le reste de la journée.

Mack avait quitté le bâtiment dès la mise en place de la coupée et il cherchait l'officier de suppléance du *McKee*. Il lui tardait de rencontrer les commandants du *Pasadena* et du *Portsmouth* pour obtenir tous les détails de l'attaque dont ils avaient été victimes.

Dès son arrivée à bord, Mack exprima à CTF 74 et au commandant du *Portsmouth* sa satisfaction d'apprendre qu'il n'y avait pas eu de blessés à déplorer. Les commandants n'ajouteraient rien de plus avant de se retrouver tous les trois en privé au carré du commandant du *McKee*. Autant Mack était convaincu qu'il fallait tenir son équipage informé des événements, autant il apportait toute son attention à ne pas faire état d'informations classifiées devant du personnel non habilité.

Le maître d'hôtel de service au carré du *McKee* sortit dès que Mack et les autres entrèrent.

Une fois assis autour de la table devant une tasse de café bouillant, les commandants du *Pasadena* et du *Portsmouth* tentèrent de raconter leur aventure. Malheureusement, ils ne disposaient pas de beaucoup de détails. Ils n'avaient compris ce qui leur arrivait qu'après avoir détecté les torpilles ennemies qui les remontaient par l'arrière dans le baffle. Dans les deux cas, les torpilles étaient passées en actif très tardivement et avaient explosé assez loin du sous-marin. Les quelques éléments de signature qu'ils avaient tous deux pu enregistrer ne pouvaient être attribués à aucun sous-marin connu.

Mack ne montra aucune surprise. Les bases de données de signatures, qui permettaient de classifier presque tous les bâtiments de surface, présentaient encore de larges lacunes en matière de sous-marins, surtout pour les bâtiments neufs appartenant aux pays émergents.

— Il semblerait que vous ayez eu la vie sauve à cause d'une erreur de filoguidage ou d'un mauvais réglage des torpilles, commenta Mack. Comme moi, vous avez sans doute eu affaire à des bleus. D'ici à ce que les Chinois aient encore acheté quelque part de nouveaux sous-marins flambant neufs et les aient armés avec des équipages mal dégrossis, il n'y a pas loin.

CTF 74 acquiesça d'un signe de tête. Son analyse coïncidait avec celle de Mack. Pourtant, fit-il remarquer, si les équipages chinois faisaient preuve de tant d'inexpérience, comment avaient-ils pu détecter le *Pasadena* et le *Portsmouth* et obtenir une solution suffisamment précise pour employer leurs torpilles en passif à petite vitesse jusqu'à l'attaque finale ?

— Je ne sais pas, amiral, dit Mack, mais peut-être disposent-ils de nouveaux moyens de détection non acoustiques ? Nous avons négligé ce domaine depuis de nombreuses années. Une présence inhabituelle d'avions chinois ou russes a-t-elle été signalée dans la zone ces derniers temps ?

Tous les officiers présents réfléchissaient en silence et CTF 74 finit par promettre de se renseigner. Il espérait fournir une réponse avant le prochain appareillage de l'un de ses SNA.

Mack espérait que l'amiral obtiendrait quelques renseignements supplémentaires. Il savait que les sous-marins n'attendraient pas cette réponse avant de repartir en patrouille. La menace était réelle et le *Cheyenne* comme les autres 688 devraient faire avec, qu'ils puissent ou non l'identifier.

Pendant que Mack discutait avec ses pairs, ses officiers et son équipage supervisaient le réapprovisionnement du sous-marin.

Les opérateurs sonar du *Pasadena* et du *Portsmouth* transmirent au *Cheyenne* les bandes des enregistrements effectués avant et après les explosions. Ces bandes furent copiées dans le BSY-1 du *Cheyenne* qui pourrait ainsi alerter l'équipage s'il reconnaissait cette signature. Chacun des opérateurs écouta les bandes plusieurs fois pour « se mettre la menace dans l'oreille ».

L'officier ASM utilisa l'ensemble des sept consoles du BSY-1, quatre au local sonar et trois au CO, pour décortiquer les maigres enregistrements dont ils disposaient. En passant et repassant les bandes, ils réussirent à combiner les informations issues des deux sous-marins mais n'obtinrent rien de vraiment exploitable.

Puis ils écoutèrent les bandes en accéléré et décelèrent alors leur premier indice. A grande vitesse, le maître sonar adjoint du *Cheyenne* remarqua un gazouillement suspect dont il ne pouvait déterminer l'origine. L'officier marinier n'avait jamais entendu un tel bruiteur auparavant, mais il avait maintenant la conviction de détenir l'enregistrement d'un nouveau sous-marin, inconnu jusqu'à ce jour.

Pour en acquérir la certitude, le maître adjoint, avec l'aide du commandant en second du *Cheyenne* et des opérateurs du *Pasadena*, appliqua la même technique aux enregistrements des autres sous-marins chinois et russes. Ils ne retrouvèrent pas cette singularité, sans doute caractéristique de ce nouveau type de bâtiment. Mieux encore, cette anomalie présentait une fréquence très basse, interceptable par la TB-23 si on la laissait descendre aussi bas.

Mack s'attendait à ce que le briefing pour la prochaine patrouille se déroule au quartier général de la base navale. Il avait déjà été prévenu que le *Cheyenne* avait été sélectionné pour la prochaine mission : ramener le Président Jiang à la base navale de Zhanjiang. Mack espérait que cette mission serait aussi la dernière avant de transmettre le relais à un autre 688 et de rentrer à San Diego.

Comme prévu, le *Cheyenne* s'était amarré à couple du *McKee*. Il n'avait pas échangé sa place avec le *Portsmouth*, qui avait en fin de compte été amené à couple du *Pasadena*, sur bâbord du *McKee*, afin de réduire le nombre de changements de poste après l'appareillage du *Cheyenne*.

Tous les préparatifs à bord étant achevés avant la réunion, Mack décida de demander à tous ses officiers d'assister au briefing où il espérait en apprendre un peu plus sur cette nouvelle menace qui rôdait, dans l'attente d'un engagement contre le fameux *Cheyenne*.

Le Président Jiang et de ses deux gardes du corps allaient vivre quelques jours à bord et il faudrait bien leur trouver une bannette. Mack invita le patron du pont à rencontrer les « envahisseurs de l'espace ».

Le patron devrait aussi s'organiser pour empêcher le Président et ses gardes du corps d'accéder aux locaux protégés. Il valait mieux rester en bons termes avec eux, en particulier à cause de la carrure imposante des anges gardiens de Jiang. Le patron avait déjà élaboré un plan d'action : beaucoup de nourriture très riche, des desserts à volonté et des films en libre service 24 heures sur 24 au poste des officiers mariniers supérieurs.

Mack avait chargé le second de s'occuper en personne du Président. La chambre du second comportait deux bannettes et ce dernier devrait partager son maigre espace vital avec le leader chinois. La seconde bannette avait été occupée par le chef des interprètes, qui venait de débarquer avec son détachement et rentrait à Yokosuka, emportant le dernier rapport de mission du *Cheyenne*.

Mack avait eu du mal à accepter de perdre ses interprètes juste avant cette dernière mission. Il craignait des avions de patrouille maritime équipés de moyens de détection non acoustiques et n'avait finalement donné son accord que parce qu'il pensait que le *Cheyenne* resterait en immersion pendant la majeure partie du transit. Mack convoqua aussi les opérateurs ESM et radio à la réunion, à titre préventif.

Ce briefing se révéla un modèle du genre. Il démarra de manière théâtrale lorsque le conférencier présenta à Mack les « félicitations du chef d'état-major de la marine ». Ensuite il réduisit l'éclairage et, d'un signe de tête, demanda à l'opérateur de mettre en marche le vidéoprojecteur.

Lorsque le visage du Président des États-Unis apparut sur l'écran, Mack pensa à une plaisanterie d'un goût douteux. Il se rendit très vite compte de son erreur.

— Commandant Mackey, commença le Président depuis le bureau ovale de la Maison-Blanche, le ministère des Affaires étrangères va bientôt annoncer au monde entier une réunion entre le Président Jiang, le Président Li Peng et moi-même, à Pékin. Nous attendons tous du Président Li Peng qu'il renonce au pouvoir.

Il s'arrêta un instant avant de poursuivre.

— Malheureusement pour le *Cheyenne* et son équipage, votre contribution immense à cet événement historique ne sera pas portée à la connaissance du grand public, du moins pas avant que vous n'ayez déposé le futur Président chinois à la base de Zhanjiang. Commandant Mackey, mon épouse et moi-même voulons vous exprimer nos remerciements et vous souhaiter la protection de Dieu, bon vent et bonne mer. Bonne chance à vous et à l'équipage héroïque du *Cheyenne* !

Le conférencier fit éteindre le vidéoprojecteur. La lumière revint dans la pièce, mais peu de participants le remarquèrent, tout à leurs discussions excitées.

Le Président n'avait rien annoncé qu'ils ne sachent déjà mais le simple fait qu'il ait pris la peine de s'adresser directement à eux valorisait encore un peu plus la mission du *Cheyenne*.

Il fallut quelques minutes pour que le calme revienne dans la salle. Le conférencier reprit sa présentation. Quelques instants plus tard, il lâchait une deuxième bombe.

Le désarmement du *Los Angeles* (SSN 688) avait été repoussé et ce sous-marin, annonça le conférencier, se trouvait aujourd'hui en attente au sud du détroit de Formose. Le *Cheyenne* n'avait pas été informé de la présence du *Los*

Angeles mais l'amiral CTF 74 confirmait bien son arrivée sur zone. Il devrait participer à l'escorte du *Cheyenne* et du Président Jiang.

« Une erreur magistrale », pensa Mack, qui resta pourtant silencieux. Le *Los Angeles* était le premier sous-marin de la série des 688. Mack avait entendu parler du report de son désarmement pour des raisons budgétaires, mais il ignorait qu'un équipage capable de naviguer et de combattre les Chinois restait encore affecté à bord. En plus, le *Los Angeles* ne disposait que d'un vieux sonar, sans antenne linéaire TB-23. Il n'aurait que peu de chances de détecter le nouveau sous-marin chinois et Mack craignait qu'il ne fût déjà coulé avant même l'appareillage du *Cheyenne.*

Ce briefing tournait encore plus mal que le précédent, se dit Mack.

Le conférencier l'informa qu'un Alfa de la Flotte du Nord, le *Chung,* accompagnerait le *Cheyenne* et le Président Jiang. Le *Chung* devait rester à l'ouest et peut-être au nord d'une route qui reliait le détroit de Formose à la base navale de Zhanjiang. Sa vitesse moyenne de progression avait été fixée à 6 nœuds.

Mack ne laissa rien transparaître de ses réflexions, mais il ne pouvait s'empêcher de penser que cet Alfa disparaîtrait très vite s'il se trouvait aux prises avec le sous-marin hostile. Tant que le *Chung* resterait en dehors du secteur du *Cheyenne,* conformément à ses ordres, Mack se souciait peu de son sort. En y réfléchissant un peu plus, le *Chung* pourrait même lui permettre de tendre un piège à l'adversaire inconnu.

Mack envisageait volontiers la perte de l'Alfa s'il pouvait attaquer le sous-marin ennemi. Mais l'idée du naufrage du *Los Angeles* lui était intolérable. Les deux 688 pourraient essayer de communiquer et de se protéger mutuellement, mais ce ne serait à coup sûr pas une partie de plaisir.

Le conférencier revint au sujet qui concernait Mack et ses officiers au premier degré, la nouvelle menace qui rôdait dans les parages.

Selon l'enquête conduite par la CIA, le sous-marin inconnu devait être un prototype avancé, issu de la recherche sino-russe et destiné au développement de la prochaine génération de sous-marins nucléaires d'attaque. L'appareillage du *Mao,* comme ce bâtiment était supposé s'appeler, n'était pas attendu aussi vite. Mais l'attaque subie par le *Portsmouth* et le *Pasadena* ainsi que les enregistrements sonar permettaient aux services de renseignement d'affirmer que le *Mao* attendait le *Cheyenne.*

— Et en matière de détection non acoustique ? demanda Mack lorsque le conférencier donna l'impression d'avoir épuisé son sujet.

— Désolé, commandant, répondit l'intervenant, manifestement préparé à cette question. La CIA ne pense pas qu'un avion puisse aujourd'hui utiliser des lasers ou tout autre moyen non acoustique pour détecter des sous-marins en plongée et pour communiquer.

Mack détestait ce genre de réponse. Il aurait aimé entendre « la CIA a cherché partout et n'a trouvé aucune preuve ». Au lieu de cela, le message avait été « la CIA n'y croit pas, elle n'a donc pas cherché ».

Changeant de sujet, Mack demanda si le Hainan ou le Romeo que le *Cheyenne* avait coulés durant la dernière patrouille avaient mouillé des mines à proximité de la base navale de Zhanjiang avant de remonter le long de la côte vers Mandarin Bay. Le conférencier répondit que les chasseurs de mines chinois avaient exploré cette zone sans rien y trouver.

Les autres commandants présents dans la salle parurent satisfaits de la réponse, mais Mack restait dubitatif. Il se serait senti plus rassuré si les chasseurs de mines avaient trouvé quelques MAG et les avaient détruits. D'un autre côté, cependant, il savait que la route du *Cheyenne* croiserait tôt ou tard un ou plusieurs champs de mines. Il devrait donc prendre des précautions supplémentaires, soit en utilisant le MIDAS, soit en utilisant une torpille comme senseur avancé — à condition, bien entendu, qu'il leur reste quelques Mk 48 à l'entrée dans la dernière zone dangereuse, à savoir les petits fonds à proximité de la base navale de Zhanjiang.

Le briefing arriva à son terme. En rentrant à bord, l'officier ASM apprit à Mack que, sur l'ordre de CTF 74, le *McKee* restreignait encore le nombre de torpilles, bien que ni le *Portsmouth* ni le *Pasadena* n'en eussent réclamé.

Il envisagea d'en demander quelques-unes à ces deux sous-marins, sachant qu'ils n'appareilleraient pas tout de suite, mais décida de ne pas s'immiscer dans des querelles internes entre les flottes de l'Atlantique et du Pacifique. Une fois de plus, le *Cheyenne* ne disposait que de vingt Mk 48.

Trois heures après la fin du briefing, le second et le patron du pont guidaient le Président Jiang et ses gardes du corps à travers les coursives tortueuses du *Cheyenne*. Mack aurait pu les autoriser à rester sur le pont mais il préféra leur demander de descendre. Il y avait déjà trop de monde au poste de manœuvre et il était encore agacé par l'affaire des torpilles.

L'appareillage se déroula sans difficulté et les mitrailleuses M-14 installées sur le pont restèrent sagement sur leurs supports.

Après avoir plongé, Mack ordonna à l'officier

de quart de sortir l'antenne filaire. Il ordonna aussi de sortir 200 mètres de remorque de l'antenne TB-23, assez pour assurer un environnement pas trop perturbé aux 310 mètres d'hydrophones. Le *Cheyenne* se dirigea ensuite vers la ligne de sonde de 500 mètres, qu'il suivrait à la vitesse moyenne de 6 nœuds jusqu'à arriver dans l'est de la base de Zhanjiang. Puis il traverserait la partie la plus large du plateau continental, dans moins de 30 mètres d'eau sur une distance de 300 nautiques, en route à l'ouest.

L'Alfa chinois, le *Chung*, naviguait dans son secteur, entre la côte et le *Cheyenne*, à environ 20 000 mètres de lui. Le *Los Angeles* attendait au large, en eau profonde. Il resterait à proximité de sa position actuelle jusqu'au changement de route du *Cheyenne* puis il rallierait son secteur arrière en protection, ainsi que l'avait suggéré le Président Jiang.

Mack s'inquiétait à propos du *Mao*. La TB-23 restait leur meilleur atout pour détecter ce sous-marin inconnu. Malheureusement Mack ne pourrait pas remorquer cette antenne dans les petits fonds, où il devrait sortir la TB-16, moins performante contre ce genre de menace. Si un engagement devait se produire, Mack espérait qu'il aurait lieu dans les grands fonds.

Pendant la première partie du transit, le *Cheyenne*, le *Los Angeles* et le *Chung* ne perçurent rien de suspect en dehors de quelques chalutiers et des bâtiments de commerce.

Un jour et demi plus tard, tandis que le *Cheyenne* approchait du point tournant, le sonar annonça plusieurs détections sur l'antenne de flanc : des sous-marins, dont deux convergeaient vers le *Cheyenne* à grande vitesse. Mack rappela au poste de combat et émit, à l'aide d'une bouée SSIXS, un message qu'il avait fait préparer à l'avance pour une situation de ce genre. Il avait choisi ce moyen pour tenir le *Los Angeles* au courant des événements. La bouée émit son message, que CTF 74 reçut dans la minute et retransmit aussitôt au *Los Angeles,* qui le recevrait sur son antenne filaire.

Pendant que l'équipage ralliait son poste de combat, le sonar accumula davantage d'informations sur les quatre contacts dans le nord-ouest. Un seul contact correspondait à un Alfa, le *Chung,* bien identifié et pisté sur ses raies propres. Les trois autres étaient des Akula. Le *Chung* parlait au téléphone sous-marin et l'un des Akula lui répondait.

Sans interprète parlant chinois, Mack ne comprenait pas la teneur de la conversation mais il supposait que le *Chung* tentait de négocier une sortie du mauvais pas dans lequel il se trouvait. La réponse lui parvint sous la forme de trois torpilles, une de la part de chacun des Akula, qui lançaient dans l'azimut des émissions TUUM.

Mack secoua la tête. A y bien réfléchir, la tactique employée par le commandant du *Chung* n'était pas stupide. Il s'était trouvé pris au piège par trois de ses congénères qui obéissaient aux ordres du général Yu Quili et il avait fait de son mieux pour se défendre. Son appel au téléphone sous-marin avait peut-être confirmé sa position, mais il avait aussi apporté à l'Alfa l'azimut et la distance des assaillants.

Le *Chung* réussit à lancer deux de ses torpilles ET-80 avant d'être lui-même touché par les trois torpilles de 65 cm.

Un silence lourd s'installa au CO et au module sonar du *Cheyenne* qui assistaient, impuissants, au carnage. Depuis le début de cette guerre, tous avaient vécu la destruction de nombreux bâtiments ennemis, mais ils ressentaient quelque chose de spécial au spectacle de ces sous-mariniers chinois qui s'entre-tuaient.

Après les cinq explosions, un seul Akula avait survécu. Les deux autres et le *Chung* rejoignirent les nombreuses épaves qui jonchaient le fond de la mer de Chine.

Après les explosions, Mack mit le cap au sud pour rejoindre la ligne de sonde des 1 000 mètres, où il pourrait sortir toute la longueur de la remorque de la TB-23. Il espérait que la retransmission de son message vers le *Los Angeles* s'était bien déroulée, aussi vite que promis par les radios de CTF-74. Mack l'informait d'un changement de route vers le sud, pour s'éloigner de la zone du combat avec les Akula.

Le *Los Angeles* avait en effet bien reçu ces instructions et les avait exécutées, sans savoir qu'il s'approchait ainsi du *Mao*. Le sous-marin sino-russe, tapi dans le sud-ouest, espérait que l'attaque des Akula inciterait le *Cheyenne* à évoluer vers le sud.

Le commandant du *Mao* n'avait pas connaissance de la présence du *Los Angeles* dans les parages. Lorsqu'il obtint un contact sonar dont la signature correspondait à celle d'un 688, il supposa avoir affaire au *Cheyenne* et à son célèbre commandant. Quelques minutes plus tard, quatre torpilles du *Mao* fendaient la mer vers leur but.

Le *Los Angeles* lança deux Mk 48 en urgence puis des leurres. Il vira avant d'accélérer à vitesse maximum en direction des eaux profondes et de rejoindre l'immersion de 300 mètres.

Le commandant du *Mao* s'attendait à cette réaction. Il avait lu les comptes rendus des rares commandants qui avaient survécu à leur rencontre avec Mack et il avait l'impression de connaître par cœur les tactiques employées par les Américains. Avant même que le *Los Angeles* eût lancé ses contre-mesures, le commandant du *Mao* faisait évoluer son sous-marin sur tribord. Dès que son bâtiment fut stabilisé, il lança quatre autres torpilles, qui encadrèrent le SNA américain à la perfection.

Son filet était tendu et, si le bâtiment dans la nasse avait été le *Cheyenne*, le *Mao* aurait gagné la guerre. Mais il allait se trouver pris à son propre piège.

Les sonars du *Cheyenne* avaient détecté les premiers lancements de torpilles du *Mao*. La seconde série permit de confirmer la solution et Mack lança en salve les Mk 48 de ses quatre tubes.

Le commandant du *Mao* était trop occupé à suivre l'attaque du *Los Angeles* par ses propres torpilles pour remarquer que quatre Mk 48 fonçaient vers lui.

Les deux premières torpilles du *Cheyenne* acquirent leur but au moment où les deux premières torpilles chinoises frappèrent le *Los Angeles*. Assourdi par les explosions, le *Mao* n'entendit pas les Mk 48 qui passaient en actif et accéléraient. Deux nouvelles armes scellèrent le destin du *Los Angeles,* dont la coque implosa bruyamment.

Les quatre Mk 48, insensibles à l'environnement très perturbé, trouvèrent sans peine leur but qui n'avait pas dérobé et explosèrent à quelques secondes d'intervalle à l'impact contre le *Mao*, le brisant en trois gros fragments qui coulèrent à pic.

Ces séries d'explosions provoquèrent un bruit inimaginable, impossible à supporter par les opérateurs sonar. Ils enlevèrent leur casque, baissèrent le volume des haut-parleurs et se contentèrent de regarder les écrans de leurs consoles sonar, zébrées des nombreux échos des détonations qui roulèrent encore longtemps.

Mack garda tout le monde au poste de combat et, en guise de salut pour les camarades disparus à bord du *Los Angeles,* descendit à l'immersion maximum. Tous les sous-mariniers à la mer avaient agi de même lorsqu'ils avaient appris la disparition du *Thresher* puis du *Scorpion.*

Mack n'eut pas besoin d'annoncer quoi que ce soit à l'équipage. Le bruit des explosions à travers la coque leur avait appris qu'au moins un sous-marin avait coulé. En sentant l'assiette négative prise par le *Cheyenne* pour descendre à l'immersion maximum, ils comprirent.

Le Président Jiang et ses deux gardes du corps, eux, ne se rendirent compte de rien et Mack ne se sentait pas d'humeur à fournir des explications.

L'océan était redevenu silencieux, hormis les craquements réguliers de la coque tandis que le *Cheyenne* descendait lentement. Le commandant Mackey ne prit le micro de la diffusion générale que lorsque le sous-marin eut atteint son immersion maximum. Il avait toujours trouvé très difficile de prononcer un discours à la mémoire d'un marin disparu. Pour un équipage entier, Mack se sentait perdu.

Ensuite, le *Cheyenne* reprit peu à peu une assiette positive et sa coque recommença à craquer. Mack remit cap au nord, en direction du dernier Akula. Il ne le trouverait pas. Endommagé, ce sous-marin avait été contraint de faire surface d'urgence et de rentrer à son port d'attache.

Alors que le *Cheyenne* approchait du plateau continental, le sonar détecta la présence de bâtiments de commerce. Comme d'habitude, les biologiques gênaient la recherche sonar mais, tandis qu'il faisait route à l'ouest pour livrer sa précieuse cargaison, le *Cheyenne* ne prit aucun contact sous-marin. Mack avait fait rompre du poste de combat et rentrer les deux antennes linéaires au passage de la ligne de sonde des 200 mètres.

Mack avait l'impression que le *Cheyenne* avait affronté son dernier ennemi et qu'il se trouvait à présent hors de danger. Il ne relâcha pas sa vigilance pour autant. Il savait devoir rester encore sur ses gardes et se méfier des champs de mines.

Enfin revenu à l'immersion périscopique, Mack transmit son rapport relatant les différentes attaques et la perte du *Los Angeles*. L'opérateur ESM rendit compte de l'interception des émissions d'une radio HF chinoise, dans le nord. Ainsi qu'il y avait pensé plus tôt, Mack demanda si le Président accepterait de leur servir d'interprète. Quand les enregistrements furent passés au carré, un sourire apparut sur le visage de Jiang.

— Commandant Mackey, vous venez d'intercepter une conversation du commandant du dernier Akula avec le général Yu. Il annonce qu'il a subi des avaries graves et qu'il rentre vers la base navale de Zhanjiang en surface, afin de demander asile et amnistie au gouvernement de Jiang Zemin pour lui-même et son équipage.

Par un temps clair et une faible houle, Mack décida de faire surface et de suivre l'Akula dans la base de Zhanjiang. Il autorisa cette fois le Président Jiang à monter en passerelle et lui donna une radio HF portative pour qu'il explique au commandant de l'Akula que le *Cheyenne* rentrerait au port juste derrière lui — mais aussi qu'une Mk 48, un Harpoon et un Tomahawk restaient pointés sur lui, à titre de simple précaution.

Le *Cheyenne* entra sans incident dans la base navale, livra sa cargaison, puis repartit vers Tsoying à petite vitesse. Durant le transit, la nouvelle du cessez-le-feu parvint à bord.

La guerre était terminée et les États-Unis avaient vaincu, en partie grâce au *Cheyenne*.

Mack apprit la nouvelle avec un mélange de joie, parce qu'il ramenait à bon port son équipage sain et sauf, et de tristesse à cause du prix payé. Aussi longtemps qu'il continuerait à naviguer, il resterait hanté par le souvenir de ceux qui avaient disparu.

Un officier de marine américain décoré de la croix de l'Ordre du Président Mao Tsé-toung

de Julie Meyer, chef de notre bureau de Pékin

E-mail envoyé à 23 heures, heure locale (18 heures GMT)

PÉKIN, 9 mai 2003.

Lors d'une cérémonie sans précédent au quartier général de la Flotte de la mer de Chine méridionale, le Président chinois Jiang Zemin a remis au commandant de l'USS *Cheyenne* (SSN 773) Bartholomew Mackey la croix tant convoitée de l'Ordre du Président Mao Tsé-toung, en remerciement de ses efforts héroïques pour mettre hors d'état de nuire, sans aide extérieure, les sous-marins du président félon Li Peng et du général Yu Quili. On apprend par ailleurs que le Président des États-Unis vient de rappeler le commandant Mackey à la Maison-Blanche.

Le Président décore un héros sous-marinier de la Médaille d'honneur du Congrès

de notre correspondant à Washington, Michael Flasetti

E-mail envoyé à 14 heures (19 heures GMT)

WASHINGTON, 12 mai 2003.

Le Président a passé le ruban de la Médaille d'honneur du Congrès au cou du capitaine de vaisseau Bartholomew Mackey, commandant l'USS *Cheyenne* (SSN 773). En Asie du Sud-Est, le sous-marin du commandant Mackey a pratiquement détruit la force sous-marine chinoise à lui seul. Il a envoyé plus de soixante bâtiments par le fond sans subir lui-même la moindre avarie. Le capitaine de vaisseau Mackey a été sélectionné pour être promu au grade de contre-amiral et la confirmation du Congrès vient d'arriver. Ce fait sans précédent défraie la chronique puisque les tableaux d'avancement approuvés par le Congrès avaient été publiés deux mois plus tôt. Pour mémoire, le dernier officier promu par le Congrès dans les mêmes conditions était l'amiral Hyman G. Rickover, le père de la propulsion nucléaire dans la marine américaine.

Le contre-amiral Mackey et son épouse viennent de quitter San Diego pour le froid et la neige de l'État de New York, où les attendent deux semaines de ski et de repos dans leur chalet du lac Champlain.

Composition réalisée par INTERLIGNE

Achevé d'imprimer en Europe (Allemagne)
par Elsnerdruck à Berlin
LIBRAIRIE GÉNÉRALE FRANÇAISE - 43, quai de Grenelle - 75015 Paris.
Dépôt légal Édit. : 5822-09/2000

ISBN : 2-253-17138-7

31/7138/6